河出文庫

わたしは英国王に給仕した

ボフミル・フラバル
阿部賢一訳

河出書房新社

目次

わたしは英国王に給仕した

グレナディンのグラス

これからする話を聞いてほしいんだ。

ホテル「黄金の都プラハ」で働きはじめた時のこと、支配人がわたしの左耳をつかみ、引っ張りながら言った。「まだお前はここじゃ給仕見習いだから、よく心得ておくんだ！　お前は何も見ないし、何も耳にしない、と！　繰り返し言ってみろ！」お店では何も見ないし、何も耳にしない、とわたしは言った。すると今度は右耳を引っ張り、こう言ったんだ。「でも胸に刻んでおくんだ。お前はありとあらゆるものを見なきゃならないし、ありとあらゆるものに耳を傾けなきゃならない。繰り返し言ってみろ」わたしは呆気に取られたまま、ありとあらゆるものを見なきゃならないし、ありとあらゆるものに耳を傾けなきゃならない、と繰り返してから仕事をはじめた。毎朝六時になると全員がレストランで整列をする。支配人が到着し、カーペットの一方に給仕長、給仕の面々、そして一番端に給仕見習いの背の低いわたしが並び、反対側には料理人、客室係、調理補助、配膳係が整列する。支配人はわたしたちの前を歩きながら、胸当てや燕尾服の襟に汚れはないか、燕尾服にしみはついていないか、ボタンは外れていないか、靴はきれいに磨かれているかを見て回り、足はきちんと洗ってあるか、匂いをかごうとして身を屈める。確認が一通り終わると、「おはよう、紳士諸君、おはよう、淑女の皆さん……」と言葉を発する。それ以降、誰一人として声を出してはならないのだ。給仕たちはフォークやナイフをナプキンで包む手順を教えてくれた。ほかにも、灰皿を掃除するだけでなく、毎日、熱々のソーセージ用の金属製の容器をきれいにしておかなければならなかった。どうしてソーセージかというと、駅でレストランのソーセージを売っていたからで、手順を教えてくれたのは給仕見習いを卒業したばかりの給仕人だった。彼はもう給仕の仕事をこなしていたが、いまだにソーセージを運ばせてくれと頼み込んでいた！　せっかく給仕になれたのに変なことを頼むなと思っていたが、しばらくして彼の気持ちがわかるようになった。わたしも列車が来るたびに熱々のソーセージを運ぶこと以外のことはやりたくなくなり、来る日も来る日もソーセージとパンを一コルナ八十ハレーシュで売りまくった。旅行客は二十コルナ紙幣しか持っていなかったり、場合によっては五十コルナ札しか手持ちがなかったりする。そういう時、本当は小銭があっても釣り銭がない振りをし続けていると、旅行客は列車に飛び乗り、何とか窓際まで近づいて窓にしがみついて手を出す。わたしはまず熱々のソーセージのケースを下に置いて、ポケットの中にある小銭をジャラジャラ鳴らす。すると旅行客は、もう小銭はいいから、大きな札だけ返してくれと叫びはじめ、わたしはゆっくりとポケットの中の紙幣をまさぐる。そうこうしているうちに駅員が発車を知らせる笛を鳴らす。わたしは紙幣を取り出そうとするが列車は動きはじめてしまい、わたしも列車にあわせて走り出すのだが、列車のスピードは徐々に上がっていき、手を上げて紙幣を差し出すものの、旅行客の指に触れるかどうかといった具合で、ある人などはあまりにも身を乗り出していたので車内にいた人が足を押さえなければならないほどだった。頭が庇にぶつかったり、信号機の柱をかすめることもあった。とはいえ、いつも指はあっという間に遠ざかり、わたしはお札を握った手を伸ばしたままゼーハーゼーハーしながら立ちつくすばかりだった。おつりのためにわざわざ戻ってくる旅行客などほとんどいなかったのでお札は自分のものになり、そうやってすこしずつお金が貯まっていき、一か月後には数百コルナに、やがて千コルナになった。でも毎日、朝の六時と就寝前に支配人が足を洗っているか確認にやってきて、十二時にはベッドに入っていなければならないという生活は変わらなかった。こうしてわたしは自分の周りのあらゆることを耳にせず、けれどもあらゆることに耳を傾け、あらゆることを見ず、けれどもあらゆることを目にするようになったのだった。そしてわたしはここの規律と規則を目の当たりにした。支配人は従業員の仲が悪くなると大喜びし、レジの女の子が給仕と映画にでも行こうものなら、すぐに解雇した。

またわたしは厨房の中のテーブルに陣取る常連客のことも知るようになった。常連客たちのグラスにはそれぞれ自分の番号と印があって、鹿のグラスやスミレのグラス、街の風景が描かれたグラス、角ばったグラス、胴がふくらんだグラス、ミュンヘンから持って来たＨＢ（ドイツビールの銘柄ホフブロイ Hofbräu の略号）の印の付いている石のジョッキなどがあり、わたしはそのグラスをすべてきれいに洗っておかなければならなかった。こういった具合で、毎晩、選りすぐりの人たちがやってきた。公証人、駅長、裁判長、獣医、音楽学校の校長、工場長のイーナ。コートを脱いでからコートを羽織るまで、お客全員のあらゆる手伝いをし、ビールを運ぶ時はかならずそのグラスの持ち主に手渡さなければならなかった。驚いたのは、裕福な人たちが、昔、町のはずれに歩道橋があったとか、その歩道橋の脇にはポプラの木が一本、三十年前にあったはずだ、などといったたわいもない話題で一晩中楽しんでいたことだ。「いや、あそこには歩道橋なんてなくて、ポプラの木しかなかったはずだ」と誰かが言うと、別の人が答える。「いやいや、ポプラの木も、歩道橋もなくて、あったのは手すりと板切れだけだったはずだ……」そうこうしながらこの話題でビールを飲み干し、楽しみ、大声を上げ、罵倒したりしていたが、本心から罵倒しているわけではなかった。お互いテーブル越しに立ち上がり声を張り上げて、一方が「あそこにあったのは歩道橋で、ポプラなんかじゃないよ」と言ったかと思うと、反対側から「いや、あそこにあったのはポプラで、歩道橋ではなかった」と声が上がり、でもすぐにまた座って、すべてが元の鞘に収まっている。そう、大声を張り上げるのは、ビールを美味しく飲むためだったのだ。またある時などは、どこのビールがチェコで一番かで言い争いになり、一人はプロチヴィーンと言い、二人目はヴォドニャヌィに一票を投じ、三人目はプルゼンだと言い、四人目はヌィンブルク、そしてクルショヴィツェだと言い合って声を張り上げていたが、誰もがお互いのことが好きだった。声を出していたのは何か面白いことをするため、夜のこの時間をどうにかつぶすためだった……。駅長にビールを渡そうとすると、駅長はすこし前屈みになって「獣医さんを『天国館』の女の子たちのところで見かけたよ、ヤルシュカという娘の部屋だよ」とわたしの耳元で囁いたかと思うと、校長もまた「獣医さんがあそこに行っていたのは事実だが、木曜じゃなく、水曜日だったはず、ヤルシュカではなくヴラスタと一緒だったんだよ」と囁く、といった具合に「天国館」の女の子たちをネタに夜を満喫する。誰が行ったことがあって誰が行ったことがないとかは、わたしにしてみればどうでもよかった。町はずれにポプラと歩道橋があろうと、ポプラはなくて歩道橋だけだろうと、あるいはポプラだけだろうと、はたまたブラニークのビールがプロチヴィーンのビールよりすぐれていようといまいと、わたしは何も見たくなかったし、何も耳にしたくはなかった。ただ実際に見たい、聞きたいと思ったのは「天国館」のことだけだった。有り金を数えてみると、熱々のソーセージを売ってお金を貯めていたおかげで、すぐにも「天国館」に行ける状況だった。それればかりか、わたしは駅で涙を流してお金を得る術も知っていた。というのも、わたしは背の低い小さな給仕見習いだったので、お客が手を振って呼び寄せ、勝手に孤児だと思い込んでお金を渡してくれることもあったからだ……。

　ある日、夜十一時過ぎに足をきれいに洗って、部屋の窓から抜け出し、「天国館」の様子を見に行く計画を立てた。その一日は「黄金の都プラハ」で荒々しく幕を開けた。昼前にジプシーの集団がやってきたのだが、かれらはきれいな身なりをしていたので鋳掛け屋だったのだろう、お金も持っていた。テーブルに着くと、高級な料理ばかりを注文し、何か注文するたびにお金を見せびらかした。ジプシーたちが声を上げはじめたので、窓際で本を読んでいた音楽学校の校長はレストランの中央に移動したが、そこでも本を読み続けていた。とてつもなく興味をそそる本であったようで、校長は三つ先のテーブルに移動しようと腰を上げた時ですら本から目を離さず、腰を下ろす時も視線は本に落としたままで椅子を手探りで探し当てていた。常連客のグラスを磨いていたわたしはグラスを光に透かしてみた。まだ昼前の時間で、何人かの客がスープやグラーシュを頼んでいるだけだった。給仕はやることがなくても何かをしていなければならないので、わたしがやっているようにグラスを丁寧にきれいに磨いたりし、給仕長は立ったまま食器棚のフォークをまっすぐにならべ、別の給仕はテーブルのナイフやフォークなどを整えたりしていた。「黄金の都プラハ」と刻まれたグラスを透かして見ていると、いらだった様子のジプシーたちが窓の下を走り過ぎていくのが目に入った。かれらはわが「黄金の都プラハ」に入ってきたかと思うと、廊下ですでにナイフを取り出していたらしく、それはもう恐ろしい光景だったのだが、鋳掛け屋のジプシーたちに駆け寄ろうとした。

すでに中にいたジプシーたちは待ってましたと言わんばかりに飛び上がり、ナイフが届かないようにと盾にしたテーブルを引きずりながら、後ずさった。だがすでに二人が床に倒れていて、お尻にはナイフが突き刺さっている。ナイフを持ったジプシーたちは刺そうとするばかりか、手に切りつけたりし、おかげでテーブルは血だらけになっていたが、音楽学校の校長はあいかわらず本を読んでいて、時折笑みすら浮かべていた。ジプシーたちの突風は校長の周りというよりも頭上を吹き荒れ、校長の頭も本も血を浴び、それればかりか座っていたテーブルにも二度ナイフが刺さったが、校長はひたすら読み続けていた。わたしはテーブルの下に隠れ、四つん這いでキッチンへ這っていった。ジプシーたちは声を張り上げ、ナイフが「黄金の都プラハ」の淡い光の中を飛翔する黄金のハエのように煌めきを放つ。どのテーブルも血だらけになり、二人が床に倒れたままで、あるテーブルには切断された二本の指と切られた耳、そして肉の塊があった。到着した医者は肉の塊をまさぐり、その中にえぐり取られた肩の筋肉を見つけたのだった。校長は両手で頭を支え、ただ一人、机に肘をついて、まだ本を読み耽っていた。それ以外のテーブルはすべて入口のほうに投げ倒されてバリケードが作られ、鋳掛け屋たちの逃げ道を遮っていた。支配人は蜂の刺繡のある白いチョッキを羽織ってレストランの前に立ち、やってくるお客に向かって手を上げながら、「誠に残念ですが、ちょっとした事故がありまして、営業は明日になります」と告げるほかなかった。手の跡や指紋で血だらけになったテーブルクロスをどうにかするのはわたしの役目だったので、一枚残らず中庭に運び出した。洗濯室にある大きな釜に火をつけ、配膳係と客室係はテーブルクロスを全部洗って汚れを落とすことになった。わたしはテーブルクロスを干そうとしたけれども洗濯紐まで手が届かなかったので、客室係の女性が代わりに干してくれた。わたしは脱水が終わり水分が絞り出されたテーブルクロスを彼女に渡す係になった。わたしの頭は彼女の胸の下の高さだったので、彼女は笑いながら、からかおうとしてわたしの顔に胸を押しつけたりした。わざとじゃないという素振りをしながら、左右の胸を交互にわたしの目の上に置き、おかげで目の前の世界はまっくらになった。とてつもなくいい香りがした。テーブルクロスをカゴから取り出そうとして彼女がしゃがむと、今度はわたしが揺れ動く胸の谷間を見下ろす形になり、彼女が背筋を伸ばすと垂れていた胸はぴんとなった。配膳係の女性も客室係の女性も、にやにやしながらわたしに声をかけた。「坊ちゃん、いったい、いくつなの、もう十四になったの？　いつ？」と。そうこうしているうちに夕方になり、風が吹いてきた。レストランで結婚式や貸切の催しが行なわれたあとのように、テーブルクロスは中庭に大きなカーテンを作った。すべての持ち場の準備を済ませ、ふと目を上げるとありとあらゆるものが美しい光を放ち、いたるところにカーネーションが飾られていた。季節ごとの花がカゴいっぱいに運ばれてくるのだ。

ベッドに入ると、あたりが急に静かになり、中庭でテーブルクロスが言葉を交わしているかのようにパタパタ音をたて、メリンスの会話が繰り広げられるようになった。わたしは窓枠をまたいで中庭に出た。窓の明かりを頼りにしながらテーブルクロスのあいだを縫って門にたどりつくと、さっと門を乗り越えて通りに出て、街灯から街灯へと狭い通りを進んでいった。通行人が来るたびに目の前を通り過ぎるのを暗闇のなかで待ち、遠くに「天国館」と書かれた緑色の看板が目に入ると、しばらくたたずんだまま、建物の中から響くオーケストリオン（様々な楽器の音色を出す自動演奏装置）に耳を傾けながら頃合いを見計らった。勇気を出して中に入ろうとすると、玄関口にのぞき窓があったので、そこに立ってみた。だが高い場所に付けられていたので、指をかけて身体を持ち上げる羽目になった。中には「天国館」のマダムが座っていて、「何の御用、お若いの？」と声をかけてきた。「ちょっとばかり遊びたいのですが……」と言うと扉が開いた。中に入ると、きれいに梳きつけられた黒髪の若い娘が座ったまま煙草をくゆらせていて、「お望みは何？」とたずねた。「食事を」と答えると、「じゃあ、食事はここでとる、それともバーのほうで？」と訊くので、わたしは顔を紅くしながら「いや、別室で食事したいのですが」と答えた。黒髪の彼女はわたしのことをじっと見つめ、ピーと口笛を鳴らし、答えがわかっているにもかかわらず、「誰がいい？」とたずねてきた。わたしは彼女を指差して、「あなた」と答えた。すると彼女はうなずいて手を差し出し、わたしの手をとって淡い赤のライトに照らされた暗い通路を抜け、扉をあけてくれた。そこには小さなソファとテーブル、ビロードの椅子が二脚あった。壁際の飾りカーテンのどこかに照明があるのか、天井から床にシダレヤナギのように光を発していた。わたしは腰掛けて、お金があるのを手で確認するとやる気がみなぎってきて、一緒に食事をするかい、何か飲む、と続けざまにたずねた。シャンパン、と彼女は答え、わたしはそっとうなずいた。彼女が手を叩くと、ウェイターがボトルを持ってきて栓を開け、別室でグラスにシャンパンを注いだ。シャンパンを飲むと、泡が鼻まであがってきてくしゃみをしてしまった。彼女はグラスを次々と空け、ヤルシュカと自己紹介をした。お腹がすいていたようだったので、わたしは「さあ、最高の品を頼んでいいんだよ」と告げた。「わたし、牡蠣が好きなの。ここのはとっても新鮮なの」と言ったので、わたしたちは牡蠣を食べ、新しいシャンパンを頼み、さらにもう一本追加した。彼女はわたしの髪の毛を撫ではじめ、出身はどこかとたずねた。「本当に小さな、小さな村の出で、去年初めて石炭を見たくらいだ」と答えると、彼女は静かに笑みを浮かべ、楽にしてね、と言った。暑かったので上着を脱ぐと、暑いわね、服を脱いでもいいかしらと言った。わたしは脱ぐのを手伝い、椅子に彼女の服をきちんとたたんで置くと、今度は彼女がわたしのジッパーを開けてくれた。その時になって初めて、「天国館」はきれいであったり美しくあったりするだけでなく、ただひたすら天国のような気分になるところなのだとわたしは理解した。彼女はわたしの頭を両手に包み込んで胸に押しつけ、胸からは心地よい香りがした。瞳を閉じると眠気に襲われた。胸の匂い、形、肌の柔らかさにうっとりしてしまった。彼女はわたしの頭を徐々に下に持っていく。わたしがお腹の匂いを嗅ぐと彼女は息を吐き出した。それは禁じられるほどに美しく、わたしはこれ以上望むものはないと思うほどだった。毎週このために熱々のソーセージを売って八百コルナ以上貯めようと決心するほどの美しい高貴な目標ができた。父がよく言っていたように、目標があればかならず救われる、生きる目的がはっきりとしているからだ。だがまだ途中だった。ヤルシュカがそっとわたしのズボンを下ろすと下着も脱がせ、わたしのわき腹に口づけをしたので、わたしは急に小刻みに震えはじめた。いったいこの「天国館」では何が行なわれているのかと考えをめぐらしていると身体が震えはじめたのだ。身を丸めて、ヤルシュカ、いったい何をしてくれるんだい、と言うと、彼女は落ち着きを取り戻した。だがわたしを見ると矢も盾もたまらず、わたしを頬張ろうとしてきたので彼女を離そうとした。しかし彼女は正気を失ったかのようにわたしを頬張ったまま頭を動かし、すこしずつその動作を速めたので、もう彼女を遠ざけようとはせず、ぴんと全身を伸ばし彼女の耳を触りながら、わたしの身体から流れ出るものを感じた。一人でするのとはまったく別物だった。美しい髪の女の子が目を閉じて、最後の一滴まで飲み干すなんて、地下室で石炭の山に向かって、あるいはベッドの上でハンカチにいやいや出していたものを飲み干してくれるなんて……。彼女は立ち上がると、けだるい声で「さあ、楽しみましょう」と言った。でもわたしはあまりにも動転してしまい、そればかりか何もできないほどにひからびてしまっていた。「僕はお腹がすいたけど、君はどうだい？　やけに喉が渇いたんだけど」と言ってから、ヤルシュカのグラスを手に取ろうとした。彼女はわたしの手を追いかけようとしたけれども間に合わず、わたしは彼女のグラスに残っていたシャンパンを飲んでしまった。そしてすこしがっかりしてグラスを置いた。というのも彼女のグラスに注がれていたのはシャンパンなんかではなく、黄色いレモネードだったからだ。彼女は初めからレモネードを飲んでいたにもかかわらず、わたしはシャンパンの料金を払っていたのだ。ようやくそれを理解すると、わたしは笑みを浮かべながらシャンパンをもう一本注文し、ウェイターが持ってきたボトルを今度は自分で開けてからグラスに注ぎ、二人でまた食事をとった。するとバーのほうから手回しオルガンの音が響いてきた。ボトルが空になる頃には、わたしはすこし酔いが回り、また膝をついて彼女の膝元にもぐりこみ、その三角地帯に頭を置きながら愛撫し、彼女の美しい毛を舌で舐めまわした。でもわたしの体重は軽かったので、脇を抱えられて彼女の膝の上に乗っけられてしまった。彼女は足を広げ、わたしは初めて女性の身体の中にバターが塗られているかのようになめらかに入った。これこそがわたしが待ちに待っていたもので、ようやくその瞬間が来たのだ。彼女はわたしを強く抱き寄せ、もうすこし待って、できるだけ長くと囁いたけれども、わたしは二度ばかり動くと三度目にはあたたかい肉の中に放出してしまった。彼女は背中を反らし、髪と足だけがソファに触れる橋のような姿勢をとった。わたしは彼女の身体の橋の上に横たわり、柔らかくなる最後の瞬間まで、広げられた彼女の足の上に乗っていた。それから身体をときほぐし、彼女の隣に横たわった。彼女は大きく息をつき、横になると、記憶をたよりにわたしに触れようとし、わたしの腹を、全身を愛撫した……。やがて服を着る時間になり、別れと支払いの時間となった。ウェイターは勘定を何回も数え、七百二十コルナの請求書をよこした。帰り際に、わたしはそれとは別に二百コルナを取り出し、ヤルシュカに手渡した。そして「天国館」を出ると、近くにあった壁に寄りかかった。わたしは暗闇のなかで壁にもたれながら、夢見心地で立っていた。女の子たちがいる美しい建物で何が行なわれているか、初めて理解したのだ。わたしは自分に言い聞かせた。もうお前は卒業だ、明日にでもまたここに戻ってきて、立派な紳士として振る舞うのだ、と。だって皆を驚かすことができたじゃないか。駅で熱々のソーセージを売る給仕見習いとして店に足を踏み入れたのに、高貴な紳士や町の名士だけが集う「黄金の都プラハ」の常連客のテーブルに座っている紳士以上の存在として店を出たのだから……。

翌日から世界はまったくの別物に見えるようになった。お金は「天国館」に通じる扉を開け放っただけではなく、敬意をも勝ち取ったのだ。あとになって思い出したが、わたしが玄関で二百コルナを宙に投げるのを受付窓で見ていた「天国館」のマダムは、わたしの手に触れようとしたばかりか、口づけをしたのだ。わたしはてっきり、その時はまだ持っていなかったけれども、腕時計の時間を知りたがっていたのかと思ったが、わたしの手に口づけをしてくれるとは。あの口づけは「黄金の都プラハ」の給仕見習いに対してではなく、あの二百コルナ、わたしが持っていたお金そのものに対してだった。熱々のソーセージを駅で売って毎日稼いでいるわたしが持っていたお金への口づけだったのだ。ベッドにはまだ千コルナ隠してあった。使い放題というわけではなかったが、わたしはその日の午前中、カゴを持って花を買いに出かけたのだが、帰り道に年金暮らしの老人が四つん這いになって、転がっていってしまったお金を探しているのを目にした。帰りがけにはまた、常連客としてうちの店で座っている人のなかに、庭師、腸詰めの名職人、肉屋、牛乳工場のオーナーといった人たちがいるのを思い出した。つまり、うちの店にパンや肉を配達してくれている人たちが客としても集まっていたというわけだ。支配人は冷蔵庫を開けてみて、今すぐ肉屋に行って、子牛の赤身を配達するようにことづけしてこい、至急だぞ、と幾度となく使いを出す。夜にはレストランの肉が底をついてしまったというのに、肉屋の主人は何もなかったような顔をして客として座っているのだった。さて、あの年金暮らしの老人はといえば、目が悪いのか、埃の中を手でまさぐっていたので、何かお探しですか、と訊くと、二十ハレーシュなくしたんだよ、との返事だった。人が通りかかるのを見計らって、手で小銭を一つかみしてから、宙へばらまいてみた。そのあとすぐに手はカーネーションの花束の中に突っ込み、カゴの取っ手をつかんで、わたしは歩き続けた。角を曲がる直前に振り返ってみると、通りがかりの人が何人も地面に這いつくばっているのが見えた。誰もが自分の小銭が転がっていると思い、これは俺の金だと相手を罵っている人すらいた。膝をついたまま言い争ったり、唾を吐きかけたり、靴を履いた猫のように引っ掻いたりしている。わたしはにやにや見守るだけだったが、何が人を動かしているか、人は何を信じているか、そして数枚のコインのために何をするか、すぐに悟った。花を持って帰ってくると、うちのレストランの前に何人かの人がいた。わたしは上の階の客室に走っていき、窓から身を乗り出して手に握りしめた小銭を、人々のすぐ近くではなく数メートル先めがけて投げてみることにした。そしてすぐに下に降りていき、カーネーションを切って、いつもするようにシノブボウキの枝二本とカーネーション二本を小さな花瓶に飾りながら窓越しに、人々が四つん這いになって、お金を、わたしの小銭をかき集めている様子を見た。あんたが手にする前にわしがこの二十コルナ硬貨に目をつけていたんだ、と言い合って喧嘩をしている様子を……。その晩、そしてそれから数晩にわたって同じ夢を見た。それは日中、何もすることがない時も見えていた。グラスを磨き、光に透かしてグラスを見ていると、広場、ペスト記念柱像、空そして雲が断片となってグラス越しに見えてくる。日中にもわたしは夢を見るようになった。大きな都市や町、村や集落の上空を飛んでいる夢。はてしなく大きい底無しのポケットから取り出した掌いっぱいの小銭を持って、道路にばらまく夢。通行人やそこにいあわせた人たちのかならず背後で、掌いっぱいの小銭を種蒔機のようにばらまく。するとほとんどすべての人が二十コルナ硬貨を拾わずにはいられなくなり、羊の群れのように頭をぶつけ合い、喧嘩するのが見える。わたしはどんどん上空を飛んでいき、心地よくなっていく。夢でも悦に入ったように唾を呑み込み、ポケットから一つかみの小銭を取り出し、また別の人たちの後ろにお金をばらまくと、チャリンチャリンという音を出しながら小銭が四方に転がっていく。わたしは、蜂のように列車や路面電車に飛び込み、突然ニッケル硬貨を床に落として音をたてる。するとと誰もがすぐに身を屈めて小銭を拾おうとするのだ。そこにいる誰もがその小銭が自分だけのものだと勝手に思い込み、自分のものなのだという素振りをみせながら……。こういった夢想にわたしは勇気づけられた。わたしの背はとても低く、高めのゴム襟をつけていた。首は細く短く、襟は首の部分だけではなくあごにも食い込んでくるので、痛くならないように頭をまっすぐにしておかなければならなかった。周りを見るのもそのような姿勢をつねに取る必要があったほどだ。というのも、頭だけを傾けると痛かったので、上半身ごと傾けざるをえなかったからだ。わたしの頭はいつも傾き、まぶたをすこし閉じていたので、あたかも世界を見下し、あざ笑っているかのように見えたにちがいない。お客さんたちもわたしが気取っている奴だと思っていたようだ。わたしは立つことも、歩くこともこうやって学んだのだった。足の裏はたえずアイロンのようにヒリヒリしていた。発火せず、靴が燃えないのが不思議でたまらないほど、わたしの足は燃えていた。ある時などそのあまりの熱さに不安になって、冷たいソーダ水を靴の中に流し込んだほどだ。特に駅にいた時はたまらなかった。ソーダ水を流し込んでも、一瞬ひんやりとするだけ。靴を脱いで、燕尾服のまま小川に飛び込み、足を水につけようかと思ってばかりいた。というわけで、何度も靴の中にソーダ水を流し込み、少量のアイスクリームを入れたこともあった。それからようやく、なぜレストランの給仕長や給仕が本当に古い靴、ゴミ箱で見つけるような履きつぶした靴ばかりを履いているのか呑み込めた。こういう履き慣れた靴だからこそ、一日中立っていたり、歩いたりすることができるのだ。客室係も会計係も、おなじように足に悩み事を抱えていた。夜に靴を脱ぐと、寄せ木やカーペットではなく石炭の埃にまみれたかのように足は膝まで埃だらけになっていた。それがわたしの燕尾服の裏側だった。世界中の給仕人、給仕見習いの裏側はといえば、糊でぴんとなっている白いシャツ、光を放つ白いゴム襟、そして徐々に黒くなっていく足。まるで重病にかかって、足先から死んでいくようだった……。

わたしは毎回新しい女の子を求めようと、毎週毎週お金を節約していた。人生で二人目の女性はブロンドの女の子だった。中に入って、何の御用ですかとたずねられて、食事をしたいと答えてすぐ、別室で、と言い足した。ご希望は誰、と訊かれたので、ブロンドの女性を指差した。わたしはまたこの金髪の女性に惚れてしまった。しかも初めての時よりも、はるかに魅了されてしまった。もちろん、初めてのことは忘れられないものだったけれども。いつものようにお金の力を試そうとシャンパンを頼み、今度はわたしが一番に味見をしたので女の子はわたしと一緒に本物のシャンパンを飲むこととなった。わたしにはシャンパンを注ぎ、女の子はレモネードを飲むというのは、もう沢山だった。裸になって横たわり天井を眺めていると、ブロンドの女の子も隣で横になり、一緒に天井をながめた。わたしはすっくと立ち上がって花瓶からシャクヤクを抜き、花びらを取って、女の子のお腹の周りに置いてみた。その姿は驚くほど美しかった。女の子は起き上がって自分のお腹を見てみようとしたが、花びらは落ちてしまった。わたしは彼女をもう一度そっと寝かせ、吊るされていた鏡を外して、彼女が起きなくても見えるように鏡を立てた。シャクヤクの花びらで飾られた彼女の腹の美しいことといったら……。この部屋のように花があったら、いつも君のお腹に飾ってあげるよ、と言うと、これまでこんなことは一度もなかったわ、わたしの美貌へのオマージュなんて、と彼女は答えた。そして、このお花のおかげであなたのことが好きになったと。わたしはクリスマスに樅(もみ)の木の枝で君を飾ったらどんなにきれいだろうと言った。すると今度は彼女が、ヤドリギで飾ってくれたらもっときれいなはずよと言った。手間はかかるが、二人が横たわっている姿が見えるようにソファの上の天井に鏡を設置できたら最高だろう。裸体に、毛皮のような陰毛の周りに、リースを飾る。季節によって花が変わり、その月にふさわしい花を摘んだリースを飾るとしたら、なんと美しいことだろう。フランスギク、ナデシコ、キク、アスター、そして色鮮やかな花びらで飾り立てたら……。起き上がってみると、わたしは元気になって大きくなっていた。帰りがけ彼女に二百コルナ手渡そうとしたが、彼女はわたしの手を押し戻そうとしたので、テーブルの上に置いてその場を去ることにした。自分の身長が一メートル八十になったような気がして、マダムにも百コルナを窓越しに手渡すと、マダムは身を乗り出して眼鏡越しにわたしを見つめた……。わたしは夜の中へと歩み出し、暗い通りで満天の星を見上げた。ただわたしの目には、ブロンドの女の子のお腹の周り一帯に飾られたスハマソウ、スノーフレーク、マツユキソウ、サクラソウしか見えていなかった。歩みを進めるにつれて、お皿にサラダ菜とハムを盛りつける要領で美女のお腹の中央に髪の結び目を垂らすことを考えつくなんて我ながら冴えているなと思った。わたしは花をよく知っていたので、裸のブロンド女性をキジムシロやチューリップやアイリスの花びらで覆ってみる。そのあとどうするかいろいろと前もって考えてみるのだ。というのも一年中楽しめるからだ。お金を出せば、美女だけではなく、ポエジーも買うことができるのだ。

翌朝、いつものように、わたしたちがカーペットの上に立ち、支配人がやってきて服がきれいになっているか、ボタンはきちんとついているか確認し、おはよう、紳士淑女の皆さん、と挨拶しているあいだ、わたしは調理補助と客室係の女性を眺めていた。彼女たちの白いエプロンをじっと眺めていたので、調理補助の女性に耳を引っ張られてしまった。彼女たちの誰も、自分のお腹や髪の毛にキクやシャクヤクを置かせてくれそうになかった。もちろん、鹿の足肉ではあるまいに、樅の枝やヤドリギで包まれることなどもってのほかだった……。その後わたしはグラスを磨きながら、大きな窓から入ってくる光にグラスを透かして眺めていると、窓枠のせいで通行人の身体が切断され、上半身だけが歩いているように見えた。わたしは夏の花を思いめぐらしながら、夢想を続けた。カゴからすこしずつ花を取り出し、「天国館」のブロンドの美女のお腹を花あるいは花びらだけで飾る。彼女は仰向けになって足を開き、わたしは腿にも花を置き、花が落ちてきそうであればアラビアゴムで貼り付けたり、画鋲やピンで軽く留めたりする。わたしはこうやってグラスをきれいに磨いていた。ほかには誰もやりたがる者はいなかった。グラスを水ですすぎ、きれいになっているか眺めてみた。でも、グラス越しに見えてきたのは「天国館」で花の飾りつけをしているうちに、庭園、牧草地、森にあった最後の花まで摘み取られてしまう光景だった。わたしは悲しくなってしまった。冬には何をしたらいいのだろう。でもすぐに幸せな気分になって笑った。冬になれば花はもっときれいになる。シクラメンやモクレンを買おう、足りなければランを買いにプラハまで出かけてもいい。いや、いっそのことプラハに引っ越してしまうのも手かもしれない。あそこならレストランの仕事もあるだろうし、冬のあいだ花に困ることもなさそうだし……。そうこう思いめぐらしているうちにお昼が近づき、お皿やナプキン、ビール、赤いグレナディン、レモン入りのグレナディンを次々と運ぶ時間になった。正午にはピークを迎えた。そんな時扉が開き、入ってきたかと思うとすぐに扉を閉めようとして反転した人がいた。「天国館」のブロンドの美女だった。彼女は席に着くと、バッグを開けて中から封筒を取り出し、周りを見渡した。わたしは思わずしゃがんで靴紐を結ぼうとした。膝まで振動が伝わるほど心臓が鼓動していた。近づいてきた給仕長に、さあ、早く持ち場にもどるんだと言われたものの、わたしはうなずくばかりで、膝が心臓と入れ替わってしまったのではと思うほど心臓がバクバクした。でも、思い切って立ち上がってできるだけぴんと頭をあげ、腕にナプキンをかけて、「何になさいますか？」と彼女にたずねてみた。すると彼女は「あなたをちょうだい。それからラズベリーグレナディンも」と告げた。彼女はサマードレスを着ていたが、それはシャクヤクがいっぱい模様になっているドレスで、全身がシャクヤクの花壇となっていた。わたしは燃え上がって、シャクヤクのように紅くなってしまった。まったく思いがけないことで、わたしの払うべきお金はどこかに消えたかのように、わたしはただで彼女を目にしている。ラズベリーグレナディンをトレーに載せてもどると、ブロンド女性はテーブルクロスの上に封筒を置いてわたしをじっと見た。その封筒からはわたしが手渡した二百コルナ札の端が顔を出していた。そんな風に見つめられたので、グレナディンのグラスを持ったままわたしの身体が震え、グラスの一つがトレーの端まですべり、ゆっくりと傾いて、彼女の膝を濡らしてしまった。我に返った時にはすでに給仕長が隣に立っていたばかりか、支配人も駆け寄ってきて謝っていた。支配人はわたしの耳をつかんでねじった。でもこういった真似はすべきではなかったのだ。というのも、ブロンドの女性がレストラン全体に聞こえるほどの大声を張り上げたからだ。「いったい、何さまのつもりなの？」支配人が答える。「飲み物をこぼし、お客さまのドレスを汚してしまいました。弁償いたします……」「あなたには関係ないことよ、何もしてほしくないわ。いったいどうしてこの人に恥をかかせるようなことをするの？」支配人は優しい声で答えた。「お客さまのドレスを汚してしまいましたので……」お客が全員食べるのをやめるなか、彼女は言った。「あなたには関係ないわ。断固としてそんなことは許さないわ。見ていなさい」彼女はグレナディンを手にして上から自分の髪にかけ、もう一つのグラスも手にして、全身をラズベリーの液体とソーダ水の泡だらけにし、さらに最後の一杯のグラスのグレナディンも胸元に注いだのだった。そして言った。「お勘定」と。彼女は店を出て行き、彼女のあとにはラズベリーの残り香だけが漂っていた。シルクのシャクヤクのドレスを着た彼女が外に出ると、早くも蜂が周りをブンブン舞っていた。支配人は机上の封筒をわたしに押し付けて、「さあ、追いかけるんだ、忘れ物があるだろ」と言った。駆け出していくと、彼女は広場に立っていた。トルコの蜂蜜を売る市場の小店のように、スズメバチとミツバチだらけだったが、彼女がいっこうにおかまいなしといった様子だったので、蜂たちは彼女から甘い液体を集めていた。その液体は彼女の身体にまとわりついていたので、家具に光沢剤やラッカーが塗られているように、もう一枚別の薄い層の皮があるかのようだった。わたしは彼女のドレスを眺めながら、二百コルナを戻そうとしたが、彼女は押し返し、「昨日の忘れものよ」と言って受け取らなかった。そして、また夜に「天国館」に来てね、と言った。野生のケシのきれいな花束を買ってあるから……と。太陽光を浴びてラズベリーのグレナディンがもう乾き、髪はがちがちに固くなっていた。テレビン油につけなかったためにがちがちになってしまったペンキ用の刷毛（はけ）のようで、まき散らしたアラビアゴムか、セラックのようでもあった。甘いグレナディンのせいで服が彼女の身体にぴったりと貼りついていて、それを剝がすには壁から古いポスターや壁紙を剝がすようにしなければならなかった……。だがそんなことはわたしにしてみれば些細なことだった。それよりも驚いたのは、彼女がまったく気兼ねすることなくわたしと言葉を交わし、レストランにいる誰よりもわたしのことを知っているようだったこと。もしかしたら彼女はわたし以上にわたしのことを知っていたかもしれなかった……。その晩支配人から、一階の部屋を洗濯場として使うので私物を二階の部屋に移すように言われた。「明日でいいですか?」とたずねると、支配人はわたしのことをじっと見ていたので、すぐに引っ越さなければならないということがわかった。それから、十一時には就寝するようにと付け加え、両親からも、社会からも、わたしに対し責任があるのだとも言った。給仕見習いが一日通して働くには夜にしっかりと睡眠を取らなきゃいけない、と……。

お店のお客のなかで一番親しく接してくれたのがセールスマンの人たちだった。もちろん、誰もがというわけではなく、なかにはまったく役に立たない品物を売りつけたり、あるいは何も売らない口先だけのセールスマンたちもいた。わたしが一番心を開いていたのは、丸々と太ったセールスマンだった。その人が初めてうちの店にやってきた時、わたしはまっさきに支配人に駆け寄っていったので、「何事だ?」と支配人は驚いた様子で言い、わたしはまくし立てた。「支配人、うちに十分な収容スペースのある部屋はありますか?」支配人はみずから足を運ぶと、「こんなに太っている人を見たのは初めてだ」と言って、わたしの対応を褒めそやしてから客室を選んだ。それからはこの方がいらっしゃるたびに同じ部屋に宿泊してもらうこととなった。ベッドの下には召使が木片を四つ、さらに二枚の板を敷きベッドを補強していた。その男性の登場っぷりといったら、それはもう見事なものだった。駅で見かけるポーターのような助手が背中に重い荷物を担ぎ、手には重いタイプライターのようなものに紐をかけて運んでいたからだ。夕方になると、このセールスマンは食事をとろうとするのだが、まずメニューを手にして一瞥すると、自分では選び切れないかのようにこう言葉を発するのだった。「臓物のサワーソースあえを除いて、メインの料理を上から順に持ってきてくれ。わたしがもういいと言うまで、一品食べ終わったら、その次の品を次々と運んできておくれ」食事をはじめるとメインの料理を十品はたいらげ、そのあと夢見心地で、まだ口がさびしいなと言うのだった。一日目の晩に頼んだのは、ハンガリー風サラミ百グラムだった。支配人が料理を運ぶと、セールスマンはコインを手にいっぱい握りしめ、扉を開けて通りにばらまいた。そしてまたハンガリー風サラミを何枚か食べると、どこか気分を害したように小銭を手にいっぱい握りしめ、また通りにばらまき、虫の居所が悪いかのように座って食べ続けた。常連客はセールスマンをじっと見つめ、そのあと支配人を一瞥した。支配人は立ち上がって、お辞儀をしながら、「単なる好奇心からおたずねしますが、どうして小銭を投げていらっしゃるんでしょうか」と言うのが精いっぱいだった。するとセールスマンはこう答えた。「この店を経営していらっしゃるあなたが毎日同じように十コルナを投げ捨てているというのに、どうしてこのわたしが小銭を道端にばらまかないでいられますかね……」支配人はテーブルにもどり、セールスマンがいま言った言葉を常連客に告げたのだが、常連客はいっこうに満足する気配をみせず、支配人はまた意を決したかのように太った男のテーブルにもどった。「失礼ですが、お客さまがお金をばらまくのはかまいません。ですが、わたしどもの十コルナといったいどういう関係があるというのでしょうか……」すると太った男はすっくと立ち上がり、言い放った。

「ご説明しましょう。厨房に行ってもよろしいですか」支配人はお辞儀をして、厨房の扉を指し示した。すぐに中に入ったセールスマンが自己紹介しているのが聞こえてきた。「わたくしは、ファン・ベルケルという会社の者です。申しわけありませんが、ハンガリー風サラミを百グラム切ってもらえますか？」支配人の奥さんがサラミを切り、計量してから、皿に盛り付けた。何かの検査だと思って、誰もがびくびくしていた。セールスマンはパンと手を叩くと、奥から助手が現れ、布で覆われたものを持ち上げてみせた。たとえるとしたら、それは糸車のような形をしていた。助手が厨房に入り、机の上にそれを置くと、セールスマンは布をパッと外し、美しい赤い機械が姿を見せた。上部が丸くなっている輝く鋸（のこぎり）のようなもので、シャフトで回るようになっている。そのシャフトの先にはクランクとハンドルが、さらにダイヤルがついていた。太った男は悦に入った様子で機械に笑みを投げかけ、話しはじめた。「皆さん、世界最大の企業はカトリック教会です。カトリック教会は、いままでに誰も見たことのないもの、誰も触れたことのないもの、世界中の一人たりとも遭遇したことのないものを扱っています。それは、神といわれるものです。この世で二番目に大きい会社はインテルナツィオナル社で、この会社の商品は皆さんもお持ちです。世界中で採用されているレジスターです。ボタンを正確に押して、正確に打ち出してさえいれば、夜には皆さんの代わりにレジがその日の収支を出してくれます。三番目の大きさを誇るのが、わたくしが販売員を務めるファン・ベルケル社です。何を扱っているかと言うと、赤道でも北極でも世界中のどこででも正確に計測することのできる秤をつくっています。そしてまた、肉やサラミを切るあらゆる種類のスライサーも製造しております。この機械の魅力は……失礼ですが……」と言うと、了解を得てから、ハンガリー風サラミを一本取り、皮を剝いて機械に載せ、片方の手でクランクを回し、もう一方の手でサラミを押し付けていくと、プレートの上にスライスされたサラミが積みあがっていった。あたかもサラミ一本分スライスしたかのように見えたが、実際にはサラミはほとんど減っていなかった……。するとセールスマンは回転を止め、「今、サラミを何グラム切ったと思いますか」とたずねた。支配人は百五十グラム、給仕長は百十グラムとそれぞれ言うと、「おい、そこの小さいのは?」とわたしにたずねてきた。八十グラムと答えると支配人はわたしの耳をつかんで思いっきりひねり、「申しわけありません、こいつが乳吞み児だった頃に、母親が手をすべらせて落としてしまい、こいつの頭がタイル張りの床にぶつかってしまったものですから」とあやまった。だがその男は、わたしの頭を撫でながらうっとりとするような笑みを投げかけて、「この少年が一番近いですね」と言ってスライスしたサラミを店の秤に載せると、秤は七十グラムを指した……。そこにいる誰もがお互いの顔を見合わせ、あっという間にこの奇跡の機械の周りを取り囲んだ。というのも、この小さな機械が儲けをもたらすのがわかったからだ。わたしたちが機械から離れると、セールスマンは小銭を手にいっぱい握って石炭バケツに投げ込み、パンと手を叩いて合図した。すると例の助手がもう一つ別の包みを持ってきた。その包装はおばあさんがマリアさまを中に入れていそうなガラスの鐘を思い起こさせるものだった。包装紙を外すと中から秤が姿を見せ、それは薬局にありそうな、細い針がせいぜい一キロまでしか示さないようなもので、セールスマンはこう言った。「よろしいでしょうか、この秤は非常に正確な値を測定できるので、息を吹きかけると、わたしの息の重さも示してくれます……」フーと息を吹きかけると、秤は本当に動き、セールスマンが店の秤から先ほどのサラミのスライスを取り、セールスマンの秤の上に置くと、ちょうど六十七・五グラムを指した……。店の秤が二・五グラム余計に計測しているのは誰の目にも明らかだった。セールスマンは机の上で計算をはじめ、「店の秤の数字をもとに収支報告をすれば……」とはじき出した答えに線を引いてから、「七十グラム分のサラミを百個販売したら、実際には二・五グラム分のサラミを百個節約することになります。これはサラミ一本の半分にあたります……」と言った。そして、握りしめた拳を机の上に置いて寄りかかり、片方の足のつま先が地面につき、もう一方の足の踵が浮くように足を組み、勝ち誇った様子で笑みを浮かべた。すると支配人は言った。「さあ、みんな出て行って。これから取引をしなければならん。ここにあるものをすべてこのまま買い取ります！」「あいにく、これは見本品なんです」とセールスマンは言うと、助手に合図を出した。「申しわけないですが、わたしどもはこれを全部担いで、一週間ほどクルコノシェの別荘を次々と回っていたものですから。あそこの別荘のほとんどすべてにサラミスライサーと秤を売りましてね。この二つの器具をわたしは『税金節約マシーン』と呼んでいるんですよ」

わたしに若い頃の自分の面影を見出したのか、このセールスマンはわたしのことが気に入ったようで、わたしを見ると頭を撫でて涙ぐむほどの笑みを浮かべた。ある時、部屋にミネラルウォーターを運んだことがあった。部屋を訪ねると彼はいつもパジャマ姿で、カーペットの上に横になり、とてつもなく大きな腹は樽のように身体の横にあった。自分の腹を恥ずかしく思っていないばかりか、前面に出して、広告塔のように目の前の世界をどんどん腹で切り開いていく様子はわたしのお気に入りだった。いつも「息子よ、座るんだ」とわたしに声をかけ、笑いかけてくれる姿は、父親というよりも、母親にかわいがられているように感じられた。ある時、話をしてくれたことがある。「いいかい、わしも初めはお前とおなじだった。チビで、コレフ社で装身具を扱っていた。あぁ、まったく、今日になってもわしの上司を思い出すよ。きちんとした商売人はいつも三つのものを持ち合わせていないとな、と言っていたっけ。不動産、商店、在庫の三つだ。在庫がなくなってもまだ商店がある。商店と在庫を失っても、まだ不動産がある。だがこの不動産には誰も手を出すことができないとな。ある時のことだが、櫛を、きれいな象牙の櫛を手配するように頼まれたんだ。八百コルナもする品物だ。自転車のカゴに載せ、二つの大きな袋に入れていた――さあ、この飴をなめな、いいから、いいから、チョコレートで包んだサクランボだ――それで、自転車を丘の上まで運んでいったんだ。で、お前さんは何歳だ?」「十五歳」と答えると、うなずいて飴を一つ取って口に放り込み、話を続けた。「で、丘の上まで櫛を運んでいくと、農夫の娘が目の前を横切ったんだ。

この女もわしとおなじく自転車に乗っていて、森の中にある丘で止まっていたんだ。わしが自転車をてっぺんまで押していくと、娘はわしのことをじっと見ていてな、あまりにも熱心に見ていたのでわしは視線を逸らしたほどだった。すると、わしにそっと触れ、こう言ったんだ。ラズベリーでも見に行きませんか、とな。わしは櫛を積んだ自転車を丘の上にそのまま置いて、彼女もわしの自転車の上に重ねるように自転車を置き、わしの手を取ると、すぐ近くにあった灌木(かんぼく)の陰でわしを押し倒し、ジッパーをおろしはじめたんだ。気がつくと、娘はわしの上に乗っていて、わしは混乱した。わしは娘の初めての相手だった。自転車と櫛のことを思い出して、自転車のところに駆けつけると、彼女の自転車がわしの自転車の上に乗っかっていて、当時の女物の自転車の後輪には馬の頭や首につけるようなカラフルなネットがかかっていた。わしは櫛の入った袋をさぐってみると、まだ中に入っていたのでほっとした。農夫の娘が駆け寄ってきてわしの自転車のペダルが彼女の自転車のネットにもつれているのを見て、これは二人が離れられないしるしね、と言うんだよ。わしは怖くなったよ。さあ、この飴を食べてみるがいい、これはヌガーというんだ……。それでわしたちは自転車を引っ張りながら森の中に入っていった。娘はまたわしのズボンを触ってきてな、まあ、あの頃のわしは今よりはるかに若かった。そうしてわしは、自転車を茂みに置いた時と同じように彼女の上になってな、今度は彼女の自転車が地面に置かれ、わしの自転車がその上だ。そうやってわしらは愛し合ったんだ、自転車と同じようにな。それは素晴らしいものだった。いいかい、息子よ、よくおぼえておくんだ、人生はすこしでもうまくいくと、素晴らしいものになる、とても素晴らしいものにな……フー、さあ、もう寝るんだ、明日の朝は早く起きなきゃならないんだろ、な？」ボトルを手にして中身を飲み干すと、お腹に流れ込む水の音が聞こえてきた。雨水が軒の樋（とい）から水溜めに落ちるような音だった。横向きに寝返りを打った時など、水が水平に流れる音がはっきりと聞こえるほどだった……。

セールスマンたちのなかでわたしが嫌いだったのは、食べ物やマーガリン、それに台所用品を持参してくる人たちだった。こういう人たちは食べ物を持参しているので、自室で食事をすませ、なかにはアルコールランプを持っているセールスマンもいて、室内でブランボラーク（ジャガイモをすりおろして焼いたお好み焼きのようなもの）かなにかをつくり、ジャガイモの皮をベッドの下に捨てたりしていた。そればかりか、靴磨きをただで頼む人もいた。帰り際に、宣伝用のバッジをチップとして置いて行き、それを貰ったがために、わたしは車までイーストの箱を運ぶ特権を認められた。かれらは問屋からイーストを手に入れては、旅の途中、なにかあるたびに販売していた。またある人たちはあまりにも多くの鞄を抱えてやってくるので、一週間で売る品物を全部持ってきているのではないかと思えるほどだった。逆に手ぶらでやってくる人もいた。鞄を持たないセールスマンがやってきていったい何を商売するのか気になったものだが、そういう人は大抵わたしを驚かせてくれた。たとえば包装紙や紙袋の注文を取る人がいたのだが、その人はサンプルを上着の内ポケットのハンカチの後ろに入れていた。また手提げ鞄にヨーヨーと空中ごま（ディアボロ）だけを入れ、ポケットには注文用紙だけを入れている人もいた。その恰好で町を歩きながらヨーヨーや空中ごまをしながら、そのまま店の中に入っていく。すると玩具や服飾品の商店主は、細々とした物を持った助手やお客を待たせたまま、まるで夢遊病者のように前に進み、ヨーヨーや空中ごまに手を伸ばすのだった。お客がこういったおもちゃに飽きるのに、普通は一シーズンかかったので、すぐに商店主たちは、「追加発注はどのくらい送ってくれるの?」と訊き、セールスマンは二十ケースの提供に同意し、商店主が最後に強く出ると、もう一ケースかそこら追加するのだった。また別のシーズンには、ゴム製の気泡ボールが登場し、助手は列車の中、街頭、そしてお店でそのボールを投げてみせていた。すると商店主たちは催眠術にかかったかのように駆け寄っていき、ボールが天井へ行ったり、手に戻ってくる様子を見上げたり、見下ろしたり、そしてまた上を見て、下を見てといった具合で、そうこうしているうちに「何ケース、置いていけるの?」ということになる。こういった季節ごとにやってくるセールスマンたちのことはあまり好きではなかったし、給仕長も同意見だった。信頼の置けない、本当に口先だけのセールスマンたちのことは、店に一歩足を踏み入れただけでわたしたちはすぐに見抜くことができた。食べるだけ食べ、支払いもせずに窓から逃げていく。わたしたちの店でも何度かそういうことがあった……。

わたしたちのホテルに滞在した人のなかで一番好感がもてたセールスマンは「ゴムの王様」だった。この人は繊細なゴム製品を薬局に納入するプリメロス社の人だった。わたしたちのホテルに来る時にはいつも何か新製品をたずさえてきたので、彼が来ると常連客は自分たちのテーブルに彼を呼び寄せた。というのも、誰かにとって不快な出来事は、ほかの人にしてみれば愉快この上ないことだったからだ。この人はあらゆる色や形状の避妊具を売っていた。まだ給仕見習いだったわたしは驚くばかりだった。通りでは上品ぶっている常連客がわたしは嫌いでたまらなかった。かれらはテーブルに座った途端、本物の子猫のように浮かれ騒ぎ、時には雌猿かと思うほど、卑猥で滑稽に振る舞うこともあったからだ。「ゴムの王様」がやってくると、そういう常連客の誰かの食事に、クネドリーク（小麦粉に水を加えて蒸した食べ物）の下などに、あの〈プリメロス〉を忍び込ませる。お客がそのクネドリークをひっくり返すと、皆で大笑いをするのだ。けれども同じことが一か月と経たないうちに自分の身にも起こることはわかっていた。だから皆、わざとやっていたのだ。義歯工場を経営していたジヴノステクさんは、事あるごとに誰かのビールの中に歯や義歯の欠片（かけら）を投げ入れた。隣の人のコーヒーの中に自分の工場の義歯を投げ入れるのだが、その隣の男がコーヒーカップを差し替えたため、ジヴノステクさんが窒息しかねない状況になったこともあった。唯一ジヴノステクさんの背中を叩いてあげたのが獣医で、バンと叩いた拍子に歯が飛び、テーブルの下に落ちた。自分の工場の歯だと思ったジヴノステクさんはそれを踏んでしまった。気がついた時にはすでに遅しで、それは自分の義歯だった。これを笑いとばしたのが歯科技師のシュロセルさんで、このシュロセルさんのお得意は何かというと短時間での治療で、これで相当稼いでいたようだった。ウサギやキジの狩りが始まると、シュロセルさんのシーズンになる。というのも、狩りを終えた人々は夜になるとてつもない量の酒を飲むので、狩人の多くが歯を吐き出したり、歯をだめにしたりするからだ。そこでシュロセルさんは昼夜を問わず働いて、歯を治すというわけだ。飲みすぎて歯が使いものにならなくなったのを奥さんや家族に気づかれないよう数日のうちに……。「ゴムの王様」はまた別の品物も持っていて、ある時持参したのが〈寡婦の慰め〉と呼ばれるものだった。いつまでたってもわたしはそれがどういうものなのかまったく理解できなかった。クラリネットが入るような袋に入っているのだが、皆は袋を開けて覗き込むだけだった。〈寡婦の慰め〉はテーブルを一周しはじめ、皆は開けるとどっと笑い出し、すぐに袋を閉じて、隣の人に手渡す。わたしはビールを運びながら、どうやって寡婦を慰めるのかまったくわからずにいた。またある時、「ゴムの王様」はゴムでできた女の子の人形を連れてきたことがあった。常連客たちは夏にはビリヤード室か、カーテンで仕切られた窓のそばに座っているのがつねだったが、冬だったので厨房の中のテーブルにいた。「ゴムの王様」が人形に語りかけると皆は笑い出したが、わたしはおかしいことだとはまったく思わなかった。テーブルの各人にゴムの少女が回され、手にすると誰もが真剣な表情になり、顔を紅らめ、隣の人に手渡すのだった。そこで、「ゴムの王様」は教師のような口調で説明しはじめた。「皆さん、これは最新の商品になります。ベッドでの性的なオブジェで、〈プリマヴェーラ〉というゴムの人形です。〈プリマヴェーラ〉がいれば、お望みのことを何でも実現できます。まるで生きているかのようです。身長は成人女性と同じ。この人形は興奮をもたらすばかりか、部位にぴったりフィットし、温かく、美しく、性的魅力に満ちあふれています。何百万という男性が、ゴムの〈プリマヴェーラ〉を待ち望んでいたのです。人形は皆さんの息で膨らましていただきます。つまり皆さんの息から生まれた女性が、自分への信頼を取り戻させ、新たな可能性そして勃起力を男性に授けるのです。もちろん勃起だけではなく、至福の満足感を与えてくれます。皆さん、〈プリマヴェーラ〉は特殊なゴムでできており、股間には気泡ゴムがあり、そればかりか女性が有しているありとあらゆる膨らみや窪みをそなえた開口部もあります。超小型のバイブレーターは電池で動くようになっており、興奮へと誘う繊細な動きが作り出されることで、女性の性器が自然に動き、お好みのタイミングでピークを迎えることができます。つまり、男性がその状況の主となるのです。女性の性器を拭く必要がないように、避妊具〈プリメロス〉をご使用いただくことも可能です。それから擦れることがないように、グリセリンのクリームもあります……」店のお客が力を振り絞ってゴムの〈プリマヴェーラ〉に息を吹き込み、隣の人に渡そうとすると、「ゴムの王様」は栓を抜いてしまい、次の人はまた自分の息でしぼんだ少女を膨らませなければならなかった。すると、自分の肺からの息を吹き込んだ少女が自分の手の下で大きくなるのだった。ほかの者たちは手をたたいたり、笑ったりして、自分の番が来るのが待ち遠しくてたまらない様子だった。厨房内があまりにもにぎやかだったので、会計係の女性はどことなく落ち着かない様子で、足を頻繁に組み替えていた。自分に息が吹き込まれたり、吐き出させられたりしているかのようで、じっとしていられなかったのだ。こういったにぎわいは真夜中まで続いた……。

もちろん、セールスマンのなかには類似した商品を扱う者もいたけれども、どの商品よりもはるかに美しく、はるかに実用的なものがあった。それはパルドゥビツェのテーラーだった。わが給仕長は時間がまったくなかったので、かつて給仕したことのある中佐の口利きで、うちのホテルを年に二回ほど利用しているこの仕立屋を紹介してもらった。わたしは様子を見ていたけれども、どういう経過をたどるのかまったく見当もつかなかった。その人はまず給仕長のズボンのサイズを測り、ベストと白いシャツを着せたまま立たせておき、細長い耐脂紙を胸と背中、そして腰回りと首回りにあて、その紙にサイズを記入していき、給仕長本人のサイズに合わせてその紙を切っていった。生地ではないものの、この紙から燕尾服を作るかのようだった。そしてその紙に番号を書き込み、袋の中に丁寧に仕舞い込むと、袋に封をして表面にわが給仕長の生年月日、それからもちろん氏名を書き、手付金を受け取ってこう告げるのだった。「もう気にかけることは何もありません。あとは、代金引換で到着する燕尾服をお待ちいただくだけです。わが社でお作りいたしますが、給仕長はまったく時間がないでしょうから、試着の必要もありません」するとわたしがたずねたいと思っていた、けれどもそうするだけの勇気がなかった質問を耳にした。「このあとはどうなるのですか？」と給仕長がたずねたのだ。仕立屋は膨れ上がった札入れに手付金をしまってから、静かに説明をはじめた。

「わかっていただきたいのですが、これはわが社の社長が考案したもので、この国、いやもしかしたらヨーロッパ、世界に革命を呼び起こすものなのです。軍人、俳優、そして給仕長、あなたのように時間がない方すべての採寸をわたくしどもが行ない、そのデータを作業場に送ります。作業場では仕立て用の人台にこの紙を貼り合わせていきます。人台はゴム製の袋の形をしていて、貼り合わせた型紙に合わせてポンプで空気を少しずつ入れ、パンパンになるまで膨らまします。この人台の外側には速乾性の糊がついているので型紙に触れるとすぐに固まります。そして型紙を外すと、あなたの胴体模型が部屋の天井までふわっと浮かび上がるのです。胴体模型にはつねに空気が入っています。取り間違えないように、産科で乳児に紐を付けたり、プラハの病院の巨大な遺体安置所で死体の親指に札を付けたりするのと同じように、その胴体には紐が付けられます。仮縫いができてまいりますと、胴体を引っ張り下ろして、空気の入った人形にスーツや制服であれ燕尾服であれ、ご注文の品を試すのです。そのあとまた裁縫が行なわれ、また試着を繰り返し、三回の試着の後、縫い糸がほどかれて今度は本縫いが行なわれます。このようにして空気の入った代役に試着させることで、お客さまが一度も試着を直接せずに済ませることができ、服はぴったりと身体に合うようになるのです。ですから自信を持って、燕尾服を代金引換で郵送することができるというわけです。服は長いこと持ちますが、お客さまがお太りになったりあるいはお痩せになったら、また担当の者が訪れ、どこの箇所がどれだけ小さくなったか、あるいは大きくなったかを採寸するだけでいいのです。その時々の必要に応じて、手を加えるか、あるいは新しい燕尾服や軍服を仕立てさえすればいいのです……。それは、お客さまがお亡くなりになるまで同じ要領でいいのです。倉庫の天井はマネキンでいっぱいになっていて、色とりどりの胴体が数百も吊るされていますので、階級と職種に応じて探せば済むようになっています。というのもわが社ではすべて、階級にもとづいて分類されているからです。将軍、中佐、大佐、元帥、大将、給仕長、そして燕尾服を着る方々といった具合になっていますので、それぞれのセクションに出向き、ロープを引っ張るだけで、子どもが手にした風船のようにマネキンが下りてきます。ですから、最後に仕立てを行なった時の体形や、スーツやコートの仕立て直しをした時の体形を正確に知ることができるのです」この話を聞いているうちに、給仕の試験を受けるようになったら、わたしもこの会社で新しい燕尾服を作ろうという気持ちになった。世界で唯一と思われるこの会社の天井で、わたしも、胴体模型も上昇していくように、と。こんなことは、チェコの人でなければ考えそうもないようなことだった……。それからというもの、わたしの胴体模型ではなくて、わたし自身がパルドゥビツェのテーラーの天井でふわりと浮かび上がるのを時折夢に見た。それればかりか、わたしたちのホテル「黄金の都プラハ」の天井近くまで浮かび上がるような感覚をおぼえることすらあった。

真夜中にミネラルウォーターをあのベルケル社の人に運んだことがあった。病院で使うかのような秤、それからハンガリー風サラミを薄く切るスライサーをうちの店に販売した人だ。ノックもせずに部屋に入ると、カーペットの上に座っているあの人が目に入ってきた。いつものように食事を終えるとすぐに部屋に戻り、パジャマに着替えてしゃがみこんでいる。初めのうち、一人でソリテールをしているか、あるいはトランプ占いをしているのだろうと思っていたのだが、セールスマンは小さな子どもが幸せに浸っているかのような笑みを満面に湛えながら、カーペット全体に百コルナ札を一枚ずつそっと並べていた。すでにカーペットの半分は埋まっていたが、それだけでは足りなそうだった。というのも、鞄から別の札束を取り出し、カーペットに線や碁盤目が描かれてあるかのように、百コルナ札を正確にきれいな列に並べていたからだ。一列並べ終わると、その列には蜂の巣のように等間隔の隙間があいていた。セールスマンは百コルナ札を満足げに眺め、しまいには拍手をした。そして子どものように興奮した顔を両手で覆ったのち、頬杖をつき、紙幣を大いに楽しみ、またそのあとを続け、床に百コルナ札を並べるのだった。札の裏表が逆になっていたり、あるいは上下が逆さまになっていたりしたら、すべてが同じになるように並べ替えていた。咳をして立ち去る気にもなれずに、わたしは立ったままだった。このお金は正真正銘の財産であるばかりか、タイルの一枚一枚でもあった。とてつもない興奮と静かな喜びを感じながら、わたしはある展望を抱いたのだった。自分はお金が好きでたまらなかったが、こんなことを思いもしなかったからだ。わたしが稼いだ金がどのくらいになるか、まだ百コルナ札ではなく、二十コルナ札だったけれども、この二十コルナ札を同じように並べるイメージを思い描くことができた。縞模様のパジャマを着た、子どものような太った男の姿を見ているうちに、わたしはとてつもない快感をおぼえるようになった。いつの日かわたしも部屋に鍵をかけ、いや鍵をかけ忘れてもいいが、自分の力、自分の能力の絵を床に描くのがこれからのわたしの課題になるのだと思った。そう、本当の喜びがほとばしる絵を描くのだ……。

そして、わたしがお札を敷き詰めている様子を見て驚いたのが、詩人のトンダ・ヨードルだった。ヨードルさんはうちのホテルに滞在していたが、絵も描いていたので、支配人は支払いの代わりに絵を一枚ずつまき上げていた。その人はわたしたちの小さな町で、『イエス・キリストの生涯』という詩集を出していた。自費出版だったが、製本したすべての本を自分の部屋に持ち込み、床に一冊ずつ並べ、そのあいだに上着を脱いだり羽織ったりして、それほどこのイエスの本のことで神経をとがらせているようだった。その白い本を部屋中に敷き詰めたけれども、部屋に全部は入らなかったので廊下に並べはじめ、もうすこしで階段というところまで敷き詰めていた。汗のかき具合で上着を脱いだかと思うと、しばらくすると上着を着て、それから肩に羽織っていたのだが、寒くなったようで暖を取ろうとして袖を通したが、またすぐに暑くなったのか、上着を脱いだ。そればかりか、彼の耳からは脱脂綿が何度も外れて落ちていた。身の回りの世界のことを耳にしたいか、したくないか、その時々の気分で脱脂綿を入れたり取ったりしていたのだ。田舎の家屋での質素な暮らしへの回帰をたえず説いていたこの詩人は、ポトクルコノシェのどこかの田舎の家屋しか描かなかった。また口にすることはといえば、芸術家としての詩人の課題は新しい人間を探すことだと述べるばかり。レストランの常連客たちは彼のことが嫌いで、いや本当は好きだったのかもしれないが、しょっちゅうからかってばかりいた。詩人はレストランの中でも上着を脱いだり着たりして、またオーバーシューズを脱いだり履いたりした。新しい人間を探していたためか、五分ごとに気分が変わっていくようで、そのたびにオーバーシューズを脱いだり履いたりした。常連客たちは、詩人がオーバーシューズを脱ぐとその中にビールやコーヒーを注いだ。皆気になって、食事をするにしても横目で眺めているので、フォークは口に入らなかった。詩人がオーバーシューズを履くと、中からコーヒーやビールが流れ出す。詩人は大声を張りあげ、レストラン全体に聞こえるように「悪しき、愚かな、罪深い人類の子孫め……お前たちに必要なのは田舎の家屋での質素な暮らしだ……」と叫び、涙を流す。でもその涙はけっして怒りからではなく、幸せな気持ちからだった。というのも、この注ぎ込まれたビールを、この町の人々が自分のことを気にかけてくれている証拠として、たとえ敬意を払おうとしなかったにせよ、対等の人間として扱ってくれている証拠として捉えていたからだ……。だが一番ひどかったのは、詩人のオーバーシューズを釘で打ち付けてしまった時のこと。詩人はひょいと足を靴に入れたが、テーブルにもどろうとしても動けず、何度か手をついたものの、驚いたことにひっくり返らなかった。それほどオーバーシューズはしっかり打ち付けられていたのだ。常連客たちを「悪しき、愚かな、罪深い人類の子孫め」と罵ったがすぐに許し、生活費を得ようとデッサンや詩集を売りつけていた……。彼はけっして悪い人間なんかではなく、むしろ正反対で、町のはるか上空にいるのだった。時々、薬局「白い天使」の正面に描かれている天使のように思えることがあった。それぐらい詩人は町の上を漂い、翼を動かしていたのだ。そう、翼があるのを、わたしは見たことがあった。司祭にそのことをたずねることなど怖くてできなかったけれども……。詩人が服を脱いだり着たりする時や、彼の美しい顔が四つ折りの紙の上で屈む時にわたしは見たのだ。彼はうちのお店のテーブルで詩を書くのが気に入っていた。その彼が振り返ろうとした時、わたしは天使のような横顔をちらっと見たのだった。頭上に光り輝くものが昇っていく様子を、彼の頭の周りにどこにでもありそうな紫の小さな炎の輪っかがあるのを。〈プリムス〉というメーカーのコンロの炎のように、彼の頭の中に灯油があるかのようだった。彼の頭上には雑貨商のランプの中でシューシューと音を出しながら点(とも)っている輪っかが輝いているかのようだった……。そしてまた町の広場を歩いている時など、わたしたちの店のこの客人のように傘を持ち歩く姿が様になる者は誰一人いなかったし、この詩人のように、さりげなくトップコートを肩にかけることができる者もいなかった。この芸術家のようにやわらかい帽子をそっとかぶることができる者はほかにいなかった。たとえ彼の耳から白い脱脂綿の塊が出ていようと、たとえ広場を横断し終えるまでに、トップコートを五回脱いだり羽織ったりしていようと、たとえ誰かに挨拶するかのように、帽子を十回脱いだりかぶったりしていようとも……。もちろん、特定の誰かに挨拶をしているわけではなかったが、市場にいるおばあさんたちや雑貨商の人たちに深くお辞儀をしていたのだ。かれらこそがトンダが探し求めていた新しい人間たちだったからだ。冷え込んだり、雨が降ったりすると、いつも臓物スープの入ったマグカップやパンを注文し、身体が冷え切ったおばあさんたちにみずから手渡す。広場を横切ってスープを運ぶ時、ただスープを運んでいるわけではなく、すくなくともわたしが見たところ、そのマグカップの中に自分の心の一部を込めて、臓物スープの中に人間的な心を込めて、もしくはパプリカやタマネギと一緒に細かく刻まれた自分の心を込めて、おばあさんたちに運んでいた。まるで、司祭が終油の秘跡に際して顕示台や聖体（ホスチア）を運んでいるかのようだった。こうやって詩人はマグカップを持つ手を替えながら、なんと自分は優しいことかと、その思いで目に涙していた。うちの店にどんなに借金があっても、老婦人たちにスープを買って、ただ身体を温めてもらうためではなく、トンダ・ヨードルという人間が彼女たちのことを考えている、彼女たちのおかげでトンダは生きている、彼女たちはトンダ自身にほかならない、自分の世界観の一部をなしている、とわかってもらうためだった。自分の行なっていることは隣人に対するもので、それは死後ではなく、いますぐ役に立つ愛なのだ、と……。その当時、自分の新しい本を廊下に出るほど床に並べていると、トイレからバケツを運んできた掃除のおばさんが彼の本のイエス・キリストの白い表紙を踏んでいったことがあった。けれどもトンダは「悪しき、愚かな、罪深い人類の子孫め」と声を張り上げはしなかった。少年の靴底のような彼女の足跡をすべて残したまま、彼は次々と署名をしていき、足跡のついたイエスの本を定価十コルナのところを十二コルナで売るのだった……。この本は自費出版であったため、部数は二百部しかなかったが、その後、プラハのカトリック系の出版社が一万部の刊行を引き受けることになった。トンダはあいかわらず毎日毎日指折り数えながら、上着の着脱を繰り返していたが、誰かがオーバーシューズを打ち付けてしまったので三度ほど床に倒れ込んでしまった。それからお話しするのを忘れていたことがある。そう、あの人は五分ごとになにかの薬を自分の身体に振りかけていた。だから小麦粉の入った袋を破ってしまった粉屋みたいに、いつも粉薬にまみれていた。胸と膝のあたりは黒い服を着ていたにもかかわらず、まっしろになっていた。それからノイラステニンとかいう薬を瓶からそのまま飲んでいたので、口の周りには噛み煙草を噛んだかのように黄色い輪ができていた……。こういった具合で薬を飲み、身体にかけていたのだが、まさにこの薬のせいで五分ごとに汗をかくほど暑くなったり、テーブル全体が揺れるぐらい身震いするほど、寒さを感じていたのだった。そしてまた、指物屋(さしもの)の棟梁が『イエス・キリストの生涯』が部屋や廊下で何平方メートルの面積を覆っているか測定したことがあった。トンダの計算によれば、一万部刊行され、すべてを地面に並べていったら、チャースラフからヘジュマヌフ・ムニェステッツまでを本で舗装できるだろうし、わが町の歴史的な地区にある広場全体と隣接する通りをすべて覆いつくせるだろうとのことだった。また詩集に収録されている詩を一編ずつ並べて中央分離帯のようなものを作るとしたら、チャースラフからイフラヴァまで達するだろうとのことだった。わたしはこの本のことを考えると頭がどうにかなりそうだった。この町の敷石の上を歩くたびに、並べられた本の上を歩いているんだとたえず意識することになったからだ。舗道の石のそれぞれに自分の名前が刻まれているのを見るのは素晴らしいにちがいないというのはわかっていた。だがトンダ・ヨードルは『イエス・キリストの生涯』一万冊分の借金を背負っていた。その結果、印刷所の社長のカダヴァーさんがやってきてトンダの『イエス・キリストの生涯』を没収することになり、二人の雑用係が本を洗濯カゴに入れて持っていってしまった。カダヴァーさんは言った。いや、大声で叫んだといったほうがふさわしいだろう。「イエス・キリストはうちの印刷所に置いておくから、イエス・キリストが一人欲しかったら、八コルナずつ支払うんだよ」トンダは上着を脱ぎ、ノイラステニンの瓶をラッパ飲みすると、声を張り上げた。「悪しき、愚かな、罪深い人類の子孫め……」

わたしがゴホンと咳をして部屋に入ろうとすると、ベルケル社のセールスマン、ヴァルデン氏はカーペットと平行になって床に横たわっていた。カーペット全体が百コルナ札の見本であるかのように、緑色の紙幣であますところなく覆われていた……。まんまるな腕をクッションのように頭の下に置き、全身を伸ばして横になりながら、一面に広がる紙幣を眺めていた……。わたしはいったん部屋の外に出て、扉を閉め、それからノックをすると、ヴァルデン氏が「誰だい？」と尋ねた。「給仕見習いです、お水をお持ちいたしました……」「お入り」と返事があった。中に入ると、ヴァルデン氏は部屋の隅に横になったままで頬杖をつき、縮れ髪にはブリリアンティンという香油がたっぷりつけられていたので、一方の手に宝石を載せているかのように髪が光り輝いていた。そしてまた笑みを浮かべながら言うのだった。「さあ、一本開けて、ここにお座り！」わたしはポケットから栓抜きを取り出し、栓を開けるとミネラルウォーターがシュワッと静かな音をたてた。ヴァルデン氏はすこし飲み、次の一口を啜る合間に紙幣を指差し、ミネラルウォーターのように静かに、優しく話しはじめた。「わかっているぞ。お前が一回入ってきたのは。じっくり観察していたからな……。いいか、お金があれば世界への道が開けるんだ。これはわしが見習い時代にコレフ社のじいさんから習ったことだ。今、お前がこのカーペットの上で目にしているものは、わしが一週間で稼いだものだ、秤を十台売ってな……。これがわしの取り分だ。これよりも美しいものを見たことがあるか？　わしはな、自宅に戻ると、同じように家中に並べてみるんだ。家内と一緒にな、テーブルというテーブルの上に、床という床に。サラミを買ってはすこしずつスライスして、一晩かけて食べるんだ。翌日まで残しておくなんてことはしない。どうせ夜中に目が覚めて、食べてしまうからな。サラミが大好物なんだ、塊を丸ごとな。また今度ここに来たら、くわしく話してあげよう……」と言ってヴァルデン氏は立ち上がり、わたしの頭を撫で、手をわたしのあごにあてながら、わたしの目をじっと見つめ言うのだった。「いつか、お前は何かを成しとげるはずだ、いいかい、お前の中に秘められているんだ、わかっているか？　あとは、それを引き出すことができるかどうかだ……」「でも、どうやってですか？」と訊くと、ヴァルデン氏は答えた。「お前は駅でソーセージを売っていたな。わしは、お前に二十コルナ札を手渡したお客の一人だ。おつりの十八コルナを返すのに、お前は本当に時間をかけて、列車が出発してしまうほどだったな……だがな」とヴァルデン氏は言ってから、窓を開け、ズボンのポケットに入っていた小銭をつかみ、誰もいない広場に向けて投げた。そして指を口にあてて、硬貨がチリンチリンと舗道の上で転がる音を注意深く聞いた。ヴァルデン氏は言葉を続けた。「百コルナ札を呼び込むためには、こういった具合に小銭を窓から投げ捨てなければならないんだぞ、いいか？」隙間風が吹き、すべての百コルナ札が指示を受けたかのようにふわっと舞い上がり、飛翔し、息づき、落ち葉のように部屋の隅へと集まっていった。

わたしはヴァルデン氏を眺めるのと同じ要領で、ほかのセールスマンたちも眺めるようになっていた。セールスマンたちをじっと見ながら、どういった下着を身につけ、どういったシャツを着ているか、思いめぐらすようになった。皆、汚れた下着を身につけ、なかには股のところが黄ばんでいる人もいるだろうし、全員ともにシャツの襟首は汚れ、靴下も汚く、うちのホテルに宿泊しないような人であれば、靴下や下着やシャツを窓から投げ捨ててしまうだろうとつねづね想像していた。そう、三年間おばあさんのところに預けられていた時に、カルロヴィ・ラーズニェという公衆浴場の窓からよく投げ捨てられていたように。昔からの水車小屋にはおばあさんの小さな部屋があった。北向きの、太陽の光などけっして入らない小さな奥間で、水車のすぐ隣にあった。水車はとても大きく、二階のところで水に入り、一番高いところは四階に達していた。おばあさんがわたしを育てるようになったのは、わたしが生まれた時母さんはまだ独身だったので、母さんが自分の母親に、つまりわたしのおばあさんに自分の子どもを預けたからだ。おばあさんはカルロヴィ・ラーズニェのすぐ隣に住んでいて、生涯の幸せは何かというと、水車小屋の中に小さな部屋を借りたことだ。おばあさんは、神さまが願いを聞き入れ、浴場脇のこの部屋をあてがってくれるようずっとお祈りしていた。というのも、木曜日、金曜日になるとセールスマンたちや住まいを転々とする人々がこの浴場にぞくぞくとやってきたからだ。朝十時にはおばあさんは準備万端で、わたしも木曜日、金曜日になるのが待ち切れなかった。ほかの曜日も楽しみだったが、浴場のトイレの窓からそれらが飛んでくるようなことはまれだった。わたしたちは窓越しに、うちの窓越しに、旅行客が汚れた下着を投げ捨てる瞬間をひたすら待ちかまえていた。それは姿を現して一瞬飛行を停止したかと思うと、下に落ちてしまう。水の中に落ちてしまうものもある。それをおばあさんは集め、かぎの手でたぐりよせるのだ。わたしはおばあさんが深みに落ちないように足を押さえていなければならなかった。投げ捨てられたシャツが交差点の警官やキリストのようにさっと腕を広げることもあった。ほんの一瞬、空中でシャツが十字架にかけられたかのようにパッと開いたかと思うと、すぐさま水車の木枠や水かきに落下する。水車は回転していたので、これはいつも冒険だった。状況に応じて、シャツを水車に載せたままにし、シャツや下着が一巡りしておばあさんの窓のところまで回転してくるのを待って手をひょいと差し出しシャツを取るか、あるいは水車の車軸に引っ掛かり、回転するたびに上から下へと落ちているシャツをかぎの手で拾い上げた。おばあさんはシャツをつかむと、かぎの手に引っ掛けたまま窓から台所に持っていき、すぐにたらいに放り込む。夜になってから二階で手に入れた汚れた下着やシャツ、靴下を洗い、水車用の用水路に洗った水を流すのだった……。夜遅く、それは美しい光景だった。暗闇の中で、カルロヴィ・ラーズニェのトイレの窓から白い下着がパタパタとはためき、深淵のような水車の暗い背景に白いシャツが際立ち、わたしたちの窓で白いシャツや白い下着が一瞬の煌めきを放つ。濡れてつやのある車輪の枠の下に服が落ちる前に、まだ宙を舞っているあいだに、おばあさんはかぎの手で服を捕まえる。夕方あるいは夜遅くになると、深みから風が舞い起こり、水泡が飛び散り、顔に水や雨が叩きつけられることがあり、おばあさんはシャツをめぐって風と争いを繰り広げなければならなかった。それでも、おばあさんは一日一日を待ちわびていた。とりわけ、旅行客がシャツや下着を替える木曜日や金曜日を心待ちにしていた。というのも、もうその頃にはセールスマンたちはお金を稼ぎ、新しい靴下、下着、シャツを買っていたので、古いものはカルロヴィ・ラーズニェの窓から投げ捨ててしまうからだ。おばあさんは、かぎの手を持って投げ捨てられるものを待ち伏せしていた。そのあと、洗濯をし、繕い、食器棚の中で平らに伸ばす。それから建築現場を訪れ、壁職人や日雇いの人たちにその下着を売っていた。とても慎ましい生活だった。けれどもわたしのためのパンやカフェオレ用のミルクを買うには十分すぎる生活を営んでいた。おそらくわたしの生涯で、最も美しい時代だった……。おばあさんが夜に窓を開けて獲物を待っている様子を、今なお目に浮かべることができる。秋と冬場には捕まえにくいのだが、投げ捨てられたシャツが下から吹いた風で一瞬止まり、袖が広がった瞬間におばあさんが素早くシャツを引きよせる様子を。早くしないと、シャツは撃たれた白い鳥のようにうなだれて、黒い水の中に落下してしまう。そして拷問を受けている者のシャツが処刑用の水車に吊るされてゆっくりと姿を現す。けれどもシャツには人間の姿はなく、シャツだけが水の滴る車輪とともに上にあがっていく。四階の窓からシャツが消えてなくなった時には——そう、幸いにも、四階にはシャツや股引(ももひき)をわたしたちと争うような人が住んでいるのではなく、粉碾(こなひ)き場があるだけだった——車輪の弧と一緒に回転するシャツが落ちてくるのを待つのだ。シャツが車輪から外れると、たえず流れている黒い水の中に落下する。その下着は、黒い歩道橋の下にある樋で引き裂かれ、水車から離れていくのだった……。

満足してくれたかい？　今日はこのあたりでおしまいだよ。

ホテル・チホタ

これからする話を聞いてほしいんだ。

ファイバー製の新しいスーツケースを買うと、パルドゥビツェのテーラーがわたしの体形に合わせて作ってくれた新しい燕尾服をその中に仕舞い込んだ。燕尾服はちょうどよいサイズで、あの会社の人は嘘をついていなかった。仕立屋は胸囲を測り、細長い耐脂紙をわたしにあて、採寸したものを記入すると封筒に入れて、手付金を受け取った。その後、わたしは燕尾服を受け取るために工房に赴いた。燕尾服は身体にぴったりと合うものに仕上がっていたが、わたしが見たかったのは空気の入った胸像、わたしの胴体模型のほうだった。そこの支配人もわたしと同じくらい背が小さい人だったので、今の身長よりも高くなりたい、倉庫の天井近くにふわふわ漂いたいというわたしの気持ちを察してか、中を案内してくれた。倉庫は壮観だった。天井近くには将軍、連隊長、高名な俳優の半身像が吊るされていて、それればかりかこの店に直接燕尾服を注文しに来たという俳優ハンス・アルベルスの胴体模型も天井に吊るされていた。開け放たれた窓から風が入り、胴体模型は空に浮かぶひつじ雲のようにふわふわと揺れている。それぞれの胴体模型に留められた細い紐には名前や住所が記された紙が付されていたが、秋の風が吹くたびに名前の紙は釣り竿に引っ掛かった魚のように快活に跳ね上がっていた。支配人がわたしの住所が書かれているものを指差してくれたので、自分の模型を引っ張ってみた。隣にあった将軍やホテルのオーナーのベラーネク氏の模型と比べると、わたしの模型は本当に小さかったので泣き出したくなった。けれどもすぐに笑みがこぼれた。というのも、自分がどういう人々の中にいるかを見てうれしくなったからだ。支配人はロープを引っ張っては、この模型をもとに教育大臣の燕尾服を作るとか、これより一回り小柄で、こちらにあるのが防衛大臣のものだと教えてくれた。それを聞いて力がみなぎり、自分の燕尾服の残金を支払ったばかりか、ホテル「黄金の都プラハ」からストランチツェ（プラハの東に位置する町）にあるホテル・チホタへ移ろうとしていた小さな給仕人の小さな心尽くしとして、二百コルナを手渡した。

わたしをホテル・チホタへ送り込んだのは、世界で三番目に大きい企業ファン・ベルケル社の例のセールスマンだった。わたしは工房を出てプラハに向かい、買ったばかりのスーツケースとともにストランチツェの駅で降車した。それはまだ昼前のことで雨が降っていた。雨は一晩中、いや数日前から降り続いていたにちがいない。道路は砂や泥だらけになっていて、カフェオレのようにベージュ色の小川から水が流れ出し、イラクサ、ハマアカザ、ゴボウがなぎ倒されていた。泥を乗り越えてホテル・チホタの矢印が指している上り坂を進み、木々が折れて倒れている別荘を何軒か通り過ぎて、わたしは笑い出さずにはいられない光景に出くわした。というのも、ある庭でよく熟れた杏子(あんず)がいっぱい生っている木が折れていたのだが、その木を縛りつけようとしている人たちがいた。頭の禿げた家主は裂けた木の先端部分をワイヤーで縛りつけようとし、二人の女性は木を両側から押さえていた。突然風がヒューと吹いてワイヤーが切れてしまい、女性たちは木を支えきれず、しまいには木がまた折れ、脚立に乗っていた男を投げ倒してしまった。男の全身は枝にからまり、棘にかすられた頭からは血が流れ出していた。わたしは柵の手前で立ったままでいた。枝にからみつかれ、はりつけにされるように地面に釘付けにされた男の様子を見て女たちは大きな笑い声をあげたが、男のほうは目をむいて「この豚女め、ここから抜け出るのを待っていろよ、お前らを釘のように地面に打ち付けてやるからな」と叫んだ。女たちは二人とも男の娘だったのか、あるいは妻と娘だったのかわからなかったが、わたしは帽子を取って声をかけた。「すみませんが、ホテル・チホタはこの道でよろしいでしょうか?」すると男は「消えうせろ!」と叫んでもがいていたが、起き上がることはできずにいた。よく熟れた杏子まみれになっている男と笑い転げている二人の女の姿といったら、それはもう美しかった。二人の女たちは笑いも一段落した様子で、男が起き上がれるように枝をどけようとした。ようやく男は膝をついて立ち上がるとまずまっさきに禿げ頭にベレー帽を載っけた。わたしは先を急ぐことにした。轍をたどって進むうちに、道路は舗装されたものに変わり、縁石は四角い花崗岩になっていた。靴についた泥や黄土を払い落とし、それから丘の上に登ると、わたしはつるっと滑って膝をついてしまった。気がつくと頭上の雲は消え去っており、空は雨に打たれたチコリのように青々としていた。その時、丘の上にあるホテルが目に入った。それは、おとぎ話のように美しく、中国の建造物か、チロルかリヴィエラのとてつもない大富豪の別荘を思わせるものだった。建物は白地に赤色で、パンタイル瓦の屋根が波打っているかのようだった。三階ともに鎧戸はブラインドと同じ緑色で、階が上になるほど天井は低くなっている。最上部には美しいあずまやのようなものがあった。さらにそのあずまやの上には、鉄製の緑の鎧戸だけからなる小さな塔があり、監視塔か測候所の趣を呈していた。中には機器が、外には風向計が備えられ、その風向計のてっぺんでは赤い風見鶏が回転している。どの階の窓辺にもバルコニーがあり、バルコニーには観音開きのフランス窓が設えられていた。わたしは歩き続けたものの、窓やバルコニーのどこにも人の姿は見えず、ただ静まり返っていた。風の音だけが聞こえている。その風の香りは心地よく、アイスクリームか、目に見えないふわふわした雪をスプーンで食べているかのようだった。もしパンを一切れ持っていたら、牛乳を飲むようにその空気をパンと一緒に口に入れていたはず。門の中に入ると、道には雨で洗われた砂が敷き詰められていた。よく繁った草は刈り取られて束になっており、マツの木立の中を歩むと、そこからは広々とした草原の景色が広がっていた。芝生は鎌で刈り取られたばかりで、山のように積まれていた。ホテル・チホタへの入口は弓形の橋の先にあり、その橋とガラスの扉がつながっていて、その扉はさらに白い壁に設えられた扉と同じ鉄の鎧戸を備えていた。入口はすこし高いところにあって、橋の両側には白い欄干があり、その下には高山植物が植えられた岩石庭園があった。自分が正しい場所に来たのか、ここがホテルだとしても、わたしのような人間を雇ってくれるのか、ヴァルデン氏は本当に話をつけてくれたのか、小さい給仕人のこのわたしがホテル・チホタにふさわしいのかどうか、わたしはいぶかしく思い、突然不安になった。どこにも誰もおらず、どこからも声一つ聞こえない。わたしは周りを見渡し、庭のほうへと駆け出した。すると、ピーと鋭い笛の音が鳴り響いた。あまりにも急に音がしたので、わたしは思わず立ち止まった。笛は三度鳴り、お前、お前、お前、と言っているかのようだった。それからわたしが振り返るまで、長いあいだ笛が鳴っていた。そのあと、笛はピッと短く鳴り、まるでロープがわたしに巻きつき、入ってきたガラスの扉まで戻されてしまったかのようだった。その時、車椅子に座った太った男性がわたしの前に姿を現した。その男は自分の手で車輪を回し、まんまるな頭で、口には笛をくわえていた。両手で車輪をしっかりおさえていたものの、車椅子の止まり方があまりにも急だったので前につんのめりそうになったが、落ちることはなかった。ただ、黒いかつら——ちょっとしたへアピースだった

――がすこしずれてしまい、太った男はあわてて額に合わせた。ようやくわたしはチホタ氏に自己紹介をし、チホタ氏も名前を告げた。ファン・ベルケル社の重鎮であるヴァルデン氏がわたしを推薦してくれたことを話すと、チホタ氏は朝からわたしのことを待っていたけれども、突然の豪雨があったので、すぐには来ないのではないかと思っていたところだと言った。そして、すこし休んでから燕尾服を着てくるようにと告げ、それからわたしの仕事を説明するということだった。わたしはジロジロ見ないようにしたが、車椅子に乗った巨大な身体から目が離せなかった。身体全体が丸々と太っていて、ミシュランのタイヤの広告のようだった。その身体の主であるチホタ氏は嬉々とした様子で、角が壁に飾ってある玄関を車椅子であちらこちら回り、草原を駆けているかのように車椅子で跳ね回り、もし歩けたとしても、車椅子に乗っているほうが素早い身のこなしができるのではないかと思えるほどだった。チホタ氏は笛を鳴らしたのだが、笛に指孔があるかのように今度は異なった音色がした。階段の下に、黒服に白いエプロンをしたメードの女性が駆けおりてくると、チホタ氏は言った。「ヴァンダ、彼は二人目の給仕人だ。部屋に連れていっておやり」ヴァンダはきびすを返した。彼女のお尻は美しく二つに割れていて、一歩進むたびに反対側の足のお尻の半分が持ち上がった。黒い髪を束髪に結っていたので、わたしは自分をより一層小さく感じたが、この女性を自分のものにするまでお金を節約し、ものにしたら彼女の胸や尻を花々で飾ろうと考えた。何か美しいもの、特に美しい女性を見るといつも力がなくなってしまうのだが、お金のことを考えると力が湧いてきた。この女性はわたしを上の階に連れてはいかず、逆に、階段を下りて、中庭に出た。そこでようやく厨房にいる料理人の二つの白い帽子が見え、包丁で作業する音や陽気な笑い声が聞こえてきた。窓のほうに二人の人間の脂ぎった顔と大きな目が近づいてきたかと思うと、大きな笑い声が響き、またその声は遠ざかっていった。わたしは自分の背丈の小さい分を補おうとスーツケースをできるかぎり高く持ち上げながら、急ぎ足で歩いた。二重の靴底が何の役にも立たない時に唯一できることといえば、首をぴんと伸ばして、頭を高くすることぐらいだった。中庭を通り抜けると建物があったが、それを見てわたしはがっかりした。ホテル「黄金の都プラハ」では宿泊客が泊まるような部屋に住んでいたわたしが、ここでは雑用係の部屋に暮らすことになったからだ。ヴァンダはクローゼットを指差して扉を開けた。蛇口をひねって洗面台に水を流したり、ベッドカバーを外して、ベッドにきれいにシーツがかけられているのを見せてくれた。そして上からわたしに微笑むと、その場を立ち去っていった。中庭を通って歩いていく姿をわたしは窓越しに眺めた。足を踏み出すたびに人目を引くのでは、かゆいところを掻いたりすることもできないだろう。彼女はただそっけなく歩いていった。指で鼻をほじることなどもってのほかだった。彼女は劇場にいるかのような歩き方をしなければならなかった。ガラス張りのお店の中にいるかのように。かつてわたしが花を買いに出かけた帰り道、女の子たちが「カッツ」のショーウインドーのアレンジを手がけているのを見かけたことがある。生地を釘で留めたり、四つん這いになったり、一人の女の子が金槌を手にして、フリルのついたチェビオット羊毛織物やコーデュロイを留めていたのだが、その釘がなくなると、後ろにいたもう一人の女の子の口から釘を取り出して、また別のフリルを留めていた。そうやって口いっぱいに小釘をくわえたもう一人の女の子の口から次々に釘をもらいながら、ショーウインドー内での仕事を楽しんでいるようだった。わたしはグラジオラスでいっぱいのカゴを手にして立っていた。地面にはフランスギクがいっぱい入ったもう一つ別のカゴを置いていた。その後アレンジをしている女の子たちを眺めると、また四つん這いになっていた。昼前のことで多くの人が行き交っていたが、女の子たちは自分たちがショーウインドーにいることを忘れてしまったようで、お尻やどこかを手で掻いてばかりいた。スリッパを履き金槌を手にしたまま、窓のすぐそばまで四つん這いで近づき、涙を流すほど大笑いし、一人の女の子がぷっと噴き出すと、唇に挟んでいた釘があたりに飛び散り、四つん這いになったままげらげらと笑い、溌剌とした女の子らしく犬のように唸った。ブラウスはたるみ、胸が見えていた。娘たちが幸せそうに笑うたびに乳房は四つ一緒に右へ左へと揺れ動いた。わたしの周りには人がすでに集まっていて、塔の鐘のようにゆらゆらと揺れ動く四つの乳房をじっと眺めていた。やがて一人の娘が顔を上げて人がいるのに気づくと、急に真面目な顔をして、胸を隠して顔を紅らめた。もう一人の娘が笑いすぎて涙を流していると、「カッツ」のお店の前に人々が集まっているのを指差して教えた。その娘は驚いて両腕でブラウスを隠そうとしたが転んでしまって尻もちをつき、足をどんと開く恰好になってしまい、モダンなレースの下着で隠されてはいたものの、すべてが見える体勢になってしまった。笑う人もいれば、この様子を見て顔をしかめる人もいた。その場を去る人もあり、お昼をとっくに過ぎているにもかかわらずその場に残ってじっと眺め続ける人もいた。アレンジをしていた娘たちはとっくにわたしたちの「黄金の都プラハ」に昼食を食べに出かけ、助手がブラインドを下ろしてしまったというのに、娘たちの美貌のとりこになった人たちはまだ立っていた。それほどまでに若い娘の身体の美しさのとりこになる人もいた……。

わたしは腰かけて、泥のついた靴とズボンを脱ぎ、スーツケースを開けて燕尾服を吊るそうとした。すると、わたしのいたホテル「黄金の都プラハ」のことが、「天国館」のことが懐かしくなり、石の町、たくさんの人々、幾多の広場につねに囲まれていたことを思い浮かべた。もっとも三年のあいだに自然のもので目にしていたのは毎日店に運んだ花だけだったが。そう、ポケットの中の公園だ。あとは、「天国館」の女の子たちの裸体を飾った花びらだけだった。思いにふけりながら燕尾服を手にしてみると、突然、前の職場の支配人はいったいどういう人物だったのだろうかという思いが頭をよぎった。三年のあいだ、圧縮されている状態の支配人を見ていたので、支配人そして支配人の奥さんからは出し汁が絞り出されたようだった。実は、支配人はわたしよりもさらに背が低く、そしてまたわたしと同じようにお金の力を信じていて、お金を使って「天国館」のきれいな娘たちと楽しんでいただけでなく、奥さんをほったらかしにしてブラチスラヴァやブルノまで足を延ばしていた。いつも奥さんに見つかるまでのあいだに何千コルナと使ってしまうのだが、浪費をはじめる前に上着のポケットに、帰りの列車の運賃と車掌さんへの心付けをピンで留めていた。その心付けを渡して、車掌に家まで送ってもらうのだそうだ。支配人はあまりにも小さくて、いつも車掌は子どものように眠っている支配人を腕の中に抱きかかえて運んだ。こういった浪費でまたしぼんでしまった支配人は、それから一週間のあいだは竜の落とし子のように小さく縮こまっている……。だが一週間たつとまた同じように遊びの虫がさわぐのだった。今になって思い出すのは、支配人は強いワイン、ポルト・ワイン、アルジェリアのワイン、マラガを飲むのが好きで、あまりにも真剣な面持ちでそしてとてつもなくゆっくりと飲むので、ほとんど飲んでいないかのように思えるほどだった。口をつけるたびに、わたしの支配人は美男子になり、しばらく口の中で味わってから――リンゴの塊を飲み下すかのように――ワインを飲み干す。飲み干すたびに、この中にはサハラの太陽がある、と囁くのだった……。時にはテーブルに座っている常連客たちと飲んでいるうちに居眠りして倒れてしまうこともあった。陽気な仲間たちが支配人の奥さんに旦那を迎えに来るように呼びにいくと、フロア全体が支配人の住まいとなっている四階からエレベータで降りてきた。奥さんは落ち着き払った様子で登場し、恥だとは思っていないようだった。というのも、皆お辞儀をして奥さんに敬意を払って出迎えたからだ。支配人はテーブルの下で横になっていたり、椅子に座ってテーブルで眠っていたりするのだが、奥さんは支配人の上着の襟をつかむと、まるで手にしたのは上着だけかのようにひょいと引き上げる。椅子で眠ろうとしたら椅子を傾け、床に倒れ込む前に宙で支配人をつかむ。そのあと優しくそっと持ち上げ、上着だけしか持っていないかのように空中で振り回すのだった。するとたいてい、支配人は意識を取り戻すのだが、引っ張られている上着の許す範囲で手を振るのが精いっぱいだった。奥さんは勢いよくエレベータの扉を開けると、手にしていた支配人を投げ込み、支配人の足がボキボキと鳴る。奥さんはあとから乗り込むとボタンを押す。ガラスの扉の向こうでは支配人が下に横たわり、奥さんが仁王立ちになっていた。まるで天に昇るかのように二人が四階まで上昇していく様子をわたしたちは目にするのだった。常連客が言うには、数年前、支配人がこのホテル「黄金の都プラハ」を購入し、オーナーともなった頃は、奥さんは常連客のテーブルにも顔を出し、地下では文学サロンのようなものが開かれていたそうだ。そのサロンに通っていた人のなかでわたしが働いていた当時まだいたのは、詩人で画家のトンダ・ヨードルだけだった。そこではいろんな議論が交わされ、朗読会があったり、演劇も上演されていたという。けれども奥さんが支配人と激烈に言い合うことがたびたびあり、ほとんど二週間に一回はロマン主義やリアリズムをめぐって、はたまたスメタナかヤナーチェクかをめぐって言い争い、しまいにはワインをかけ合ったり、殴り合いにまで発展したそうだ。支配人はコッカースパニエルを、奥さんはフォックステリアをそれぞれ飼っていたが、主（あるじ）たちが文学をめぐって喧嘩を繰り広げると、犬たちも我慢ならず犬同士で血を流して争った。そのあと、支配人と奥さんは仲直りして、頭には包帯を巻き、手には添え木をして、小川沿いに散歩に出かける。その後ろを、嚙み傷だらけのフォックステリアとコッカースパニエルがふらふらとよろめきながらついていくのだった。嚙まれた耳に布きれを巻き、文学をめぐって嚙みつかれてできたかさかさの傷を抱えながら……。こうやって皆仲直りしても、一か月もしないうちに、また騒ぎが起こるのだった……。それはもう素晴らしい光景だったにちがいない、わたしもぜひ見たかったものだ……。

わたしはといえば、鏡の前で新しい燕尾服姿に、糊づけされた白いシャツと白い蝶ネクタイをまとっていた。ナイフもついている、ニッケルめっきの新しい栓抜きをポケットに入れたその瞬間、ピーと笛が鳴るのが聞こえた。中庭に出ると、影がわたしを飛び越えていった。誰かが柵を越えて飛んでいったのだ。女性の二つの乳房か布きれのようなものがわたしの頭に乗っかった。前方で燕尾服を着た給仕が着地したかと思うとすぐに立ち上がり、燕尾服の裾が宙を舞った。だがその給仕は笛の合図で巻き取られているかのようにさらに飛び回り続けていた。扉を蹴りつけると、自在戸はゆらゆらと彼の背後で波打ち、そして静かになったかと思うと、扉のガラスは中庭を、近づいて扉の中に入ろうとするわたしの姿を、縮小して映し出していた。二週間経ってからようやく、このホテルは誰のためにあるものなのか理解することができた。二週間のあいだ、いったい自分はどういうところにやってきたのか、いったいどうしたらこういう暮らし方ができるのかと驚嘆の声をあげてばかりいた。二週間後にはもうチップだけで何千コルナも稼いでいた。チップがわたしの給料だったのだ。二週間のあいだ、小さな部屋の中でわたしは一人になって時間があるたびに紙幣を数えていた。わたしは一人だったけれども、一人ではない気がしていた。いつも誰かに見られているような気がした。同じように感じていたのは、二年前からここに勤めている給仕長のズデニェクだった。彼は笛が鳴ればいつでも柵を飛び越えて、最短距離でレストランに姿を現す用意ができていた。実際のところは、一日のあいだにする仕事などろくになかったのだが。レストランの中を整えるにしても、そう長く時間はかからない。グラスやカトラリーを用意し、テーブルナプキンやテーブルクロスを交換し確認が終わったら、貯蔵室の鍵を持っているズデニェクと一緒にドリンクの準備にとりかかる。よく冷えたシャンパン、輸出用のプルゼン・ビールの三三〇ccのボトルの在庫が十分にあるか確認し、室温になじませるためにコニャックを給仕の作業スペースに運び、それから公園のような庭に出かける。そこで前掛けをつけてレーキで小道をならし、干し草の山を次々と新しくつくっていくのだ。二週間おきに、古い干し草の山を移動し、その代わりに刈り取られたばかりの草やできあがったばかりの干し草の山を運んでくる。わたしたちは事前に決められた計画にもとづいて、古い干し草のあった場所に新しい干し草を置かなければならなかった。それから二人で小道にレーキをかける、いや、実際のところ道をならしていたのはわたしだけで、ズデニェクは——彼の言葉を借りると——里子のいる近くの別荘にいた。だが、そこにいたのは里子などではなく、わたしが思うに、ズデニェクの愛人たちだった。夏の別荘で一週間以上独りで過ごしている婦人たちか、国家試験の勉強をしている娘たちだったのだろう。わたしはひたすらレーキをかけ、木陰からあるいは広い草原からわたしたちのホテルの姿をじっくりと眺めた。日中に見てみると、このホテルは寄宿学校のように見えた。わたしはただ思いめぐらすのだった。正面玄関から少女たちやブリーフケースを手にした若者たちが飛び出してきたり、そこから手編みのセーターを着た若い男たちが外出し、その後ろを召使たちがゴルフクラブを担いで出かけたり、外に出た実業家のために召使が籐椅子と小さなテーブルを運び、メードたちはテーブルクロスを広げ、周りでは子どもたちが駆け回り、お父さんに甘えたりしている、そして日傘をさしたマダムがやってきて、そっと手袋を脱ぎ、皆が席に着くと、コーヒーが注がれる……。けれども、一日ずっとこの扉から出てくる者はおらず、中に入る者は一人としていなかった。にもかかわらずメードたちは掃除をし、毎日十室もの部屋のシーツを替え、埃を払う。厨房では結婚式かと見まがうほどの数多くの料理が、わたしがこれまで見たことも聞いたこともないような規模の大宴会用に準備されていた。このような宴は、貴族の人たちの社交の場か、あるいはわがホテル「黄金の都プラハ」の給仕長が語ってくれた話のなかだけにしかありえないものだった。給仕長は豪華蒸気客船ヴィルヘルミネの一等客室の給仕として世界を渡り歩いていたことがあった。ある時、客船の出港に遅れてしまい、乗り遅れた原因をつくった美しいスウェーデン女性とともにスペイン全土を横断してジブラルタルまで列車で追いかけたのだが、その間に客船は沈没してしまったという。この豪華蒸気客船ヴィルヘルミネの一等客室の宴について聞いた話は、このひっそりとしたホテル・チホタでわたしたちが給仕する宴と同じようなものだった。

何不自由ない環境だったにもかかわらず、ホテル・チホタではぎょっとするようなことが時折起こった。たとえば、小道をレーキでならし終わって木陰にデッキチェアを置き、すこし横になって、尾を引くように上空を流れる雲を見ながらうつらうつらしていると、わたしの真後ろにオーナーが立っているかのように笛がピーと鳴り、わたしは最短距離ですぐに走って戻らなければならないのだ。走りながら前掛けを外し、ズデニェクと同じように柵を飛び越え、直接レストランに駆け込み、つねに車椅子に乗っているオーナーの前に姿を見せなければならないのだ。支配人はたえず何かに圧迫されているような様子だった。毛布がくしゃくしゃになっているので、わたしたちはしわができないように伸ばし、消防士が身につけるベルト、金属環のついたベルトのように、毛布をオーナーのお腹の周りにまきつけた。それは粉屋のラジムスキーさんの二人の子どもが身につけていたようなものだった。子どもたちが水車の用水路で遊ぶ時、用水路の突端ではセントバーナードが横になっている。ハリーか、あるいはヴィンティーシュか――これが子どもたちの名前だった――この二人の子どものどちらかが用水路に向かってよちよち歩いていくとセントバーナードがやってきて、子どもたちにつけられた輪っかをくわえて、ハリーあるいはヴィンティーシュを危険な用水路のそばから運び出すのだ。これと同じ要領でオーナーにつけられた金具にかぎをかけ、滑車でオーナーを天井までではないものの、車椅子を動かせるぐらいの高さまで引き上げる。そして毛布のしわを伸ばしたり、新しいものに取り替えたりしてからまたオーナーを車椅子に座らせた。宙に吊るされると、全身が傾いて首にぶらさげていた笛が垂直に垂れ、そのおかげでオーナーの傾斜角度がよくわかるのはおかしな光景だった。そのあとオーナーは食堂、客室などを行き来し、まがっている花をまっすぐにしたりした。本当にうちのオーナーは女性的な仕事がとてつもなく気に入っていて、客が食事をとるすべての部屋はむしろ客室のようであったが、中流階級の家庭の部屋のようでも、小さな城館の一室のようでもあり、あらゆるところにカーテンがあったり、シノブボウキの枝が飾ってあったりした。毎日、部屋には切られたばかりのバラやチューリップ、季節の花そしてシノブボウキの枝がたくさん飾られており、それらはオーナーがじっくりと時間をかけて花瓶にきれいに飾り付けたものだった。車椅子を前にすこし進めては手を入れ、また戻ってきては、遠くから花だけでなく、すべてのものが周りと調和しているか眺めるのだった。花瓶の下には毎回異なる小さな敷物を敷いた。まるまる午前中を使って部屋をきれいにしたら、今度は食事用のテーブルの整理に取りかかった。テーブルは通常二台しかなかったが、それぞれ最大で十二人着席可能だった。わたしとズデニェクは黙々とありとあらゆる種類のお皿、フォーク、ナイフをテーブルに並べた。静かに熱狂しているオーナーは花をテーブルの真ん中に置き、切られたばかりで、水につけて準備されているシノブボウキの枝や花が作業スペースに十分にあるか確認する。そしてお客が着席しようとする瞬間にこれらの花をテーブルに飾るのだった……。オーナーみずから言っていたように、レストラン然とした雰囲気を壊し、ビーダーマイヤー様式の調度品の魅力をこのホテルに持ち込んだことに満足すると、オーナーは車椅子で、お客が入ってくる扉のところまでいく。しばらくのあいだ扉を前に、食堂や客室を背にし、額を扉に向けたままじっとしていたかと思うと、急に車椅子を回転させてこちらを向き、まだここを訪れたことのない異国の客人の目で周りを見回し、驚嘆しながら食堂を見て回り、それから部屋から部屋へと移動し、カーテンの手直しなど細部という細部を徹底的に見た。わたしたちはすべての部屋の照明、すべての電球をつけなければならなかった。準備が整うのは夜になってからだ。その瞬間のオーナーの姿は美しいものだった。自分の体重が百六十キロもあり、歩けないことを忘れているかのようだ。先ほどまで異人の眼差しで物を見ていたが、もうそのような眼差しは打ち捨て、また自分本来の眼差しを取り戻し、手をこすったかと思うとまた違う調子で笛を吹いた。わたしはどうなるかわかっていた。すぐに料理人が二人やってきて、ロブスターや牡蠣の状況やスバロフ風の詰め物の様子、魚介マリネのサルピコンの出来具合といった細々としたことまで報告するのだ。わたしが来て三日目のこと、支配人がやってきて料理長を殴り倒すことがあった。キノコを添えた羊のメダイヨンに、キャラウェイをすこし入れすぎたという理由で……。それからわたしたちは、日がな寝てばかりいる大男のポーターを起こす。この男は夜の宴会で残ったものを、まいを起こしそうな量にもかかわらずすべて平らげるばかりか、わたしたちや客室係が全員で食べようとしても食べられないほどのサラダをきれいに食べてしまう。それればかりかポーターはありとあらゆるものを残さず食べ、瓶に残っていたものもすべて飲んでしまう。とてつもない力の持ち主で、夜になると緑色の前掛けをつけて、照明が施された中庭で薪を割った。ポーターは薪割り以外には何もしていなかった。旋律をかもしだしながら夕方から割りはじめ、一晩中割り続ける。あとになって、ポーターが薪を割るのを耳にするのは、ホテルに誰かが来訪する時であるのに気づいた。客人はつねに車、外交官の車、複数の車に乗ってきて、到着するのはいつも夜遅くになってからか、夜中になってからだった。そういう時、ポーターはいい香りを放つ薪を割っていた。ポーターの姿はどこからでも目にすることができ、どこの窓からでも見え、照らし出された中庭とその周りにきれいに平らに並べられている薪は安心感を与えてくれた。斧で薪を割る、この二メートルの大男は、ある時泥棒に出くわし、一人の命を奪いそうになっただけでなく、ほかの三人も打ち負かし、結局手押し車でまとめて警察に連れていった。車のタイヤがパンクした時など、車の前か後ろを持ち上げ、タイヤを替えるあいだ手で車を持ち上げていたという。彼の本当の仕事は、わたしたちのゲストの部屋から見えるように、照明が施された中庭で、装飾であるかのように薪を割ることだった。それは、水をいっぱいに貯め、ガイドがお客を連れてくるのを待ち、合図で水門が開けられ、観客が満喫することができるラベ川の滝のようだった。わたしたちのポーターはまさにそういった存在だったのだ。そう、ここで我がオーナーの人となりをまとめることにしよう。

たとえば、わたしが庭で木に寄りかかり紙幣でも数えていようものなら、オーナーはすべてをお見通しの神であるかのようにすぐに笛を鳴らす。誰からも見えないような場所でズデニェクと一緒に干し草の上に横になったり、座ったりした途端、すぐにピーと鳴る。ピーと一回鳴るのは、休まずに仕事をするようにという単なる警告だった。わたしたちはレーキ、鍬、熊手をそばに置いて横になったままでいるが、さらにピーと鳴るとすぐに起き上がり、鍬を入れたり、レーキをかけたり、熊手で切られた干し草を運んだりする。すこしして静かになり、気を抜いて熊手を置こうものなら、またすぐにピーと鳴る。そこで、干し草の後ろで、レーキや熊手で何かを突っつくふりをする。こうすれば、目に見えない紐で操られた道具がひとりでに動いているように見えるからだ。ズデニェクが語ってくれたことがある。オーナーは寒い時は水の中の魚のように元気なのだが、気候が暑くなるとほとんど這うような状態になり、移動したくても車椅子を動かすことができず、温度の低い、冷蔵庫のような部屋にずっといることになるそうだ……。それでもあらゆることに目が届き、見えないはずのものまで見えるという。木という木の上に、あらゆる片隅に、すべてのカーテンの裏に、すべての枝に秘密警察が潜んでいるみたいだった……。「これは遺伝なんだよ」とズデニェクはデッキチェアで身体を伸ばしながら言った。「オーナーの親父さんは、ポトクルコノシェのどこかで宿屋を経営していて、その親父さんも百六十キロあったらしい。暑くなると貯蔵庫に逃げて、そこにはベッドがあって、ビールやジンもあったそうだ。そうでもしなければ、夏の暑さでバターのように溶けてしまうだろう、なぁ?」

それからわたしたちは立ち上がって、わたしがまだ一度も通ったことのない小道をこれという目的もなく歩いていった。わたしはオーナーの親父さんのことを考えた。村の宿屋で夏になると、バターみたいに溶けないように貯蔵庫に嬉々として逃げていく様子を。そこでビールを注いだり、寝たりするのだろう。小道は三本の銀白のマツが立っている場所へわたしたちを導いた。わたしが驚いて立ち止まると、ズデニェクはわたし以上に驚いた様子でわたしの袖をつかみ、声を発した。「おい、あれをみろよ……」目の前には小さな家があった。それはまるでどこかの劇場にあるヘンゼルとグレーテルのお菓子の家のようだった。わたしたちはその家まで行くと、家の前には小さなベンチがあり、部屋の窓は農家の納屋のように本当に小さなもので、貯蔵庫へ通じる取っ手のある扉もあった。中に入るには、わたしでも屈まなければならないほどだったが、扉には鍵がかかっていた……。そこでわたしたちは立ち止まって、窓から中を見てみた。五分ほど見ているうちにわたしたちはお互いの顔を見合わせ、二人とも怖くなってしまい、腕に鳥肌が立つのを感じた。というのも、この小屋の中はわたしたちのホテルの客室とまるっきり同じだったからだ。小さなテーブル、小さな椅子、すべてが子ども用だが、同じカーテンが吊るされ、花を飾る小さな台も同じだった。小さな椅子にはどの椅子にも人形やクマが座っており、壁には二つの棚が備えられ、その上にはお店のようにありとあらゆる子どものおもちゃがあり、壁全体がタンバリンやなわ跳びのなわといったおもちゃだらけで、すべてが丁寧に並べられていた。まるでわたしたちが来るほんのすこし前に誰かがわたしたちのためだけに整理して、わたしたちを驚かせ感動させようとしているかのようだった……小屋には子どものおもちゃが何百もあった……。すると突然ピーと笛が鳴った。これは、手を休めないよう仕事を促す警告の笛ではなく、支配人がわたしたちを召集する時の緊急事態を意味する笛で、わたしたちはぼうっとしていたが、柵を一人ずつ乗り越えながら近道をして戻っていった……。

毎晩、ホテル・チホタは今か今かと期待で膨らんでいた。来客はなく、車も訪れない、けれどもホテルのすべてがオーケストリオンのように準備万端整っている。誰かがコインを投げ込みさえすれば演奏が始まるというこのホテルは、楽団のようなもので、指揮者が指揮棒を振り上げ、演奏家全員が楽器を構え、集中している状態が続いていた。けれども指揮棒が下ろされることは絶えてなかった……。わたしたちは座ることも、休むことも許されなかった。たえずしわを伸ばしていて、せいぜい折畳椅子に軽く寄りかかるだけだった。例のポーターは照明に照らされた中庭で木の束を前にして腰を曲げ、片手には斧を、もう一方には薪を手にした状態でいた。彼もまた、メロディカルな音をたてて斧を振り下ろす合図を待ちかまえているかのようだった。その合図でホテル全体が動き出すのだ。それはスプリングを巻き上げた状態の射撃場のようなものだった。だが誰も訪れる者はいなかった。もし来客があると、空気銃に弾丸が込められ、的が撃ち抜かれる。ブリキを切り抜いてつくられた的には丸が描かれ、ピンで留められていた。ただ機械が動きはじめるのは、誰かが黒い的を射貫いた時だけなのだ。それは、眠れる森の美女の話を思い起こさせた。すべての人々が、呪いがかけられたその瞬間に硬直してしまう。けれども魔法の杖が触れると、止まっていたものがすべて動き出す。それと同じことが起きたのは、突然遠くで車の音が聞こえてきた時だった。窓側で車椅子に乗っていたオーナーがハンカチで合図を出すと、ズデニェクは自動演奏機にコインを投げ込む。するとチャリンと音がして、「アルルカンのミリオン」という歌が流れはじめる。アリストンあるいはオーケストリオンは赤ん坊の巻き布かフェルトに巻かれているかのように、どこか別の店から聞こえてくるような小さな音しか出さなかった。ポーターは斧を振り下ろし、昼からずっと薪割りをしていたかのように疲れ切って腰が曲がっているようにみえた。わたしはナプキンを腕にかけ、初めてのお客は誰かと待ちかまえた。すると赤い徽章(きしょう)のついた将軍用の肩マントを身にまとった将軍が姿を現した。将軍の制服はわたしの燕尾服と同じ工房で作られたにちがいなかった。この将軍はどことなく悲しげな面持ちだった。後ろから運転手がやってきたが金色のサーベルをテーブルに置くとすぐにその場を去っていった。将軍は部屋を次々と通り抜け、すべてを見て回り、手を一度揉むと足を広げて仁王立ちになり、今度は手を後ろに組み、中庭で薪を割っているポーターを一瞥した。一方、ズデニェクはスパークリング・ワインの入ったシルバーのボトルを運び、わたしは食事用のテーブルに牡蠣、エビやロブスターのプレートを運んだ。将軍が着席すると、ズデニェクはスパークリング・ワインのヘンケル・トロッケンを注いだ。「君たちも飲みなさい」と将軍が言うと、ズデニェクはお辞儀をしてグラスを二つ持ってきて注ぎ、将軍は立ち上がって踵(かかと)をかちりと合わせ、「乾杯(プロージット)！」と声を上げて飲もうとしたが、口をすこしつけるだけだった。わたしたちがグラスを飲み干してしまったので、将軍は顔をしかめ、身震いしながら嫌悪感をあらわにした。そして「ったく、これは飲めたしろものではない」と言って、テーブルにあった牡蠣を取ると、頭をのけぞらせ、飢え切った唇でレモンの振りかけられた柔らかいぬるぬるした肉を啜(すす)った。美味しそうに食べているようだったが、すぐに身震いしながら涙を流して嫌悪感を表した。席に座るとスパークリング・ワインを飲み干し、「アアアー、こんなものは飲めやしない」と大声で叫んだ。そしてまた部屋から部屋へと歩き回った。部屋から始終戻ってきては準備がなされたボウルからエビやサラダ菜の葉っぱをつまんだり、サルピコンをつまみぐいする。将軍はそのたびに嫌悪感を示し、「ったく、こんなものは食べられん」と吐きすてるので、わたしはびくびくした。そしてまた戻ってきてはグラスを手にして中身を注がせ、ズデニェクにこれは何かと尋ねた。ズデニェクはお辞儀をして、ヴーヴ・クリコ、それればかりかシャンパン全般について説明を加える。ズデニェクは先ほど薦めたヘンケル・トロッケンを一番だと思っていたので、将軍は興味をそそられた様子でヘンケル・トロッケンをふたたびすこし飲み、ペッと吐き出したかと思うと残りを飲み干し、中庭の様子を見にでかけるのだった。周り一帯は闇で、照明に照らされたポーターの仕事の様子だけが目に入るようになっていた。光が照らされた壁はマッの薪で完全に覆われていた。オーナーは音を立てることなくそっとその場にやってきて、お辞儀をすると、またその場を去っていった。将軍は機嫌を直したようで、食事と飲み物への嫌悪感がなくなり、食欲が刺激されたようだった。今度はコニャックに気が移り、アルマニャックのボトルを丸々飲み干し、グラスで一杯飲むたびに顔をしかめ、ひどい罵り言葉を発し、チェコ語とドイツ語で交互に雄たけびを上げた。「こんなシュナップスは飲めたもんじゃない」フランス料理が運ばれてくると、一口、口にするたびに気持ちが悪くなるようで、もう一口も料理を口にしないし、一滴も飲み物を飲まないと宣言し、給仕長、それからわたしを罵倒した。「何を持ってきているんだ？　毒をもるつもりか、わたしを殺す気か？」そう言いながらもアルマニャックのボトルをもう一本空けるのだった。ズデニェクは、どうして最高のコニャックはアルマニャックという名前で、コニャックと言わないか、どうしてこれがブランデーになるのか、コニャックと名乗れるのはコニャック地方産に限られ、そこから二キロ離れたところではもうその名称を使ってはならないだとか説明を行なっていた。ようやく午前三時になって将軍はもうここにはいられないと悟ったようだった。というのも二時にわたしたちはリンゴを出して、将軍にとどめをさしたからだ。でもまだあれやこれやと食べたり飲んだりして、五人分の量は平らげていた。食べながらも絶えず、もう何も口にしないとか、癌になったとか、癌でなかったら胃潰瘍になっているはずだとか、肝臓はだめになり、腎臓結石にちがいないとかぶつぶつ言っていた。本当に酔っ払いはじめたのは朝方三時で、軍用銃を取り出して窓辺のグラスを撃ち、弾は窓を貫通した。けれどもオーナーは車椅子に乗ってそっと近づき、笑みを浮かべながら挨拶をして、「わたしの幸せを祈って、ヴェネツィアのシャンデリアの『涙のしずく』のカットグラスを狙ってみてはいかがでしょうか」と声をかけ、「最後に素晴らしい成果を拝見いたしましたのもこのお部屋でして、シュヴァルツェンベルク公が五コルナの硬貨を宙に投げ、テーブルに落ちる直前に狩猟用のライフルで撃ち抜いたのですよ」と言った。オーナーはその場をいったん去ったかと思うと棒を持ってきて、暖炉の上の穴を指した。五コルナを射貫いた弾丸が飛び、この穴をあけたのだった。けれども将軍は小さいグラスにこだわり、射撃を続けた。だがそれで誰も気分を害することはなかった。窓を撃った時など、弾丸が薪を割っていたポーターの上をかすめて飛んでいくことがあった。ポーターは耳をぴくっと動かすだけで、仕事を続けていた……。将軍はトルココーヒーを飲むと手を胸に当て「もうコーヒーは飲んではいけない」と誓う。だがまたコーヒーをもう一杯飲み、それからこう言うのだった。「ローストチキンがあれば、死ぬ前にぜひ食したいものだ……」オーナーが一礼をして笛をピーと鳴らすと、白衣を身にまとった溌剌とした料理人がすぐに天パンごと持ってやってきた。将軍はこの鶏を見たとたん、上着を脱ぎ、シャツのボタンを外し、それから惜しそうに言葉を発した。「鶏は食べてはならないのだ」と。そしてこの鶏を手にして引き千切り、食していった。口に入れるたびに自分の健康状態を嘆き、食べすぎはよくない、こんなに気持ち悪いものは食べたことがないと言う。ズデニェクが将軍に「スペインでは、チキンを食べる時にスパークリング・ワインを飲むそうです。これにはエル・コルドバが一番合うかと思いますが……」と言うと将軍はうなずいて、また飲んでは鶏を食べ、そのたびに罵り、一口、一滴、口にするたびに顔をしかめ、「こんな鶏とスパークリング・ワインを一緒に飲むことも、食べることもできん……」とドイツ語で言った。四時になると、いろいろと文句を言って気分がおさまったかのようで、支払いを申し出てきた。給仕長は内訳をすべて明記した勘定をナプキンに包み、トレーの上に置いたが、実際のところ何を食べたか内訳を将軍に詳しく説明しなければならなかった……。ズデニェクは一品一品詳細を告げ、将軍は笑みを浮かべますますご機嫌になり、声を上げて笑った。まったくのしらふになり健康を取り戻し、咳もとまったようだった。背筋もさらにぴんと伸びたようで、肩に上着がきちんとフィットしていた。目はきらきらと輝き、自分の運転手のために手土産を用意するよう伝え、オーナーに千コルナ札で支払いをした。当地の習慣なのか、百の位を四捨五入して手渡した。射撃で破損した天井や窓の修理費としてさらに千コルナを支払い、「これで足りるか？」とオーナーにたずねたので、オーナーは十分ですとうなずいてみせた。わたしはチップとして三百コルナ頂戴した。将軍は赤い裏地のマントをひょいと背中のほうに投げ、金色のサーベルを持ちあげ、片眼鏡をはめて立ち去ろうとした。後ろでは乗馬用の拍車の金具がチャリンチャリンと鳴っていた。サーベルが刺さったり、引っかかって転んだりしないよう、ブーツでサーベルをうまく外に蹴り出して歩いていた……。

将軍は翌日もやってきた。けれども今度は一人ではなく、きれいな女性たち、それから太った詩人と一緒だった。今回は射撃こそしなかったが、文学や詩の潮流をめぐってひどい言い争いをして、互いの顔に唾を吐きかけるほどだった。将軍が詩人を殺してしまうのではないかと思ったがどうにか落ち着きを取り戻した。だがすぐにある女性作家をめぐって喧嘩になり、その作家はヴァギナとインク壺を混同していると言った。彼女のインクなら誰彼かまわずペンを濡らすことができる、と。それからおよそ二時間ほど、ある男性作家のことが話題になった。将軍いわく、この男が他人のヴァギナを扱うように自分の文章にも接すれば、この作家のためにも、チェコ文学のためにもいいことこの上ないはずだ、と。詩人は逆にその人物こそ本当の作家で、神に次いで創造されたのがシェイクスピアならば、シェイクスピアに並ぶのがわが国のこの作家だと主張した。そして美しい光景が繰り広げられることとなった。将軍の一行が到着するとすぐに支配人は楽団を呼びに行かせ、楽団は途切れることなく演奏した。将軍と詩人は女性陣と一緒にとてつもない量を飲み、将軍は食べ物や飲み物を口に入れるたびに罵っていたばかりか、煙草をずっと吸っていた。火をつけるたびにしばらく咳き込み、煙草をじっと見ては、「このエジプト煙草にいったいどういう安物を仕込んだんだ?」と言い放った。けれどもそのあとまた吸い続け、吸殻は薄暗がりの中でも光を放っていた……。楽団の演奏が続くなか、お酒も飲み続けられていたが、二人の客人の振る舞いで目立っていたのはいつも女の子を膝の上に乗せ、時々上の部屋に行ったかと思うと十五分後にはまた下に戻り、大笑いをしていたことだ。将軍はといえば、階段を上るたびに前を歩く女の子の太腿のあいだに手を挟み、「わたしはもう恋愛をするような年頃じゃない」と言い、そのあと「これでも女か」と言うのだった。でもどうにか上にあがり、十五分後には戻ってきた。でもその女性がいかに満足していて、将軍を愛しているかはわたしにもわかった。昨日のアルマニャックの二本のボトル、ヘンケル・トロッケンやエル・コルドバのスパークリング・ワインのボトルと同じ扱いを受けていたからだ。そしてふたたび、ポエティスム（一九二〇年代に展開したチェコの前衛芸術の潮流）の死や、すでに第二段階に入ったシュルレアリスムと呼ばれる新しい潮流、政治参加の芸術、純粋芸術に関する話題を楽しみ、そしてまたお互いに罵り合っているうちに真夜中を過ぎる。女の子たちはまだシャンパンも料理も足らないといった様子でいた。料理が出されてもすぐに下げられるかのようにがつがつ食べていたのだ……。音楽家たちは家に帰らなければならないので、もうおしまいだと告げた。すると詩人はハサミを手にして、将軍のマントの黄金の勲章を切り抜いて音楽家たちに投げ渡し、それをもらった音楽家たちはまた演奏を始めた。楽団員はジプシーか、ハンガリーの人たちだった。将軍はまたしても一人の女の子と部屋に行き、階段を上がりながら、もう男としては故障してしまっている、とこぼすのだった。けれども十五分後には戻ってきて、今度は詩人が先ほど将軍と一緒にいた女性の相手をした。でも、その前に音楽家たちが荷物をまとめて帰ろうとしたので、詩人はハサミを手にして、勲章を二つ切り取って音楽家たちの目の前のトレーめがけて投げつけた。将軍もみずからハサミを手にして残りの勲章を切り取り、他のメダルが載せられたトレーに置いた。これらのことはすべて美しい女性たちのためにしていたのだった。これまで目にしたもののなかで、最も勇気ある行為だとわたしたちは話した。「あれは、第一次世界大戦でイギリス、フランス、ソ連からもらった最高位のメダルだよ」とズデニェクがわたしの耳元でささやいた……。将軍は上着を脱いで踊る準備をし、「ゆっくりとな、肺と心臓があまりよくないのだ」と女の子たちを諌める口調で言った。そしてチャルダーシュ（ハンガリーの民俗舞曲の一つ。はじめはゆっくりで徐々に速いテンポになる）を依頼されたジプシーたちが演奏をはじめると、踊りはじめた。しばらく咳き込んだもののゴホンと大きく咳払いをすると踊りを再開したので、娘たちも加わらなければならなくなった。将軍は娘の手を放すと、片手を上にあげ、もう一方の手を地面に向け、雄鶏のような恰好をし、どんどんリズムが速くなるにつれて若さを増したように踊りつづけるので、娘はもはや将軍にはついていけなかった。けれども将軍はペースを落とさず、踊りながら娘の首に口づけをした。踊っている二人を取り囲む音楽家たちの目には、称賛と了解のメッセージが読み取れた。「自分たちのために将軍が踊っている、音楽のおかげで軍人と一緒になれたのだ」と。ダンスや将軍の力加減に応じてテンポが速くなったり、ゆっくりになったりしていた。けれども将軍はつねに相手の女性を凌ぎ、女性はといえばゼーハーゼーハーと聞こえるほど息をついていて顔も紅潮していた。上の階の手すりには、太った詩人が部屋にいた女性と一緒にもたれかかっていたが、女性を腕に抱きかかえようとしたちょうどその時、朝焼けの光が差してきた。

詩人はチャルダーシュを踊っている人々のもとに美しい女性を抱きかかえていくと、扉を開けて外に出て、ブラウスが引き裂かれたほろ酔いの半裸の女性を朝日に差し出した……。労働者たちを乗せた朝の列車が動き出す時分になると、将軍の車が到着した。それは六人掛けの長い車体のオープンカー、イスパノ・スイザだった。フロントガラスにまでフードが付いており、後部座席は革張りだった。代金は、トンダ・ヨードルの『イエス・キリストの生涯』と同じ一万部を刷った自分の本の収入で、詩人が支払うこととなった。けれども詩人は喜んで支払い、「じきに手付金がもらえるからなんてことはないさ、またパリに行って、いま飲んでしまった本よりもいい新しい本を書くよ」と言うのだった……。車に乗せられた将軍の白シャツは袖がめくれてボタンは外れていたが、彼は後部座席で女の子たちに囲まれて眠りに落ちた。その前には折り襟に赤いバラを挿した詩人が座り、彼の前には将軍の黄金のサーベルを手にし、肘をフロントガラスにあてて女性のダンサーが座っていて、勲章が切り取られてしまった将軍の上着のボタンを留めずに羽織り、振りほどかれた長い髪には将軍の帽子を載せていた。乳房は直立していた。「ラ・マルセイエーズの彫刻みたいだな」とズデニェクは言った。彼女の巨大な乳一行は駅のあるほうへ下っていき、労働者たちが列車に乗車しようとしている時に将軍の車はプラットホームの横を走り、プラハを目指した。乳房がぴんと上向きになっている娘はサーベルを抜いて、「いざ、プラハへ！」と言うのだった。そうやってプラハまで行ったという。それは美しい光景だっただろう。その後、将軍と詩人は女性たち、特にブラウスが裂けて乳房が立派に直立し、サーベルを抜いた娘と一緒にプシーコピや国民大通りを通っていったという……。警官たちは敬礼したのだが、将軍はイスパノ・スイザの後部座席にぐったりとなって床に手をついて寝ていた……。

ここホテル・チホタでわたしは気づいた。労働が人間を高尚にすると考えたのは、ここできれいな娘たちを膝に乗せて一晩中飲んだり食ったりしている人たちにほかならず、それは子どものように幸せになれる豊かな人たちなのだと。そしてわたしは、豊かな人たちは呪われているか、どうかしていると思った。田舎の家屋や居間、酸っぱいスープ、ジャガイモこそが、幸せや至福という感情を人間に与えてくれるとかれらが考えているとしたら、豊かさというのは邪悪なものだと思うようになった……。田舎の家屋にいるのがいかに幸せかといったたわ言はうちに来るような客人たちが考え出したことで、とどのつまり一晩で湯水のように金を使い、東西南北に紙幣を投げ捨てていい気分になっているかれらには、本当はどうでもいいことだったということが、今わかった。裕福な企業経営者や工場のオーナーほどの幸せな人たちを見たことはなかった。すでにお話ししたように、小さな子どものように跳ね回ったり、心から喜んだりすることができるのは、そういう人たちなのだ。それればかりかわざと相手に罠をしかけたりすることもできた。それだけの時間がたっぷりあった。かれらは陽気な騒ぎの最中に突然相手に「ハンガリー豚を列車一両分いらないかい、二両分、あるいは全車両でもいい」と尋ねたりする。ふと、薪を割っているポーターの姿が目に入り、このポーターは世界で一番幸せな人間だという印象をかれら裕福な人たちは抱くのだ。自分たちが称賛する仕事を夢見心地で眺めるのだが、かれらはけっして自分から同じ仕事をしたことなどなかった。もし同じ仕事をしたら、不幸と感じ、幸せなどと言ってはいられないだろう。そして突然、もう一人が「コンゴの牛革を載せた船がハンブルクに停泊しているんだが、どうしたらいいかなぁ」と尋ねる。すると相手は船ではなく、牛の革一枚が話題になっているかのように振る舞う。「手取りは何パーセント？」「五だ」と男が答える。もう一人が「リスクがあるから、八だな。ウジ虫も湧いているだろうし、黒人たちは塩の振り方がへただろうから」と。一人目の男が手を出し、「では七で」と……。しばらくお互いの目を見つめ合ってから握手をするのだった……。そして女性たちのほうにもどり、自分の手を裸の女性たちの胸に置き、段々下のほうをまさぐっていき、よく手入れされた産毛のあるお腹の小さな隆起に手を当て、牡蠣を食すか、煮たエスカルゴを吸うかのように口全体を使ってキスをする。豚の列車や牛革の船の売買が成立すると一気に若返るのだ。うちに来ていた何人かの客人は集合住宅が立ち並ぶ通り一帯を売買しているばかりか、お城と二軒の城館まで売っていて、工場の売買も扱っていた。ジェネラルマネージャーたちはここホテル・チホタでヨーロッパ中に発送する封筒の手配をしたり、バルカンへの五億コルナの融資を決めたり、弾薬を積み込んだ列車二両の売却、しまいにはアラブの軍隊向けの装備の追加発注までしてしまうのだった……。すべては同じ手順だった。シャンパン、女、コニャック、それから照明のある中庭で薪を割っているポーターを窓越しに見下ろす……。月明かりの下、庭園の散歩、追いかけっこ、目隠し鬼、これらはいつも支配人が装飾として庭に置いていた干し草の中で終わる。薪を割っているポーターと同じような装飾として……。夜明け頃、かれらは帰ってくる。髪の毛や服に藁や干し草をいっぱいつけて。誰もが何かの観劇帰りのように幸せそうだった……。百コルナ札を手にいっぱい抱えて、演奏家たち、そしてわたしに百コルナ札を何枚か手渡す。君たちは何も見なかったし、何も聞かなかっただろ、と意味深い眼差しをわたしたちに投げかけながら。もちろん、わたしたちはすべてを見て、すべてを聞いていた。かたやオーナーは車椅子からお辞儀をする。ゴムのタイヤのついた車椅子で、部屋から部屋へと移動しているのだ。すべてが整っているか、お客の要望にすべて応えるべく確認するために。わたしたちのオーナーはありとあらゆることを頭に入れていて、朝方、アイスサンデーや新鮮な牛乳や冷たい生クリームを所望されたとしても、すでに用意済みだった。タイル張りのトイレには嘔吐用の設備すらあった。一人用の施設にはクロム合金のメッキのしっかりとした取っ手があり、共同用のものもあったがそれは馬の長い飼い葉桶のようなもので、上に手すりがあり、その手すりをお客はつかみながら立ち、何人かでお互いに励まし合いながらもどすのだった。自分がもどすのだったら、たとえ見られていなくともわたしは恥ずかしく感じただろう。けれども裕福な人々というのは、嘔吐も祝宴そして育ちの良さの一部であるかのように振る舞い、一通り吐き終わると、目に涙を浮かべて席に戻ってきて、またすぐにより一層の勢いで、食べたり飲んだりしはじめるのだ。その姿はまるで古代のスラヴ人たちのようだった……。

ズデニェクは、正真正銘の給仕長だった。プラハの「赤い鷲」で修業したのだが、教えを請うたのは年配の給仕長で、フランツ・フェルディナント大公がひいきにしていた貴族用のカジノで皇太子専属の給仕をつとめた人だった。ズデニェクが給仕する様子といったら、それはもう創造力という雲の中を舞っているようで、自分自身もお客と見なし、実際、客人たちから客としてもてなされることもあった。それぞれのテーブルに自分のグラスを置き、グラスにはすこし口をつけるだけだったが、すべてのお客の健康を祈って乾杯し、夢見心地の様子であちらこちら動いたり、料理を運んだりしていた。それは渦が巻いているような動きだった。誰かが彼の行く手を阻もうものなら、とてつもない衝突になりかねないのだが、滑らかで優雅な動作で身を躱した。手があいた時でもけっして腰をかけたりすることはなく、たえず立っていた。そして誰が何を求めているか、つねに承知していた。お客が頼もうとする前に運んでいくこともあった。ある時、ズデニェクと一緒に飲み歩いたことがある。ズデニェクには貴族のような性癖があって、稼いだお金をほとんどすべて使ってしまう。ホテルから一歩出ると、わたしたちのところに来ていたお客と同じように振る舞い、それでも十分に残った金で朝方タクシーで帰るのだ。彼は村の中で一番ひとけのない居酒屋を訪れては主人を起こし、音楽家を起こして連れて来い、と言い放ち、音楽家たちは彼のために演奏する羽目になる。ズデニェクはさらに村の家を一軒一軒回って、眠っている人たちに自分の健康を祝ってくれるよう居酒屋へ来てくれと頼むのだった。音楽家たちの演奏が始まると、朝焼けそして完全に朝になるまで踊り続け、店にあった瓶や樽をすべて飲み干してしまうと、雑貨屋や乾物屋をたたき起こし、カゴに入ったボトルを丸ごと買い上げ、おじいさん、おばあさんに分け与えた。居酒屋で飲んだ分だけではなく、配ったすべてのもの、すべてのリキュールの代金を支払うと、ズデニェクは存分に金を使い、幸せを噛みしめた様子で笑みを浮かべた。こういう時決まってする行動があった。ポケットの中をまさぐってマッチがないと、今度は逆に二十ハレーシュ借りてマッチを買い、煙草に火をつけるというやつだった。丸めた十コルナ札に飲み屋の暖炉の火を移してから葉巻に火をつけるのが好きだったズデニェクは、この時もそうした……。わたしたちがその場を離れようとしてもなお、音楽の演奏は続いていた。まだ時間があったので、ズデニェクは花屋ですべての花を買い上げ、カーネーション、バラ、キクをあたりにばらまいたが、それでもまだ、わたしたちが村を出るまで音楽の演奏は続けられていた。花輪が飾りつけられた車は、ホテル・チホタまでわたしたちを連れて行ってくれた。こういったことができたのは、わたしたちはその日、いや正確には前日の夜、休みだったからだ。

ある時、お客から事前の予約があったらしく、オーナーは準備に細心の注意を払っていた。車椅子で建物の中を十回も、二十回も行き来し、そのたびに満足できない点を見出すのだった……。事前に知らされていたのは三名の来客があるということで、三人分の席が用意されていたが、実際に訪れたのは二人だけだった。けれども一晩中、いますぐにでももう一人到着するかのように三人目の分まで給仕した。まるで目に見えないお客がここに座り、庭を歩き、ブランコにでも乗っているかのように……。まず婦人を乗せたきれいな高級車が到着すると、支配人とズデニェクは客人とフランス語で言葉を交わした。それからまたもう一台、高級車が夜九時に到着し、車から降りてきたのは——わたしはすぐに気づいたのだが——大統領だった。オーナーは「閣下」と声をかけた。大統領は飛行機でプラハに到着したばかりの美しいフランス人女性と夕食をともにした。大領領はまったくの別人になったかのようで、すっかり若返った様子で終始笑みを浮かべていた。慇懃に振る舞い、シャンパンを飲んだかと思うと、次はコニャックを飲み、上機嫌になり、ビーダーマイヤー様式の家具や花が備えられた小さな部屋に移動した。大統領は美女を自分の隣に座らせ、手に口づけしたのち肩にも口づけをした。この美しい女性が身にまとっていたのは、肩や腕を露出するタイプのローブだった。文学をめぐって言葉を交わしていたかと思うと突然笑い出したりした。大統領は女性の耳に何か語りかけ、女性は笑い声をあげ、大統領も膝を叩いて笑った。シャンパンを注いだグラスをお互いに手渡し、グラスの脚をつまんで楽しそうにチンとグラスを合わせると、お互いを見つめ合い、うっとりとした様子でシャンパンに口をつけた。女性は大統領を肘掛けにそっと押し返して、自分から口づけをした。それは長い、長い口づけだった。大統領は瞳を閉じ、女性が大統領の脇をそっと撫でると、大統領も同じように彼女を撫でた。大統領がはめている指輪が美女の腿のあいだで煌めくのが見えた。すると突然目を覚ましたかのように、大統領は美女の上に覆いかぶさり、彼女の目を見つめると、また彼女に口づけをした。二人はしばらく抱き合ったまま動かなかった。はっと我に返ると、大統領は深く息をつき、そして優しく息をした。同じく息をついた婦人の、束ねていた髪がほどけ、ふわっと額にかかった。二人は立ち上がり、「水車の輪」を踊る子どもたちのように手をつないだ。そのまま突然、扉のほうに駆け出し、手を握ったまま小道をスキップして駆け回り、大統領のはっきりと通った明るい笑い声が聞こえた。それは切手や公の場で目にする大統領の肖像とはまるで違っていた。大統領はこんなことはしない、こういったことは大統領にはふさわしくないとわたしは思っていたからだ。けれども、大統領は他の裕福な人たちと一緒で、わたしやズデニェクとも一緒だったのだ。今、大統領は月明かりに照らされた庭を駆けている。その日の昼下がり、わたしたちはそこに乾いた干し草を運び込んでいた。美女の白いドレス、大統領の燕尾服の糊のきいた白い胸当て、そして陶器のように白いカフスが宙に線を描き、夜のなかをあちらこちら、干し草の束から束へ飛び回っていた。大統領は白いローブよりも先に走っていき、白いローブを軽々と持ち上げる。大統領のカフスが白いドレスを上にあげ、大統領が女性を運ぶ様子が目に入る。たったいま川で釣りあげたかのように、あるいはお母さんが白い服を着た子どもをベッドに寝かせる時のように、カフスが白いローブを持ち上げる様子をわたしは見た。樹齢百年を超える木々の下、庭の奥深くに彼女を連れていき、一緒に駆けたり、干し草の束の上に彼女を乗せたりする。けれども、白いローブは大統領のもとを離れ、先へ先へとさらに走り、大統領は彼女を追いかけ、二人一緒に干し草の束に倒れ込む。だがまた白いローブが立ち上がり、干し草に倒れ込むまで逃げ続け、大統領がそのあとを追う。カフスの動きをわたしは目で追い、ローブがどんどん小さくなっていき、白いカフスがローブをめくる様子を見た。わたしたちがケシの花びらを裏返すように。そして、ホテル・チホタの庭は静かになった……。わたしは目で追いかけるのをやめた。オーナーも見るのをやめ、カーテンを閉めた。ズデニェクは床を眺めていた。黒い服を着た客室係の女性は階段にいたので、ふさふさとした髪の中のティアラのような白いヘッドバンドと白いエプロンしか目にすることはできなかった。彼女もまた目を床に伏せ、誰もあちらを見ようとはしなかった。けれども、そこにいた誰もが興奮していた。この情景のためだけにパリから飛行機に乗ってやってきた美しい女性と自分が、束がほどかれた干し草の上で、一緒に横になっているかのように。まるですべてが自分の身に起きた出来事であるかのように……。何よりも、この愛の祝祭に参加していたのはわたしたちだけだった。運命に恵まれたからだったが、見返りとして求められたのは告解の秘密を託された司祭と同じ守秘義務だった。真夜中を過ぎた頃、オーナーは冷たいクリームの入ったクリスタルガラスのジャグ、できたてのパン、葡萄の葉にくるまれたバターの包みを「子どもの小屋」に運ぶようわたしに指示を出した。わたしはカゴを持って、干し草の束の横をぶるぶると震えながら歩いていった。干し草はきれいに片づけられ、劇場の仕切り席のようだった。わたしは干し草の束の前でかがみ、手で一つかみして匂いを嗅ぎたいという衝動を抑えられなかった。脇道に入り、銀白のマツの木が三本立つ場所へ足を進めると、そこから電気のついている小窓を見ることができた。近くに行くと、あの「子どもの小屋」で、タンバリンやなわ跳びのなわやクマのぬいぐるみや人形に囲まれた白いシャツ姿の大統領が、とても小さな椅子に座り、その向かいのまた小さい椅子にフランス人女性が座り、恋人が二人向き合ってお互いの目を見つめ合いながらテーブルに手を置いている様子が、どこにでもあるロウソクのランプに照らし出されていた……。大統領が立ち上がると同時に影が窓を遮り、彼は腰を屈めて家の外に出てきた。わたしは大統領にカゴを手渡した。わが大統領は本当に大きな人だったので、カゴを受けとるために身を屈めなければならなかった。わたしのほうは立っていたけれども、あいかわらず小さかった。カゴを渡すと、大統領が声をかけてくれた。「ありがとう、坊や、ありがとう……」ふたたび大統領の白いシャツが後ろに下がり、わたしは、白い蝶ネクタイがほどかれていることに気がついた。帰りがけにわたしは大統領の燕尾服につまずいてしまった……。日が差してきて、太陽が完全に顔をのぞかせると、「子どもの小屋」から大統領が姿を見せ、それから女性が下着姿で現れた……。女性はしわくちゃになったドレスを引きずり、大統領はロウソクの点（とも）ったランプを手にしていたが、太陽が出た今となってはそれは小さな光の一点にすぎなかった。大統領は手を伸ばして燕尾服の袖をつかみ、引きずっていった。上着は藁や葉っぱや干し草だらけになった。二人は夢見心地で並んで歩き、二人とも幸せそうに笑っていた……。わたしは二人を眺めていて、ふと思った。給仕人になるというのは、誰彼かまわず簡単になれるものではないのだと。わたしは給仕人として大統領に慎み深く給仕したということを重く考えなければならなかった。ズデニェクが教わったあの高名な給仕人が、貴族のカジノでフランツ・フェルディナント大公に給仕したことを糧にして一生涯過ごしたように……。その後、大統領を乗せた車がまず一台出発し、次いで女性は別の車で去って行った。三台目の車に乗る者はいなかった。あの目に見えない三人目のお客のためにも祝宴の席が用意されていたが、料理、そして使うことのなかった部屋代も請求されたその三人目の人物は姿を現すことはなかった。

七月の猛暑が訪れると、オーナーはもはや部屋から部屋そして食堂へと動き回ることはなくなり、温度が二十度以下に設定された冷蔵庫のような部屋から一歩も外へ出ることはなくなった。オーナーは姿を見せず、公園の小道を往来することもなかったけれども、全能であるかのようにわたしたちをつねに見ていた。笛で給仕し、笛で命令や指示を知らせていたので、あの笛のほうが口を使うよりも雄弁であるかのように思えた。その頃、外国からの客人が四名、わたしたちのホテルに滞在していた。ボリビアからのお客で謎の小さな鞄をつねに見張っていて、寝る時も一緒に寝ていた。全員黒い服を着て、黒い帽子をかぶり、下に伸びた黒ひげをたくわえ、手袋までもが黒だった。それほど用心深く見張っていた鞄も黒色で、小さな棺を思わせるものだった。夜に人々が惜しみなく金を使う歓楽も、派手な騒ぎも過去のものとなった。オーナーが受け入れたぐらいだったので、この客人たちは相当の額を支払っていたにちがいなかった。それはオーナーの変わったところであり、それがそのままこのホテルの特異な点でもあるのだが、ここに滞在されたお客さまはどなたも、ガーリック・スープ、水っぽいスープ、ポテト・パンケーキ、サワーミルク程度のものを注文しても、牡蠣やロブスターを食べ、ヘンケル・トロッケンを飲んだぐらいの料金を支払うことになるのだった。宿泊料金も同様で、ソファで朝方までうとうとしていただけでも、アパルトマンの上層階全室分の料金を支払わなければならなかった。これもまたわがホテル・チホタの名誉の一つなのだった。

わたしはずっと鞄の中身は何か知りたくてうずうずしていた。黒ずくめの御一行の代表であるユダヤ人のサラモン氏が戻ってきた時、サラモン氏はプラハの重要な人々や枢機(すうき)卿(きょう)本人とコンタクトを取れる人だとズデニェクから教えてもらった。外交ルートを通して、南アメリカで大変人気のある〈バンビーノ・ディ・プラーガ〉、つまり黄金の〈プラハの幼子イエス像〉*を自分たちのためにもう一体聖別してほしいとお願いしているのだった。ボリビアでは何百万人もの先住民が首のネックレスにイエス像をつけていて、さらに彼らの言い伝えによると、プラハは世界で最も美しい街で、ここで幼子イエスが学校に通っていたとのことだった。そこで、純金製の六キロの重さがある〈バンビ

＊プラハの勝利の聖母マリア教会には、スペインから持ち込まれた幼子イエスの立像が所蔵されている。一六二八年にカルメル会修道者に託されてから、修道者たちのあいだで幼子に対する特別な信仰が広まったとされる。

ーノ・ディ・プラーガ〉をプラハの枢機卿みずからの手で聖別してほしいと願っていた。その時から、わたしたちはこの像の栄えある聖別というこの上ない体験をすることになった。けれども事はそう簡単には運ばなかった。翌日、プラハ市警の面々が訪れてきて、プラハの闇世界ではこのイエス像のことがよく知られており、そればかりかこのバンビーノを盗もうとする犯罪組織がポーランドから来ているとの情報を、署長みずから、ボリビアの人々に伝えた。そこで直前まで本物のイエス像を隠すことにし、別の金メッキの像をボリビア共和国が資金を出して一体作り、最後の最後までこの金メッキの像を持ち歩くように勧めた。そうすればもし盗難にあったとしても、盗まれて相手の手に渡るのは本物ではなく、偽物のイエス像になるからだ。その翌日、本物の入った黒いスーツケースが運ばれ、中を開けてみると、それはもう美しいものだったので、支配人も冷え切った自室から姿を現し、このイエス像にお辞儀をしたほどだった。サラモン氏が枢機卿の教皇枢密会議と交渉していたのだが、枢機卿は聖別したがらずにいた。というのも、プラハにあるのが唯一のバンビーノであり、ボリビアのものを認めたとしたら、バンビーノが二体あることになってしまうではないか、と危惧していたからだ。話の経緯をすべて、わたしはスペイン語もドイツ語も話すことができたズデニェクから聞いた。怒り心頭に発した、落ち着きのないズデニェクを初めてわたしは目にした。三日後、サラモン氏が車で来訪した。駅の近くですでに、いい知らせを持ってきたことがわかった。車中で立ち、笑みを浮かべて手を振っていたからだ。ただちに全員が一堂に会すると、サラモン氏は告げた。枢機卿は撮影されるのが大変好きだという情報を得たので、次のような提案をしたという。儀式の様子をフランスの映画会社ゴーモンのニュース映像の特集として撮影させれば、映画館のあるところであれば世界中どこでもこの儀式が見ることができ、いたるところで枢機卿だけでなく、この幼子イエス像、聖ヴィート大聖堂、そして教会も注目され、その結果、教会はよく知られるようになり、知名度も高まるにちがいないと。

そしてついに栄光ある聖別の日になったのだが、一晩かけて熟慮を重ねた結果、わたしとズデニェクが本物のイエス像を運ぶという大役を警察から任されることになった。まず燕尾服を着たボリビア人、そして警察署長が三台に分乗して、〈バンビーノ・ディ・プラーガ〉のイミテーションを運び、わたしとズデニェクは実業家に変装した三人の刑事と一緒に、そっとそのあとに続くという手順だった。それは本当に愉快な旅となった。ボリビアのカトリック指導者の要望で、本物のイエス像をわたしの膝の上に置いてホテル・チホタを出発した。刑事たちはとても陽気な人たちで、秘宝や王冠といった宝物が公開され、公の場で誰でも近付くことができるようになった時などは、助祭の恰好をして両脇の祭壇の周りを行ったり来たりし、形だけお祈りを捧げたといった話をしてくれた。けれども胸のホルスターには、アル・カポネよろしく、リボルバー銃が入っていた。だが休憩時間になると、高位聖職者に変装した人たちと一緒に二度にわたって写真を撮ってもらったのだそうだ。かれらはそのことを思い出してはたえず笑っていた。

わたしも道中かれらに〈バンビーノ・ディ・プラーガ〉を見せてあげなければならなかった。そればかりか途中で停車して、柵の陰で〈バンビーノ・ディ・プラーガ〉を手にした集合写真を、実業家に変装した私服警官たちが持参した写真機でズデニェクが撮影する羽目になった。現地に着くまでのあいだ、政府関係者が列席する国葬があった時どういうことを気に掛けなければならなかったか、政府が認めていない者が参列しないようにとか、花束の中に爆弾が仕込まれないようにとか気をつけなければならなかったことなどを話してくれた。また探し針のようなものを持っていて、すべての葉や花束にこの探し針を刺すとか、またどうやって写真を撮ってもらったか話してくれただけでなく、写真も見せてくれた。花輪の中に爆弾が仕込まれていないか確認するための探し針に体重をかけながら、棺台のようなものの脇で片膝をついて祈りを捧げているという写真だった。今日はまた実業家の恰好をして燕尾服姿で跪き、〈バンビーノ・ディ・プラーガ〉に何も起こらないように三方から見張るために這いずり回ることになるのだった。というわけでプラハ市内を抜けてプラハ城にたどりつくと、ボリビアの人々がわたしたちを待ちかまえていて、サラモン氏がケースを受け取ると大聖堂の中に運んでいった。中は結婚式でも行なわれているかのようにいたるところから光が差し、オルガンの音が響いていた。サラモン氏がイエス像を運ぶと、徽章をつけた高位聖職者たちが跪く。そのすべてをカメラが音を立てながら撮影した。そして儀式が行なわれた。それは本当に厳粛なミサで、サラモン氏が恭しく膝をつくとわたしたちも膝をついて祭壇へ近づいた。花も金箔もすべてが小刻みに震えていた。合唱団は荘厳な賛美歌を歌い、式典が絶頂に達した時、カメラマンが合図を出した。それは〈バンビーノ・ディ・プラーガ〉が聖別された、単なる物が聖品となった瞬間だった。枢機卿によって聖別されたものは今や超自然的な力を有し、恩寵を与えてくれるものとなったのだ。ミサが終わり枢機卿が聖具室へ戻ると、サラモン氏は司教代理とともに枢機卿の後を歩き、帰り際に司教代理の上着のポケットに札入れを差し込んだのだが、それはおそらくボリビア政府名で教会の修繕費用として託された相当な額の小切手か、聖別の謝礼だったのだろう。ボリビア共和国の大使が〈バンビーノ・ディ・プラーガ〉を抱えて大聖堂の中を、オルガンやコーラスに伴われて進む様子を、わたしたちは見た。ふたたび車が到着すると、〈バンビーノ・ディ・プラーガ〉は仕舞われてしまった。わたしたちは今度は手ぶらになった。ほかの人々は皆、大使と一緒にホテル・シュタイネルへと向かい、わたしたちは自分たちのホテルに戻り、送別晩餐会の準備にとりかかった。夜十時に到着したボリビアの人々はようやく一息ついて、シャンパンやコニャックを飲んだり、牡蠣や鶏を食べはじめた。午前零時までにさらにオペレッタのダンサーたちを乗せた三台の車が到着し、その夜、わたしたちはそれまでにないほどの忙しさを体験し、これまでにない人数を相手にすることとなった。ホテルの内部をすべて知り尽くしていた警察署長は、偽物のイエス像を男性用の客室の炉棚に置き、本物のイエス像は人目に触れないうちに「子どもの小屋」に運び込み、人形やマリオネット、なわ跳びのなわやタンバリンのあいだに聖なる〈バンビーノ・ディ・プラーガ〉を紛れ込ませたのだった。そのあともずっと皆で飲んだり、裸のダンサーたちが偽物の〈バンビーノ・ディ・プラーガ〉の周りで踊ったりして、ようやく明け方に大使が公邸に帰宅し、それからボリビアの代表団が空港へ向かい、帰国する時間となった。警察署長は本物の〈バンビーノ・ディ・プラーガ〉を持って来て、偽物の〈バンビーノ・ディ・プラーガ〉と交換してケースに入れた。幸いにも、サラモン氏はケースの中身を確認した。なぜ「幸い」かというと、大騒ぎのドタバタのなか、警察署長がケースに仕舞ったのはスロヴァキアの民族衣装を身にまとったきれいな人形だったからだ。そこで全員で「子どもの小屋」に走っていくと、〈バンビーノ・ディ・プラーガ〉がタンバリンと三体の人形のあいだに横たわっていた。そこですぐさま聖なる〈バンビーノ・ディ・プラーガ〉を手にし、スロヴァキアの民族衣装を着た人形を代わりにそこへ置き、プラハへと向かったのだった。けれども、それから三日後にわたしたちが聞いたところによると、ボリビア共和国の代表団は飛行機の離陸を遅らせなければならなかったそうだ。事の次第はこうだ。強盗たちを攪乱(かくらん)しようと、かれらは偽物のイエス像を空港の入口前に置いた。だがすぐに掃除のおばさんがツゲの植え込みの中に片づけてしまった。サラモン氏率いる代表団の面々が飛行機に搭乗し、中身を確認しようと機内でケースを開けてみると、そこにあったのは枢機卿によって聖別された本物のイエス像ではなく、偽物のほうだった。服装は同じだったものの、黄金の像ではなく、金メッキの像だったのだ……。そこで、皆一斉に駆け出すこととなった。ちょうどその頃、あるポーターがケースを見つけ、周りの人たちに「この鞄はどなたのものですか」とたずねていた。けれども誰も返事をしなかったので、ケースを舗道に置こうとしたその瞬間、ボリビアの代表団が駆けつけ、ケースを手にして重さを確かめてから中を開け、本物のイエス像があるのを確認すると、フーと一息ついたのだった……。それからすぐにイエス像を抱えて機内に戻り、パリへと飛び立ち、その後〈バンビーノ・ディ・プラーガ〉とともに自国へと向かった。南米の先住民の人々の言い伝えによれば、幼子イエスはプラハの学校に通い、プラハは世界で最も古い町だということだった……。

満足してくれたかい？　今日はこのあたりでおしまいだよ。

わたしは英国王に給仕した

これからする話をよく聞いてほしいんだ。

わたしが幸せに恵まれたのは、不幸にも恵まれたからだった。わたしは泣く泣くホテル・チホタを去ることになった。というのも〈バンビーノ・ディ・プラーガ〉の本物と偽物の取り違えを仕組んだのはわたしで、金を自分のものにしようとしたとオーナーが思ったからだ。もちろん、わたしにはそんな気は毛頭なかった。けれどもわたしと同じようなスーツケースを手にした後釜の給仕人がやってきてしまったので、わたしはプラハに向かわざるをえなくなった。プラハにたどりつくと幸運に恵まれたのか、駅ですぐにヴァルデン氏に遭遇した。ちょうど担当地区に出発しようとしていたところで、前回同様、助手が一緒にいて、この悲しげな男は秤やサラミスライサーといった機器を袋に入れて背負っていた……。ヴァルデン氏はすぐさまホテル・パリ宛てに手紙をしたためてくれた。別れ際にヴァルデン氏は、わたしを憐れんでかわたしの頭を撫で、いつものようにこう言うのだった。「かわいそうに。とにかくがんばるんだ、お前は小さな国出身の小さな男だ、がんばってさえいれば、わしがどこでもお前のところを訪ねていってやるからな！」列車の姿がとっくに見えなくなったというのに、わたしは立ったまま長いこと手を振っていた。わたしはまた新たな冒険のとば口に立っていた。そもそも、ホテル・チホタのことが怖くなっていた。そう感じるようになった事の経緯はこうだった。薪割りのポーターには雌猫がいて、その雌猫はずっとあの奇妙な音がする場所から主が帰ってくるのを待っていた。あるいは中庭でずっと待ちながら、お客から見える場所でポーターが薪を割っている様子を眺めていた。ポーターにしてみればこの雌猫は命のようなもので、寝るのも一緒だった。だがこの雌猫のもとに雄猫がやってくるようになると、雌猫もニャーニャーと甘い声を上げ、ついには家に帰らなくなってしまった。わたしたちのポーターはすっかり意気消沈して、雌猫をいたるところで探し、猫のミーラがどこかにいやしないかとたえずあたりを見回すようになった。ポーターは独り言をよく言っていたので、彼のそばに近づくとその独り言が耳に入った。そして信じられないことが現実となったことを知った……。彼の独り言を聞いてわかったのは、自分の妻と逢い引きをした憲兵を斧で切りつけてしまったがために、彼が刑務所に服役していたことだった。奥さんも病院送りになるほどロープでひどく叩き、ポーターは五年の刑を言い渡され、刑務所でジシュコフ出身のある犯罪者と同室となった。その男は自分の娘にビールを買いに行かせたところ、娘が帰り道に五十コルナなくしてしまったことに腹を立て、娘の手を木の上に置いて切断してしまったのだ。これが信じられないことが現実となってしまった一つ目の出来事だった。さらに同室の別の囚人も、自分の妻があるセールスマンと一緒にいる現場を取り押さえ、斧で妻を殺してしまい、彼女の性器を切り取ってセールスマンにその性器を食べるか、さもなくば斧で殺してやると迫ったのだ。このセールスマンは恐怖のあまり命を落とし、殺人犯は自首をした。これが信じられないことが現実となった二つ目の出来事だ。そして信じられないことが現実となった三つ目の出来事は、ポーター自身の身の上に起きたことだった。妻を信頼し切っていたポーターは、妻が憲兵と一緒にいるところを目撃して、男の肩に斧で切りつけたところ、憲兵がポーターの足に発砲した。われらがポーターは禁錮五年の刑となり、信じられないことが現実となってしまったのだ……。それはともかく、ポーターの雌猫のところにやってきた雄猫だが、ポーターはその雄猫を壁に煉瓦で押さえつけ、斧で脊髄を切ってしまった。雌猫は雄猫の身体の上でギャーギャー嘆いていたが、われらがポーターはその雄猫を格子窓にしっかりと貼り付け、雄猫は二日後に息絶えた。あの憲兵に対してと同じような仕返しをしたのだった。雌猫も追い払われ、しばらく家の壁の周りをうろうろしていたがけっして家に入ることは許されず、それから姿が見えなくなってしまった。ポーターが殺してしまったのかもしれない。というのも、奴はとても繊細で感受性が強く、つまりは神経過敏だったからだ。だからあらゆるものに対して、すぐに斧を手にしてしまうのだ。妻だろうと、雌猫だろうと。憲兵にも、雄猫にも、同じくらい激しく嫉妬したのだ。裁判では、ヘルメットごと頭を叩き割らず、肩に切りつけただけだったのを後悔していると述べたという。憲兵はヘルメットをかぶり、ピストルのついたベルトをしたままポーターの妻とベッドをともにしていたのだ……。そして〈バンビーノ・ディ・プラーガ〉を盗もうとしたのはわたしで、罪を犯してまでも逸早く裕福になりたいと考えているとでっち上げ、オーナーに告げ口をしたのもこのポーターだった。それを聞いて、オーナーは動転してしまった。ポーターが言うことは絶対で、それに反することは誰にもけっして許されなかったからだ。成人男性五人ほどの力の持ち主のこのポーターに逆らう者もいなかった……。そのうえわたしは、ある時たまたま、ポーターが「子どもの小屋」に座って何かをしているのを――おそらく人形やクマと遊んでいたのだろう――見かけたのだ。それをきっかけに、その後は午後になるとかならず、彼が「子どもの小屋」にいるのを見かけるようになった。わたしはそのことを探ろうとしたりはしなかったにもかかわらず、ある時、ポーターはわたしとズデニェクがあの家で一緒にいるのを見ると、「子どもの小屋」には入ってほしくないとわたしに告げた。そして、信じられないことが四度現実となるかもしれないぞと言い添えた……。ポーターはあの雄猫を指差して、わたしのすぐ隣の部屋で脊髄を切断されて二日にわたって苦しんだ様子を語った。わたしがポーターの近くを通るたびに自分の目を二本の指で示して、罪を犯した――すくなくとも俺の目にそう映る――奴は皆、どういう風になるかわかるだろうな、とミイラ化した猫の死体を指差しながら警告するのだった……。他に理由がなくとも、彼の人形と遊んだだけで、わたしは彼の手にかかっていただろう。だが、すぐにその場で殺すような真似はせず、何もできず雄猫の周りをうろついていたあの雌猫のようにじわじわと息の根を止めるように磔にして殺すことだろう……。そのあとの展開といったら！　いま駅に降り立って、わたしはホテル・チホタにいた半年のあいだに変な習慣が身についてしまったのを痛感した。車掌がピーと笛を鳴らすと旅行客は銘々の席につく。車掌がピーと笛を鳴らし駅員に合図をするとそのたびに、わたしは駆け寄って、「何か御用でしょうか？」と訊いてしまう。車掌の準備はすべてできているか、扉はきちんと閉められているか、と駅員が笛を鳴らすたびに、わたしは駅員のもとに駆け寄り、「何か御用でしょうか？」と恭しく訊いてしまう。ともあれ、列車はヴァルデン氏を乗せて出発し、わたしはプラハの十字路を次々と通りすぎて進んでいく。その間に二度もお巡りさんが交差点でピーと鋭い音を鳴らしたので、わたしは思わず駆け寄って、お巡りさんの足元にスーツケースを置き、「何か御用でしょうか？」と尋ねてしまった。そして通りを先へ進み、ホテル・パリへたどりついたのだ。

　ホテル・パリはあまりにも美しく、わたしはその場で卒倒しかねないほどだった。鏡、真鍮の手すり、真鍮の取っ手、真鍮の燭台が無数にあり、すべてが光り輝くまで磨きあげられていて、黄金の宮殿を思わせんばかりだった。いたるところに赤絨毯が敷かれ、扉はガラス張りのものばかりで、どこかの城館のようだった。オーナーのブランデイス氏はわたしを丁重に迎え入れてくれ、わたしの部屋へ案内してくれた。それは屋根裏の仮住まい用の小さな部屋だったが、部屋からはプラハの美しい光景を見渡すことができ、この景色と部屋それだけのために、ここにずっといられるようにがんばろうと思った。スーツケースを開けて燕尾服や着替えを吊るそうとクローゼットを開けてみると、中には仕事着がいっぱいあり、別のクローゼットを開けてみるとそこには傘がいっぱい吊るされていて、三つ目のクローゼットを開けてみると、トップコートであふれかえっていて、内側には大きな画鋲で両端が留められたロープに何百本ものネクタイが吊るされていた……。ハンガーを取り出し、自分の服を吊るし終えると、わたしはプラハの光景を、数々の屋根の連なりを眺め、光り輝くプラハ城に目をとめた。チェコの王たちの城を見ただけで、目に涙が浮かび、ホテル・チホタのことなどすっかり忘れてしまった。今となっては〈バンビーノ・ディ・プラーガ〉の盗みの疑いをかけられてよかった。というのは、オーナーがそう思わなかったら、今でも小道にレーキをかけ、干し草を並べ、たえず誰かが笛を吹かないかとびくびくしていたはずだからだ。今になってわかるのは、あのポーターも笛を持っていたということだ。あのポーターはつねに目を光らせ、オーナーの足代わりになってわたしたちを監視し、オーナーのように笛を鳴らしていたのだ。階下に降りていくと、ちょうど昼時で給仕たちが交替で昼食をとっていた。茹でたジャガイモの団子にパン粉を振りかけたものを食べていて、厨房にいる全員にこの団子が運ばれていた。会計係が受け取るのとまったく同じように、オーナーもこの団子をもらって、厨房で食べていた。料理長とその助手たちの昼食はスライスされたポテトで、わたしはパン粉の振りかけられた芋団子を受け取り、オーナーは隣にわたしの席をつくってくれた。わたしが食べているあいだオーナーも食べていたのだが、その様子はどことなく慎重で、コマーシャルにでも使えるような素振りで、上司であるわたしがこれを食べているのだから、君たち従業員も同じものを食べるんだよと訴えているようだった……。そしてナプキンで口を拭くと、持ち場に案内してくれた。まず手始めの仕事はビールを運ぶ役だった。カウンターでグラスを受け取り、トレーの上にいっぱい載せてきれいにならべる。ビールの注文があると、ここでの慣習にしたがって赤い小さなガラスを置いて合図を出し、作曲家のようなグレーの髪をなびかせた年配の給仕長がどこにビールを置けばいいのかあごで指示を出してくれた。一時間もすると、この年配の給仕長はわたしのことを視線で愛でてくれているのに気づき、わたしのことが気に入ってくれたようだった。この人は、本当に素晴らしい人物で、真の映画俳優のようなタキシードマンだった。彼ほどタキシードが似合っている人をほかに見たことはなかった。それはかりか、鏡だらけのここの環境にふさわしかった。中に電球があるロウソクの形をしたランプやカットグラスでできたチリンチリンと鳴りそうな装飾がいたるところにあり、昼過ぎにはもう室内の照明がついた。わたしは鏡に映る自分の姿やプルゼン・ビールを運ぶ様子を目にした。それはかりか、この鏡を見ると、自分がどことなく別人になったように感じられ、自分がぶさいくでチビだという意識を直すべきだと思うのだった。ここにいると燕尾服も似合っているように思えた。美容室で手入れしたばかりのグレーのカールした髪をたくわえた給仕長の隣に立って鏡を眺めながら思った。このレストランで自分の持ち場につき、そしてつねに落ち着き払い、すべてのことに精通し、あらゆることに気を配り、注文を補足し、ダンスホールにいるかあるいは自宅で舞踏会を催しでもしているかのようにたえず笑みを浮かべているこの給仕長のもとで働く以外に望むものは何もないと。給仕長は、どこのテーブルのどのお客にまだ料理が出ていないか把握してすぐに歩み寄り、誰が支払おうとしているのかもわかっていた。わたしが見た限りでは、お客が手を挙げたり、指を鳴らすようなことは一度もなく、勘定書きをひらひらさせることすらなかった。給仕長はそれほどまでに不思議な眼差しをしていた。多くの人々を眺めているか、展望台から風景を眺めているか、あるいはまるで蒸気船から海を眺めているか、それともこれといって何も見ていないかのようだった。というのも、お客が一人であろうと、何人いようとお客の一挙手一投足を見て、ただちに何を求めているか、あるいはこれから何を所望されるのか、給仕長にはわかるのだった。それからすぐに気づいたのは、給仕長はある給仕人が嫌いだということ。料理を取り違えたり、豚肉の料理を六番テーブルの代わりに十一番テーブルに運んだりしようものなら、すぐに非難の視線を浴びせるのだった。わたしがビールを運ぶようになって一週間経った頃、この素晴らしいホテルの中でさらに気づいたのは、その給仕人が厨房から料理を運んでくる時、レストランの扉の前でいつも立ち止まり、誰も見ていないと思って、トレーを自分の目の高さから胸の高さに下げ、食事をうまそうにじっと見てはあれやこれやとつまみ食いをすることだった。うっかり指が料理に触れたかのように見せかけて指をぺろりと舐めていた。美しい給仕長がその様子を目撃しているのをわたしは見たけれども、給仕長は何も言わず、ただじろりと眺めているだけだった。この給仕人は大きく腕を振って、トレーを肩に載せ、自在戸をバンと足で蹴って、レストランの中に入っていく。それは彼独特の振る舞いだった。トレーが前のめりになって倒れるのではと思うくらいに足をちょこまか動かし、走っていく。たしかに、カレルのように——これがその給仕人の名前だが——あれだけのお皿を一度に運ぼうとする者はいなかった。トレーに二十枚の皿を載せて、腕を伸ばすのだが、その伸ばした腕が細長いテーブルであるかのように、さらに八枚の皿を載せ、それぱかりか二枚を扇のように開いた指のあいだにはさみ、もう一方の手には三枚の皿を載せていた。これはもう本当に曲芸技だった。オーナーのブランデイス氏はおそらくこの給仕のことが気に入っていて、これだけの料理を運ぶ姿を店の誇りと考えていたらしかった。そしてほとんど毎日、従業員のお昼のまかないには例の芋団子が出されていた。それは、ケシの実入りだったり、ソースがかけられていたり、焼いた角パンが添えられたり、溶かしたバターと砂糖や、ラズベリーの汁がかかっていることも、パセリとラードで和えてあることもあった。オーナーも厨房で芋団子を食べていたが、ダイエットをしているんだ、と言っていつもすこししか口にしなかった。だが二時になると例の給仕人のカレルがトレーをオーナーのもとに運んだ。中身は銀の覆いの形でわかるのだが、鵞鳥（がちょう）だったり、鶏だったり、鴨だったり、鹿肉だったり旬のものが供されているようだった。穀物取引所の役員や仲買人が昼食をとっていると思わせるかのように、運び込まれるのはいつも個室だった。商いはわたしたちのところ、ホテル・パリに場所を移して続けられることがあったからだ。オーナーはさりげなくその個室に入っていき、部屋から出てきた時は目を輝かせ、唇の片隅に楊枝（ようじ）をくわえ、満足した素振りを見せるのだった。カレルという給仕人はおそらくオーナーと特別な関係になっているのだろう。取引所の大事な日が終わると——それは毎週木曜日だったが——取引所の人々が訪れ、シャンパンやコニャックを飲んで取引の成立をお祝いしていた。料理の盛られたトレーがすべてのテーブルに置かれ、テーブル一台につきトレーは一枚しかなかったものの、料理はてんこ盛りで、まさに祝宴となるのだった……。まだ日中なのに、十一時頃からきれいに着飾った女性たちがレストランに陣取っていた。その女性たちは、「黄金の都プラハ」で働いていた時分に「天国館」で知り合ったような人たちばかりだった。女性たちは煙草を吸ったり、濃いめのヴェルモットを飲んだりして仲買人たちを待つのだが、かれらが到着するやいなや別々のテーブルに分かれた。というのもすでに個室を予約してあり、それぞれ自分のテーブルが決まっていたからだ。個室の合間を通ると、下ろされたカーテン越しに笑い声やグラスで乾杯する音が響いていた。それは数時間ほど続き、夕方過ぎになって気分をよくした仲買人たちがそれぞれ帰っていくと、美女たちも個室から出て、化粧室で髪を梳かしたり、色が落ちたりキスされた唇に口紅を塗りなおす。ブラウスの裾を中に入れたり、関節が外れんばかりに首をひねって後ろを見て、ストッキングが太腿から靴のヒールまですっとのびているか、伝線していないかチェックするのだった。仲買人たちが帰ったあとも、誰も個室に入ってはならなかった。その理由は誰もが知っていた。わたしもめくれたカーテン越しに何度か見たことがあるが、個室のクッションを片づけるのはカレルの役目だった。カレルは落ちている小銭や紙幣も拾うのだが、時には指輪だったり、引き千切れた腕時計のチェーンもあった。これらはすべて彼のものになった。仲買人たちや女性たちが服を脱いだり、着たり、身体を震わせたりした時に、上着やズボンやベストから出たものやベストの鎖から外れたものはすべて彼のものになるのだった。あるお昼時のこと、カレルはまたトレーにサイドディッシュの皿を十二枚載せ、いつも通りに扉の手前に立ちながら牛肉をひとつまみ、芽キャベツをひとかけら食べ、デザート代わりに子牛肉の詰め物をひとつまみ口に入れた。これだけ食べて力が満ちてきたのかトレーを上にあげ、笑みを浮かべながらホールに入っていった。だがある地方出身のお客がかぎ煙草をかいでいたのか、風邪をひいていたのか、突然鼻から大きく息を吸い、その勢いで髪の毛を引っ張られたような姿勢になり、思わず立ち上がってくしゃみをした拍子に袖の先がカレルのトレーの端に触れてしまった。するといつものように料理を宙高く掲げて運んでいたカレルは、空飛ぶ絨毯のように宙を飛んで行くトレーに追いつこうとして前屈みですたすたと駆けていくのだが、トレーの速さが増したのか、カレルの足が遅くなったのか、足をすべらせてしまった。トレーは手を離れて宙を舞い、指はトレーに触れようとしたが届かず、従業員全員、そしてホテル関係者の一団の訪問に対応していたオーナーも、席に着いていたシュロウベク氏も、そのあとに引き続き起こることを目の当たりにした。予想した通りになった……カレルはさらに力強く突進してトレーが落ちる前につかまえたものの、二枚のお皿が落ちてしまった。まずプスタ風のビーフロール、それからソース、お皿が一枚、そして一秒遅れでもう一枚のお皿、ソース、お肉、最後にクネドリークが落ちていった。それもお客の頭上へと。そのお客がいつものようにメニューをすべて読んでから、料理を選び、目を上げて注文する時に、肉はかたくないか、ソースは熱くないか、クネドリークはどうかと尋ねようとした矢先のことだった。クネドリークはまさにそのお客の頭上に落ち、ソースが背中に流れていった。お客がソースまみれの姿で立ち上がると、クネドリークが彼の膝に、次いでテーブルの下に落ちていった。別のクネドリークが一個、彼の頭上に、キッパか聖職者のビレッタ帽のように載っかっていた……。カレルは残りの十品をすべて守ったのだがこの光景を目の当たりにして、ホテル・シュロウベクのオーナーであるシュロウベク氏のほうを一瞥すると、トレーをさらに高く持ち上げたかと思うとバンと放り投げ、残りの十枚すべてのお皿をひっくり返して床にぶちまけてしまった。この二枚の皿のおかげでどんな思いをしているか、劇場の舞台にいるか、はたまたパントマイムをしているかのような素振りを見せ、さらには前掛けを取って投げ捨て、怒り心頭に発した様子で立ち去った。そして私服に着替え、どこかに飲みに行ってしまった。わたしにはまったく理解できなかったが、この二枚の皿のような出来事が自分の身に起こったら、残りの十枚はカレルと同じようにしただろうと同僚たちは皆口を揃えて言った。というのも、持ち場に就いている給仕の誇りというのは一回限りのものだというのは、給仕によく知られた決まりだったからだ。だがこれですべてが終わったわけではなかった。カレルが戻ってきて、視線をあちこち投げかけながら厨房に座ると、レストランのほうをにらみつけた。そして突然飛び出していったかと思うと、レストラン全体のグラスが収納されている大きな食器棚を引きずり倒そうとした。ガラガラと音を立ててグラスが倒れて飛び出してきたので、会計係と料理人たちは駆け寄って食器棚をふたたび元のまっすぐな状態に戻さなければならなかった。カレルはあの二枚の皿のおかげで力がみなぎったのか、三度にわたって食器棚をじりじりと倒そうとしたけれども、料理人たちが顔を真っ赤にして三度とも食器棚を元のまっすぐな状態に戻すことに成功した。全員がふうと息をついているあいだに、カレルは飛び出していって、レストランのコンロ――このコンロはあまりにも横に長く、薪を入れても反対側のオーブンに火が達する前に火が消えてしまうのだった――をぐいっと引っ張り、コンロのチューブを引き抜いた。すぐに厨房は煤や煙だらけになり、皆、咳き込んでしまった。煤だらけの料理人たちはどうにかチューブを戻し、椅子に腰を下ろしてあたりを見回して、カレルがどこに行ったか探した。カレルはとっくに姿を消していたので、皆、一息つこうとしたところ、突然ガシャンという音が聞こえた。音のしたほうを見てみると、カレルがレンジの上にある採光吹き抜けのガラスを蹴破って厨房に落ちるところだった。片足はランチ用の臓物スープの中に膝までつかり、もう一方の足はキノコと子馬のソースと混ぜ合わせたグラーシュの鍋の中に入っていた……。そのあとカレルがまた歩き回り出すと、あたりにガラスの砕片が散らばっていたので、料理人たちは身を屈めるしかなかった。カレルはホテル・パリに何か恨みがあるのではと考え、料理人たちは元レスラーのポーターを呼びに行き、力を使ってでもカレルを連行しようと試みた……。ポーターは足を広げ、ウールを巻きつける枷（かせ）を手にしているかのように両手を開いて、「この馬鹿野郎、どこにいっていやがったんだ？」と叫んだ。だがカレルがポーターを拳骨（げんこつ）で思い切り殴ると、ポーターはばたっと倒れ込んでしまい、警察を呼ぶ羽目になってしまった。警察が到着した頃にはカレルは落ち着きを見せていたが、廊下で二人の警官を殴り、警官の頭にあったヘルメットに足蹴りをしたので、個室に連れて行かれ、ぼこぼこにされてしまった。個室から叫び声が上がるたびにレストランのお客たちは肩をすくめ、ようやく連行される時にはカレルはあざだらけになっていた。最後にカレルはクローク係の女性に、「あの二枚の皿の代償はこんなもんじゃないぞ」と言い放った……そしてその通りになった。静かになったと思った途端、カレルが陶器の流し台を蹴りつけ、壁からパイプをぐいっと引き抜いたため、あたり一面が水だらけになり、警官たちもびしょびしょに濡れ、パイプの穴を指でふさぐ羽目になったのだった。

というわけで、わたしが、スクシヴァーネク給仕長のもとでホール担当の給仕になった。給仕は他に二人いたけれども、昼下がりのすこし空いている時間帯に控えの間のテーブルに寄りかかることを許されたのは、わたしだけだった。給仕長はわたしに滔々と語った。お前はいい給仕長になることができる、だがそうなるにはお客が入ってくる様子をしっかり頭に入れ——クロークの開いている昼時はまだいいが、カフェが開いている昼下がりは——お客がいつ店を出るか、またどういうお客が食べるだけ食べて支払いもせずしれっと店を出ようとするか、見極める能力を身につけなければならない。それから、客の手持ちのお金がいくらぐらいで、そのうちどのくらい使うつもりか、あるいは使わせることができるかも判断しなければならない、これこそがいい給仕長の心得だ、と。それからというもの、時間がある時には、来店したばかりの、あるいは店を出たばかりのお客がどういう人か、給仕長はそっと教えてくれた。数週間訓練を受けると、今度はわたしが判断する番になった。冒険に出かけるかのように昼下がりの時間を心待ちにし、獲物を待ちかまえる猟師のように胸が高鳴った。給仕長は煙草をくゆらせながら瞳を閉じ、満足げにうなずくかあるいは首を振ってわたしの見解を正すと、みずからお客のもとに行き、自分の答えが正解であるのを証明するのだった。そう、給仕長はいつも正しかった。本当に。給仕長にこう質問を投げかけた時、わたしは初めて知ることとなる。「いったいどうしてすべておわかりになるんです?」すると給仕長は背筋を伸ばして、こう答えた。「わたしは英国王に給仕したことがあるからだよ」「英国王ですって？」わたしはパンと手を叩いて言った。「英国王？　あの英国王に……給仕なさったんですか？」給仕長は満足げにうなずいた。そしてわたしたちは次なる段階に入っていった。それは宝くじや、謝肉祭や祝日に催される富くじ（トンボラ）のようなもので、自分のくじの番号が当たるのを待っているのに似た興奮をわたしにもたらしてくれた。昼下がりにお客が来店すると給仕長はうなずき、わたしたちは控えの間に入る。「イタリア人ですね」とわたしが言う。すると給仕長は頭（かぶり）を振ってこう言う。「スプリットかドブロヴニク出身のユーゴスラヴィア人だ……」わたしたちはじっとお互いの目を見て首を縦に振る。控えの間のトレーにわたしが二十コルナ置き、給仕長も同じ額を置く。わたしがお客のもとに行き、注文を取って戻ろうとした時にはすでに給仕長はわたしの表情を見て、二十コルナ札を二枚とも鷲づかみにし、大きな財布の中に仕舞うのだった。その財布はとても大きく、ズボンには財布と同じ生地でポケットが縫い付けられていた。わたしは驚いて尋ねた。「給仕長、いったいどうやって見抜くんですか？」給仕長は遠慮がちにこう言った。「わたしは英国王に給仕したことがあるからな」それからもわたしたちは賭けを続けたが、わたしはいつも負けてしまい、本当にいい給仕長になりたかったら、お客の国籍だけでなく、お客の注文も見抜かなければならないと給仕長から教わった。レストランにお客が足を踏み入れると、わたしたちはうなずいて控えの間に入り、折畳式のテーブルに二十コルナをそれぞれ置き、「グラーシュスープか、臓物のスペシャルスープですね」とわたしが言うと、「あのお客は紅茶にトースト。ガーリックなしだ」と給仕長が言う。わたしが注文を取りに行き、「おはようございます、ご注文は何になさいますか」とたずねると、お客は紅茶とガーリックなしのトーストを本当に頼むのだった。わたしが歩きはじめる頃にはすでに給仕長は二十コルナ札二枚を懐に仕舞っていた。「胆嚢（たんのう）を患っているのをすぐに見抜かないとな。いいか、お客をよく見てみろ、肝臓もいかれているかもしれないぞ……」またある時はわたしがバターを塗ったパンと紅茶と見当をつけると、給仕長はプラハ・ハムとピクルス、それからプルゼン・ビール一杯だと主張し、実際その通りになるのだった。わたしが注文を取って踵（きびす）を返すと、給仕長は戻ろうとするわたしをちらっと見て小窓を開け、わたしの代わりに厨房に注文を告げる……。「プラハ・ハム……」わたしはどうにか追いついて、厨房に向かって言いたす。「ピクルスありで！」わたしはこういう風に学べる環境にめぐまれて幸せだった。できるかぎりわたしたちは賭けをし、そのたびにわたしは負けてしまい、チップは次から次へとなくなってしまったけれども。そのたびにわたしは尋ねずにはいられなかった。「給仕長、いったいどうしてすべてお見通しなんですか？」給仕長は二十コルナ札二枚を財布に仕舞いながら、「わたしは英国王に給仕したことがあるからだよ」と言うのだった。というわけで、わたしはカレルの後任となった。それ以前にわたしが知っていたのは、ホテル・チホタの給仕長のズデニェクだった。夜中に村中の人を叩き起こし、没落貴族のように有り金すべてを使い果たした男だ。そして、ここに来て初めて、「黄金の都プラハ」の給仕長のことを思い出した。わたしにとっての初めての給仕長で、名前はマーレク、大変な節約家で、お金を何に使っているのか誰もわからなかったが、お金は十分持っていて、小さなホテルを購入する資金にするのか、中途半端な額ではないことは皆知っていた。給仕長をやめたら、チェスキー・ラーイかどこかに小さなホテルを買うか、借りるにちがいない、と。けれども実際はそうではなかった。ある時、わたしに打ち明けてくれたことがある。結婚式でわたしたちが二人とも酔っ払っていた時に、給仕長はほろ酔い気分で話をしてくれた。十八年前のこと、給仕長は奥さんから伝言を頼まれ、友人の女性を訪ねることとなった。呼び鈴を鳴らすと、扉が開き、そこには美しい女性が立っていた。彼女が顔を紅らめると給仕長も顔を紅らめ、二人は雷に打たれたかのように玄関に立ちつくした。彼女は刺繍を手にしていたが、給仕長は何も言わずに中に入り、彼女を抱擁した。それでも彼女は刺繍を続け、給仕長はソファに座った。彼女はその背後でさらに刺繍を続けようとしたが、給仕長は彼女をものにした、と。それからというもの、給仕長はその女性と恋におち、そのためお金を節約しているのだった。自分の家族、妻、子どもたちにお金を渡し、生活を保障するため、十八年かけて十万コルナを貯めた。来年には家族に家を買ってあげたうえで、もう白髪となった給仕長は同じく白髪となった美女と一緒に自分たちの幸せをもとめていくのだという……。給仕長は語り終えると、書き物机の鍵を回し、引き出しの二重底の中に百コルナ札が敷き詰められているのを見せてくれた。自分たちの幸せを買い取るためのお金だった……。わたしは給仕長を眺めながら、わたしにはけっして見抜けなかっただろうと思った。彼の靴を見ると、ズボンの裾が巻き上げられていた。時代遅れの股引を足首のつけねまで穿いていて、ズボンの折り返しのところで白い靴紐で結ばれていた。その股引はわたしの子ども時代に水車のあったおばあさんのところで過ごした時分に、カルロヴィ・ラーズニェのトイレの窓から旅行客が投げ捨てる時に見たようなものだった……。まさしく同じ種類の股引がぱっと広がったかと思うと、一瞬、宙に浮くのだった……。そう、給仕長はそれぞれタイプが異なっていた。「黄金の都プラハ」のマーレク給仕長はある時突然現れて、ホテル・パリの給仕長の隣にいるのを見たことがあるが、その姿は聖人のようだった。『イエス・キリストの生涯』を売って、上着やオーバーコートの脱ぎ着を繰り返し、始終粉薬を顔に振りかけ、ノイラステニンを飲んでいたので唇からは黄色い液体がこぼれていた、詩人で画家のトンダ・ヨードルのようだった……。わたしはいったいどういう人間になるのだろう?

毎週木曜日、今度はわたしが仲買人たちの給仕を担当するようになった。カレルがいなくなったからだ。裕福な人々が皆そうであるように仲買人たちも遊び好きで、子犬のように陽気な人たちだった。取引がうまくいった時など、カードゲームに勝った肉屋のように散財し、お金を配った。カードゲームをしていた肉屋は大負けをすることもあり、家に帰るのは三日後のことで、その頃には馬車も馬も、買った家畜も失って、残っているのは靴だけというありさまだった。仲買人たちも有り金をすべて使い果たすこともある。そんな時は個室に腰掛け、炎に包まれたエルサレムを眺めるエレミヤのように世界を眺めていた。幸運に恵まれて証券取引で儲けた人が代わりに支払ってくれた分もすべてすってしまったのだ。わたしは次第に、証券取引所が終わるのをカフェで待っていて、その後個室に向かう女の子たちの信頼も得るようになった。午前十一時だろうと、午後十一時だろうと、夜明けだろうと、深夜だろうと、まったく関係がなかった。朝方からホテル・パリは明るく、ホテル全体が一体となって、消し忘れたシャンデリアのように光り輝いていた。なかでもわたしが一番好きだったのは、女の子たちが〈検査室〉〈検査の間〉〈内科〉などと呼んでいた個室だった。エネルギーに満ち満ちた仲買人たちはできるだけ早く女の子たちを酔わせ、彼女たちのブラウスやスカートをゆっくりと脱がせようとし、ソファや肘掛椅子の上で、神によって造られた時の姿のままくんずほぐれつしようとするのだった。仲買人たちは疲れ切ってことを終えるのだが、時には慣れていない体位で愛し合ったためか、心臓発作を起こしているのではないかと思わせることもあった。〈内科〉、あるいは〈検査の間〉ではいつもこういった具合で明るい雰囲気だった。女の子たちにはお客を楽しませるというはっきりとした目的があって、つねにそう心がけているようだった。わたしの見るかぎり、このお店で一番稼いでいたのは彼女たちだった。年配の仲買人たちはたえず笑みを浮かべ、冗談を言い、女の子たちが服を脱ぐのは罰ゲームのようなものだと思っていた。シャンパンやコニャックが注がれたカットグラスをすこしずつ味わったり、香りを味わいながら、自分からテーブルの上に座った女の子の服を脱がしたりした。女の子がテーブルに横たわると、仲買人たちは女性の肢体の周りに、自分のグラスのほかに、キャビア、サラダ、スライスされたハンガリー風サラミが盛りつけられたプレートを持って集まる。仲買人たちは眼鏡をかけて、その美しい女性の窪みという窪みを見逃さないように眺め、ファッションショーか、美術アカデミーのアトリエにいるかのように指示を出し、女の子に立ったり、座ったり、跪(ひざまず)いたりテーブルから足を下ろしたり、小川で足を洗っているかのように裸足で足をバタバタさせるよう頼んだ。女の子の身体のどの部分が自分の反対側にあるとか、自分のほうを向いているとかをめぐって、仲買人たちが言い争うことは一度もなく、誰もがただ興奮し、それは風景を見て感動したものをキャンバスに置き換えようとする風景画家の興奮に類するものだった。老人たちは興奮したまますぐ近くからじっと眺め、曲がった肘、ほどかれた髪の房、足の甲、くるぶし、そしてお腹を眼鏡越しに眺める。また別の老人は女性の美しいお尻の分け目をそっと開けてみて、子どものようにはしゃぎながら目の前にあるものをじっくりと見るのだった。また別の者は興奮のあまり声を出し、女性が足を広げる姿を目にし、一番好きな場所に指や口で触れることができて、神に感謝するかのように天井を仰ぎ見た……。というわけで、この個室は光り輝いていたのだが、それは羊皮紙のランプシェードの採光孔から洩(も)れる強い光のせいだけではなく、グラスが動いて反射したり、四人の眼鏡のレンズがキラキラ輝いていたからだ。それはまるで、水族館で尾びれの大きい魚が光に照らされながら泳いでいるかのようだった。眺めることに満足して仲買人たちはこの〈回診〉を終えると、女の子にシャンパンを注ぎ、女の子はテーブルに座って一緒に乾杯をし、仲買人たちは女の子をファーストネームで呼んだ。女の子はテーブルから好きな物を取り、老人たちは冗談を言いながらも紳士的に振る舞った。かたやほかの個室からはにぎやかな笑い声が聞こえ、またしばらくするとしんと静まりかえる。今こそ中に入らなければと思うことがよくあった。というのも中で死体が転がっているのではないか、はたまた仲買人の息が今にも絶えるのではないかと思うことがあったからだ……。それから老人たちは女の子に服を着せてもらったかと思うと、映画が巻き戻しされるかのように、脱がせたのとまったく同じやり方で女の子に服を着せた。けれども、ことが終わるとありがちな無関心とは無縁で、紳士らしさを最初から最後まで見せていた……。支払いはいつも一人の仲買人がすませ、給仕長にチップを渡し、わたしはいつも百コルナもらった。店を出る時の様子といったら、美しい絵をいっぱい観賞したかのように目を輝かせ、落ち着きはらっていた。美しい絵を眺めるのは週に一度で十分だったが、月曜になるともう木曜日に別の女の子を〈回診〉するのを心待ちにしているようだった。このお客たちは同じ女の子を二度〈回診〉することはなく、毎回違う女の子を招いていた。おそらくプラハの娼婦の世界で評判を轟かせるためだろう。けれども〈回診〉を終えた女の子はいつもその個室に居残り、待っているのだった……。わたしがテーブルを片づけ、最後の食器を運び出そうとすると、彼女はわたしが映画俳優であるかのように飢えた眼差しを投げかけてくる。わたしは初めてこうなった時、こういう習わしが以前から続いているのに気がついた。女の子はあの

〈回診〉のせいで息がぜいぜいいうほど興奮してしまい、もうそこから出ていくことはできないといった様子だった。その時初めてそうなったのだが、それから毎週木曜、老人たちが始めたことの始末をわたしがつけなければならなくなった。どの女の子もわたしに情熱を投げかけ、わたしを熱望する。まるで初めてそうするかのように……。その数分のあいだだけ、わたしは背の高い、巻き髪の美男子になったような気がした。わたしは美女たちの王であるという印象や感覚ではなく、確信を持つことができた……。でもそれは、彼女たちの身体が〈回診〉のせいで目や手や舌から快い刺激を受けていたので、歩くこともままならなくなっていたからだ。一度か二度ピークに達すると、また息を吹き返したかのような目に戻り、目を覆っていた膜は消え、包み込まれていた雲も消失し、何もなかったかのように周りを見るのだった。そしてわたしはふたたび小さな給仕人となり、美しく力強い男性の代役をつとめた人間になりさがるのだ。けれども木曜日ごとに、やる気が高まるとともに腕も上げていった。というのもこれは選ばれた給仕人の役目だったからだ。わたしの前任者カレルは才能も能力も愛も兼ね備えていたが、わたしも負けず劣らずだった……。他の面では、わたしのほうが優れていたかもしれない。どの女の子も店内や外で会っても向こうから気さくに挨拶をしてくれたり、遠くからお辞儀をしてくれたり、わたしを見つけると遠くからハンカチやハンドバッグを振ったり、あるいは手に何も持っていない時などは親しげに手を振ってくれたりしたからだ……。わたしもお辞儀をしたり、はっきりと相手にわかるように帽子を恭しく取ったりした。それから元通り背筋をぴんと伸ばして、二重底の分以上に大きく見えるように、数センチ背が高くなったかのようにあごを上げて歩くのだった……。

　こういうわけで、わたしは自分の身の丈以上のものにしがみつくようになった。休みの時には、おしゃれをするようになり、ネクタイにはまった。それは、服を引き立て、その服が着ている人を引き立てるような代物だった。わたしが買ったネクタイはお店のお客たちがつけているようなネクタイだった。だがそれだけでは足りず、お客がホテルに忘れていった小物や服でいっぱいのクローゼットを開けた時のことをよく思い出していた。そこには一度も見たことのない、またよそではけっしてお目にかかることのないネクタイがずらっと並んでいて、ネクタイには細い糸で名札が付けられていた。そのうちの一本はダマスカスの卸売業者アルフレッド・カルニオル氏が忘れたもので、もう一本はロサンジェルスにある会社の代表をつとめるサラモン・ピホヴァティー氏のもの、三本目はリヴィウの紡績工場のオーナーであるジョナサン・シャプリナー氏のもので、四本目、五本目、それ以外にも何十本ものネクタイがあり、こういったネクタイを一本ぜひつけたいものだ、とわたしは憧れを抱いていた。そしてそういったネクタイをつける以外のことは考えられなくなってしまった。わたしはその中から三本選ぶことにした。一本はメタリックブルーで、もう一本はダークレッドだが、ブルーのものと同じ生地で、ともに珍しい昆虫の翅鞘（ししょう）や蝶々の羽のように光り輝いていた。前のボタンをすこし開けた夏物のジャケットのポケットに手を突っ込み、首元からウエストまで垂れるこのネクタイをつける。その品質の素晴らしさといったら、鏡の前で試しにしてみたら息もつけないほどだった……。そのネクタイを眺めていると、自分の目の前にあるものとしてではなく、自分がヴァーツラフ広場や国民大通りを歩いている様子が見えてきた。すると突然怖くなった。反対側からわたしが歩いてくる。他の歩行者たちが、なかでも優雅な服を身にまとった人たちが自分のネクタイをぐいっと引っ張って整えるのだが、どこでも見たことのないわたしの美しいネクタイに驚嘆している。わたしは上着の前ボタンを留めずに何気ない様子で歩いていく。するとネクタイに詳しい人たちも皆、このネクタイを見ていく。こういった具合でわたしはホテル・パリの屋根裏部屋の鏡の前に立ち、光沢のある赤いボルドー色のネクタイをゆっくりと外し、それからもう一本、これまで気にとめなかったネクタイをじっと見た。これこそがわたしのものだった！　色は白地で粗いけれどもめったにない生地で、勿忘草（わすれなぐさ）のように明るいブルーの水玉で一面覆われ、実際のところ水玉は織り込まれていたけれどもシールのようにも見え、金属片のようにきらきらしていた。以前、わたしが糸でくくりつけた名札には「このネクタイをお忘れになったのはホーヘンローヘ公です」との記載があった。このネクタイを結び、鏡に映った自分を見てみると、ホーヘンローヘ公の匂いがこのネクタイからすこしわたしに移ったかのような印象をいだき、その分だけ自分が美しくなったように思えた。わたしは鼻とひげを剃ったばかりのあごにすこしばかり白粉（おしろい）をつけ、市民会館のほうに出かけてみることにした。プシーコピを歩きながら、ショーウインドーを眺めてみた。わたしは本当に千里眼だった。その姿は屋根裏部屋の鏡の前で見た姿とまるっきり同じだったからだ。世にも稀なネクタイ。お金のある人なら、仕立てのよい服、セーム革の靴、そして剣のような傘を持っているだろう。だがわたしが身につけているようなネクタイを持っている人はいなかった。そこで、紳士服の店を訪れてみると、足を踏み入れただけで注目を引いた。というか、注目を引いたのはわたしのネクタイだった。けれどもそのネクタイを結んでいたのはわたしだったので、わたしも注目の的となった。店内で注文を済ませ、メリンスのシャツを何枚か見てから、輝きをさらに高めようと白のポケットチーフを見せてもらった。売り場の女性に、数多くある中からわたしがいま身につけている姿にふさわしいものをポケットにあわせて一枚選んでほしいと頼むと、彼女はこう言った。「ご冗談を。すでにお似合いのネクタイをお召しになっているじゃないですか……」こう言いつつも、彼女は一枚ポケットチーフを選んでくれたが、それは自分ではけっして見つけ出せないものだった。彼女はテーブルにポケットチーフを置くと、塩入れから塩を取り出すかのようにポケットチーフの中心を三本の指でつまみ、そっと持ち上げて、美しいひだをつくっていた布をぽんと叩いた。つまんだのとは別の手でしわをのばし、ジャケットのポケットにハンカチーフを差し込み、角をぴょんと引っ張るのだった。わたしはお礼の言葉を告げて支払いを済ませ、きれいなシャツと五枚のハンカチが入った、金の紐で結ばれた二つの包みを受け取った。それから、紳士服地の店を訪れた。白地に青の水玉模様のネクタイ、それから菩提樹の葉の先端のように鋭く、白い円錐の先端が出ている白いポケットチーフは売り子の目を引いただけでなく、優雅な二人の男性客の目も引きつけ、この二人の男性はこれを見るとよろめいたばかりか、石のように固まってしまい、自分のネクタイやポケットチーフへの自信が揺らいだようだった……。持ち合わせはなかったけれども、服の生地を選ぶことにし、エステル樹脂、英国製の生地を選び、店頭で日の光にあてて色を見てみたいと頼むと、わたしのことを生地をよく知っているお客だと見なして、助手が生地をまるごと運び、わたしの将来の服が町中の通りでどういう風に見えるか、十分に検討できるように先をめくって見せてくれた。わたしはお礼を告げながらもすこし戸惑っていると、助手が言った。「お客さまのような方は物事を的確にお考えになりますから、存分に時間をかけてご検討ください。明日でもいつでも、あせらずこの生地を購入していただければと思います。と申しますのも、プラハでこの生地を扱っているのはわがハインリッヒ・ピシコだけですから、手前どもはいつでもかまわないのです」と。お礼の言葉を告げ、店の外に出て通りの反対側にわたったわたしは、目の前で繰り広げられたことに驚いた。それればかりか、考えに耽っているかのように頭をすこし傾け、額に品のある皺をつくろうとした時、このネクタイのおかげでわたしが生まれ変わったのを証明する出来事が起きた。向こう側から、毎週木曜日に〈回診〉の部屋で仲買人たちと時間を過ごそうと個室によく来ていたあのヴィエラが歩いてきて、わたしをちらっと見ると白い手袋をしたままハンドバッグでわたしに合図をしようとしたのに、突然人違いをしたかというような素振りを見せ思い直したのだった。結局、わたしのことには気づかなかった。老人たちに刺激されて部屋から出られなくなった時に、身を捧げた相手のわたしのことに……。わたしは他人を装い、彼女はわたしの背後で一度振り返ったものの、そのまま歩いていってしまった。人違いだと確信して……。それも、このポケットチーフと白いネクタイのおかげだった。けれども、たいしたアクセサリーはなかったが、自分のスーツを見せびらかそうと、わたしがもう一度自信をもってプシーコピを闊歩しようとして火薬塔のほうに行きかけた時、老齢の髪に白い毛皮の帽子を被ったわが給仕長スクシヴァーネク氏が反対側からわたしのほうへ向かって歩いてきた。わたしのほうは見なかったが、わたしのことを見ているのはわかった。通りすがりにわたしは声をかけられたかのように立ち止まってスクシヴァーネク氏のほうを眺めてみた。すると給仕長も立ち止まり、踵を返して近づき、わたしの目をじっと見た。給仕長の目に入っているのはこのネクタイだけで、この白いネクタイがプシーコピを闊歩する様子を見ていたのだ。ネクタイが歩く様子を……。すべてお見通しの給仕長はわたしを見ながら、このネクタイがどこにあったもので、わたしが許可を得ずに持ち出したのをわかっているようだった。じっとわたしを見つめたままだったので、わたしは心の中でこう言った。「給仕長、いったいどうやってわかったのですか?」すると給仕長は笑みを浮かべ、大声で答えた。「どうして知っているかって、わたしは英国王に給仕したからだよ……」そしてそのままプシーコピを歩いていってしまった。太陽が出ていたけれども、急に暗くなってしまったかのようで、明かりのついたランプを持っていたのに給仕長が芯の火を消してしまったかのようだった。わたしは歩きながら、スクシヴァーネク氏が空気の入っていたタイヤのバルブを開いてしまったかのように、自分の身体から空気がシューと抜けていく音を耳にし、自分の身体が光を放っていないのを見て、わたしと同じようにネクタイもポケットチーフも雨に濡れでもして、うなだれているかのように感じた。

わたしが幸運に恵まれたのは、ありとあらゆるホテルやレストランの中で最大の栄誉と出来事が与えられたのがホテル・パリだったことだ。プラハを公式訪問することになったその一団は、金製品にこだわりがあった。しかしプラハ城には金のカトラリーがないことが判明し、大統領の侍従長そして首相みずから、誰か個人から黄金のカトラリーを借りることはできないか、もしくはシュヴァルツェンベルク公かロプコヴィッツ公から借用することはできないかと交渉を始めた。だがこのような貴族もカトラリーを所有するにはしていたのだが、十分な数がなく、あったとしてもイニシャルが彫り込まれているか、スプーンやナイフの柄に、その貴族が属する大公の紋章が刻まれているということだった。黄金のカトラリーを大統領に貸し出しできるのは唯一トゥルン・タクシス公だったが、この裕福な一族の一人が昨年結婚した時、祝宴がレーゲンスブリュックで行なわれたため、レーゲンスブリュックまでカトラリーを取りに行かなければならなかった。この一家はレーゲンスブリュックに自分たちのホテルがあるばかりか、自分たちの名を冠した通り、それればかりか街区や銀行まであるのだった。というわけで、すべての候補の可能性が断たれ、最終的に首相みずからわたしたちのホテルを訪ねてきたのだが、オーナーとの別れ際、首相はかんかんに怒っていた。だがこれはいい徴候だった。英国王に給仕したスクシヴァーネク給仕長は、首相の訪問の理由を聞くまでもなく、すべてを見抜いていた。首相の表情から、そしてオーナーのブランデイス氏がその後見せた表情からわかったのは、ブランデイス氏は黄金のカトラリーの貸し出しを断り、当ホテルで祝宴を行なうという条件であれば、ホテルが所有する黄金のナイフ、フォーク、スプーン、ティースプーンを金庫から出してもよいと告げたのだ。そしてわたしはこのことを知って驚いて倒れそうになったのだが、わたしたちのホテルは黄金のカトラリーをなんと三百二十五人分所有しているのだった……。結局、プラハ城の関係者は、アフリカからの貴重な客人とその一行をもてなす歓迎昼食会をわたしたちのホテルで執り行なうことを決めた。ただちにホテル全体の掃除が始まり、バケツや雑巾を手にした女性の集団がやってきて、床だけでなく、壁も天井も、シャンデリアもすべてきれいにしたので、ホテルはぴかぴか光り輝くようになり、ついにエチオピア皇帝とその随行員が到着し、宿泊する日を迎えた。トラックが一日かけてプラハ中の花屋を回って、バラ、シノブボウキ、ランをすべて買い占めた。それなのに最後の最後になって、プラハ城の首相が訪れ、宿泊のキャンセルを告げた。しかし歓迎昼食会はホテル・パリで挙行すると強調した。オーナーにしてみれば宿泊のキャンセル自体は大したことではなかった。というのも、宿泊に関するすべての経費は、清掃料金も含めて請求済みだったからだ。というわけで、わたしたちは三百人を収容する歓迎昼食会の準備をすすめ、ホテル・シュタイネルの給仕人それから給仕長の手も借りることになった。それればかりか、シュロウベク氏は自分のホテルを閉め、給仕をすべてわたしたちに貸し出してくれ、プラハ城からはわたしと一緒に〈バンビーノ・ディ・プラーガ〉を運んだ例の私服警官たちもやってきた。かれらは料理人の制服三着と給仕用の燕尾服二着を持参し、警備の予行演習をし、それから皇帝に毒を盛る者はいないか厨房を監視するため早速着替え、着替えたばかりの給仕人たちは、皇帝を見張るうえで最適な場所はどこか、レストラン内を探し回った。首相、ブランデイス氏、そして料理長は三百名の客人のためのメニューを練るべく、丸々六時間かけて検討し、ブランデイス氏は子牛のモモ肉五十個、スープ用の牛六頭、ステーキ用の子馬三頭、ソース用の去勢馬一頭、六十キロ未満の豚六十頭、子豚十頭、鳥三百羽、ほかにも雌鹿一頭、雄鹿二頭といった食材すべてを冷蔵室に運ばせた。わたしはスクシヴァーネク給仕長と初めて貯蔵室に降りていき、貯蔵室のチーフは給仕長の監督のもと、ワイン、コニャック、ほかの蒸留酒のストックを数えた。この貯蔵室にはワインやコニャックの卸売業者のオプルトのような貯えがあるのを知り、わたしは愕然とした。ヘンケル・トロッケンのボトル、ヴーヴ・クリコからコブレンツのヴァインハルトにいたるシャンパンが壁一面に並んでいるのを初めて目にし、それればかりかマルテルやヘネシーといったコニャックも壁一面に並び、あるかぎりすべての銘柄のスコッチウイスキーのボトルが数百本並んでいた。モーゼルやラインの貴重なワインもあったし、モラヴィアのブゼネッツ産のワイン、ボヘミアのムニェルニークやジェルノセキ産のワインもあった。スクシヴァーネク給仕長はボトルのくびを撫でながら棚から棚へと歩いた。あまりにも優しく撫でていたのでその姿はアルコール依存症の人のようだったが、給仕長は一滴もお酒を飲まなかったし、わたしは給仕長がお酒を口にするのを一度たりとも見たことはなかった。それればかりか貯蔵室で気づいたのは、給仕長が座るのを一度も見たことがないことだった。たえず立ったままで、煙草を吸う時も立ちっ放しでいた。貯蔵室の中でわたしのほうをじっと見つめ、わたしの顔からわたしが何を考えているか読み取ったか、すくなくとも勘を働かせたようで、突然言った。「いいか、本当にすぐれた給仕長になりたかったら、座ってはいけない。座ってしまったら、足が痛くなって交替時間までつらくなってしまうぞ」貯蔵室のチーフはわたしたちの背後で電気を消し、わたしたちはふたたび階上に出た。

その同じ日に、ある知らせが舞い込んできた。エチオピアで皇帝が所有しているのと同じように、黄金のカトラリーがあるわたしたちのホテルで、エチオピア皇帝に随行しているお抱え料理人たちがエチオピアの特製料理をわたしたちのホテルでこしらえるという……。祝宴が行なわれる前日に料理人が到着した。料理人は黒人で、顔がぴかぴか輝いていたが寒そうだった。料理人が三名と通訳が一人おり、わがホテルの料理人たちは助手をすることになったのだが、料理長はエプロンを取って、その日のうちに姿を消してしまった。気分を害して拗ねてしまったのだ。エチオピアの料理人たちは何百個という卵をかた茹でにすると、にやっと歯を見せた。そして二十羽の七面鳥を持ち込み、オーブンで焼きはじめ、大きなボウルに詰め物を分けた。その詰め物には角パン三十個と香料をたっぷり使い、それからわたしたちのホテルの料理人たちが細かくカットした手押し車いっぱいのパセリも入っていた。誰もがあの黒人の男たちが何を作るのか興味津々だった。喉が渇いたようだったので、わたしたちがプルゼン・ビールを運ぶと大変喜び、その代わりに何かの葉っぱから作られたリキュールをわたしたちにくれて乾杯したのだが、それは酔いがまわりやすく、コショウと碾いたばかりの香料の匂いがした。そのあとわたしたちが驚愕したのは、動物園で買ったというレイヨウを二頭運んできた時だ。すでに内臓は取り除いてあって、料理人たちは手早く皮をはぐと、厨房で最も大きい平鍋で焼き、肉の下にバターを塊ごと投げ込み、独自のスパイスを袋ごと振りかけた。煙がひどくて窓をすべて開けなければならなかった。そのあと、このレイヨウの中に、詰め物が入れられた半焼きの七面鳥を次々と入れ、隙間にはかた茹で卵を数百個押し込み、もう一度一緒に火を通した。そのあとの展開は、ホテルそのものが崩れ落ちるのではと思われるほど衝撃的なもので、心の準備ができていなかったオーナーも胆をつぶした。料理人たちは生きているラクダをホテルの前に連れて来て、その場で殺そうとしたのだ。わたしたちが困り果てていると、通訳はブランデイス氏に、このまま続けさせてくれとお願いをした。そのうちに新聞記者たちがぞくぞくと集まりはじめ、かれらのおかげでわたしたちのホテルはメディアの最大の関心事になってしまった。料理人たちはラクダを縛りつけていたのだが、ラクダは切らないでと言わんばかりに「イヤー、イヤー」と鳴いていた。けれども料理人の一人が戒律に則った方法でナイフで切り、中庭は一面血だらけになった。ラクダの足は縛られて滑車に吊るされ、ナイフで内臓がえぐりとられ、しまいにはラクダの全身はどこが足かわからないほどに骨が取り除かれ、先ほどのレイヨウのようになってしまった。手押し車三台分の木材が運び込まれたので、オーナーは消防士を呼び寄せた。消火器を手にして構えている前で料理人が手早く火をつけ、その火が大きくなり炭ができる様子を、消防士たちは見守っていた。三脚の台の上で火が焚かれ、火が消えるとめらめらと燃えている炭だけが残る。その上に置いた串を回しながら、ラクダを丸焼きにするのだ。ラクダにほぼ火が通ると、そのラクダの中に二頭のレイヨウを詰め込んだ。レイヨウには詰め物として七面鳥が入れられていたが、その七面鳥にはさらに魚などが詰め込まれ、その隙間は茹で卵で埋まっていた。料理人たちは料理にスパイスをたえず振りかけながら、ビールを飲んでいた。厨房の火の近くにいたが、それでも寒かったようで、ビール醸造所の御者が冷えた身体を温めようと冷たいビールを冬でも飲むように、ひたすらビールを飲んでいた。三百人分の席の用意が整い、客人が車で次々に到着し、門番がリムジンの扉を開ける頃合いになっても、黒人の料理人たちは中庭で豚や羊を焼いていただけでなく、その肉を釜にいれてスープを作っていた。オーナーはあれだけの量の肉を用意できたことに、さぞ満足していたことだろう……。それから、ハイレ・セラシエ皇帝（エチオピア最後の皇帝。在位は一九三〇～七四年）が首相を伴って到着した。

わが国の将軍、エチオピア軍の高官は皆、勲章を身につけていたのだが、到着し迎えられた皇帝は勲章が一つもついていない白い制服という軽装で、指に大きな指輪をはめているだけだった。先方の政府関係者、あるいは部族のコサックの隊長のような人たちは色鮮やかなショールをまとい、なかには長い剣を身につけている者もいた。けれども席に着くと、かれらは作法を心得ていて、振る舞いも自然であるのがすぐに見て取れた。ホテル・パリの食堂に三百人分の席が用意され、お皿の脇には黄金のフォーク、ナイフ、スプーンの一式が光り輝いていた。ハイレ皇帝は首相による心からの歓迎を受けて挨拶をしたのだが、その話し方といったら犬が吠えているようだった。通訳が、エチオピア皇帝陛下がエチオピア料理の昼食に皆さんをご招待します、と声を発すると、コットンの服をまとい、十メートルはあるのではと思われるスカートに身を包んだ太った男が手を叩いたので、わたしたちは、黒人の料理人たちが厨房で用意した前菜をテーブルに運びはじめた。前菜は冷たい子牛肉に黒いソースがかかったもので、わたしは指についたソースをなめてみたが、あまりにも強いエキスで窒息しそうになった。給仕たちがお皿を優雅に置いたあと、わがホテルの黄金のフォークが持ち上げられ、わたしは三百もの黄金のフォークやナイフがレストランの室内で煌めくのを初めて目の当たりにした……。給仕長の指示でモーゼルの白ワインが注がれ、わたしにとって最大の一瞬が訪れることとなった。というのも、皇帝陛下にワインが注がれるのが忘れられているのに気づいたわたしはナプキンにワインのボトルを載せ、自分でも何をしようとしているのかよく考えないうちに陛下のほうに歩み寄り、侍従のように片膝をついてお辞儀をしたのだ。わたしが立ち上がると、全員の視線がわたしに注がれていた。陛下はわたしの額に十字を切って、指でわたしを祝福し、わたしは陛下にワインを注ぐことになった。わたしの背後にはホテル・シュロウベクの給仕長が立っていたが、彼はワインを注ぐのを失念したのだ。わたしは自分がしたことに凍りつき、スクシヴァーネク給仕長の目を見てみると、彼は軽くうなずき、よく注意を払っていたと喜んでいるようだった……。わたしはボトルを置き、陛下がゆっくりと食事をとる様子を見た。陛下は冷たい肉のひとかけらをソースにすこしひたすだけで、すでに食したかのようにうなずき、ゆっくり噛んでからフォークを十字に置き、十分だという合図を出した……。ワインもすこし口をつける程度で、じっくり時間をかけてナプキンでひげを拭いていた……。それからスープが運ばれた。黒人の料理人たちはいきいきと動いていたが、おそらく寒くてビールを飲んでいたせいだろう、わたしたちが全員にスープ皿を出し終わらないうちに、次々とお皿を集め出し、料理人に変装した私服警官たちもこれには驚いていた。言い忘れていたが、私服警官たちは今回も黒人の料理人たちと記念写真を撮っていた。わがホテルの料理人はといえば、中庭で燃えている炭の上でいっぱいに膨れ上がったラクダを回していた。ミントの束でつくったブラシをビールに浸してラクダに塗りつけていたが、これを発案したのは黒人の料理人たちで、主任料理人がこの様子を見にきた時に通訳が訳してくれたところによれば、これならマリア・テレジア勲章を期待できるな、と言ったそうだ。この料理が終わると、料理人、メード、給仕長、給仕助手、給仕たち全員がふっと息をついた。黒人たちはたえずビールを手酌で注ぎながらも、すべてを順調にこなしたのだ……。そして、通訳から伝えられたのだが、料理や飲み物を給仕する人物として、このわたしが陛下ご自身から指名を頂くという名誉を授かった。皇帝に給仕する時、わたしは燕尾服姿で片膝をついてから料理を出し、それから一歩下がり、陛下が合図を出されたらすぐにワインを注いだり、皿を下げたりした。けれども陛下はすこししか召し上がらず、すぐに口の周りを拭き、味利きのように匂いを嗅ぎ、ほんのすこしだけ食し、ワインも口をしめらす程度で、首相との会話を楽しむばかりだった。位が低く、主賓から離れた席にいる客になればなるほど、食事や飲み物をむさぼるように口に入れていた。テーブルの一番端や控えの間、あるいは別室の客たちは、いくら食べても足りないかのようにむさぼり、ロールパンはすべてなくなった。ある人などはしまいには三つの花瓶からシクラメンの花を抜き、塩やコショウをかけて食べてしまった……。私服警官たちは燕尾服を着て部屋の隅に立ち、給仕のように曲げた腕にナプキンをかけて、黄金のフォークやナイフを盗む輩（やから）はいないかと目を光らせていた。そしてついに昼食会のピークが近づき、黒人の料理人たちがコーシャー風のナイフのような長いサーベルを研ぎはじめると、料理人の二人の肩にラクダの串が載せられた。もう一人の料理人がラクダの腹をペパーミントの束で擦り終わると、レストランのなかへ入っていった。ホールと控えの間を通り抜けてかれらがやってきたところで、陛下が起立し、ラクダを指差して言ったことを、通訳が訳した。「これはアフリカ、そしてアラブの特別料理でして……、陛下からのささやかな贈り物です」二人の助手が部屋の中央に、豚の丸焼き用のプレートを二枚運び込み、しっかりと二枚をクランプで固定した。この巨大なテーブルの上にラクダを置き、長いナイフでラクダを半分に切り、その半分をさらに半分に切ると強烈な匂いが漂いはじめ、スライスするたびにラクダの一部とレイヨウの一部が見え、そのレイヨウの中には七面鳥が入っていて、七面鳥の中には魚と詰め物と茹で卵の輪切りが入っていた……。給仕たちは皿を用意し、陛下から順にこのラクダの丸焼きを出し、わたしが跪くと陛下が目で合図をしたので、彼の国の特製料理を陛下の前に置いた。料理の味は秀逸なものにちがいなかった。というのも、出席者は皆、静まり返り、わがホテルの黄金のフォークやナイフの金属音だけが響いていたからだ。その光景の美しいことといったら……。そしてわたしもほかの人も、おそらくスクシヴァーネク給仕長も目にしたことのないようなことが始まった。美食家で知られる政府の顧問役がこの料理、とりわけラクダの料理に興奮して立ち上がり、アーと大声を張り上げたのだ。最高に興奮して顔が光り輝いていたが、叫ぶだけではこの味の素晴らしさを表現するには足りず、顔をしかめて、体育大会のように体操を始めたかと思うと胸をどんどんと叩き、それからまたソースにひたしたものを食べた。この料理がその人にとてつもない効果をもたらしたのだ。黒人の料理人たちは長いナイフを手にしたまま立っていて、陛下のほうを眺めていた。陛下は慣れているのか、にやにやしていた。黒人の料理人たちも微笑みながら大きくうなずいていた。族長たちは、わたしのおばあさんがつけていたようなエプロンや色鮮やかな琥珀織のような柄の貴重な布に身を包んでいた。先ほどの政府顧問はもう我慢がならないといった感じで、ついには駆け出して廊下で咆哮すると、また席に戻ってフォークを再度手にした。そして絶頂を迎えた。というのも、今度は、ホテルの前まで走っていって咆哮し、そればかりか踊りはじめ、歓喜のあまり胸を叩き、それから戻ってきたからだ。彼の口から歌が響き、彼の足は見事に調理されたラクダの詰め物に感謝を捧げる踊りを披露し、突然、三人の料理人に深々とお辞儀をしようとして、まずロシア風にベルトの高さまで頭を下げ、それから地面まで深く一礼した。もう一人の美食家はすでに引退した将軍だったが、天井をじっと見つめ、悲しげな調子で声を長々と発し、それは抑揚がついて上昇する、悦に入った長い声だった。一口食べるたびに、噛むたびに、声を上げ、すすり泣き、肉を食べ、ジェルノセキのリズリンクを一口飲んでは立ち上がって嘆き声を上げるのだった。黒人の料理人たちもこの反応を理解したようで、うれしそうに「イエス、イエス、サンバ、イエス！」と声を上げた。首相が陛下と握手し、カメラマンたちが駆け寄って写真撮影が始まると、ふたたび場の雰囲気がもりあがった。激しいフラッシュが間断なくたかれ、ベンガル花火の中で、エチオピアとわが国の代表が手を握り合っていた……。

ハイレ・セラシエ陛下がお辞儀をしてこの場を去ろうとすると、すべての出席者もお辞儀をし、両国の将軍たちはお互いの勲章を交換してそれぞれ相手の服につけ、政府の顧問たちは皇帝からいただいた星をつけ懸章を肩にかけた。その場で最も小さかったわたしはいきなり手をつかまれ、首相のもとに連れて行かれた。首相は模範的な給仕をしてくれたと感謝の言葉を述べ、わたしと握手をした。さらにエチオピア皇帝の王冠への功績を称えて、位は最も低いものの、大きさは一番大きい勲章と青い懸章を授与された。わたしの燕尾服の折り襟に勲章が留められ、青い懸章がわたしの肩にかけられると、わたしは思わず目を伏せた。周囲の人たちが皆、わたしをねたんでいるのがわかったが、なかでも、本来わたしの代わりにもらうはずだったホテル・シュロウベクの給仕長がわたしを一番憎らしそうに見ていた。彼の眼差しを見ていると、彼に勲章をあげたいくらいになった。年金生活まであと数年しかなく、このような栄誉を心待ちにしていたにちがいなかったからで、こういう勲章があればポトクルコノシェか、チェスキー・ラーイにでもホテル「エチオピア皇帝の勲章」を開けたであろうから。けれども、新聞記者やレポーターがぱちぱちとわたしの写真を撮ったり、わたしの名前を訊いたりし、わたしはこの勲章と青い懸章を身につけたまま歩くことになった。そしてようやくわたしたちは食器を集め、厨房にナイフ、フォークや皿などを運び、そのあとも夜遅くまで仕事をした。料理人に変装した私服警官たちの監視の下、女性陣と給仕が三百組の黄金のカトラリーを洗って拭き終わると、スクシヴァーネク給仕長はホテル・シュロウベクの給仕長の力を借りて数を数えたが、もう一度数える羽目になった。さらにもう一度数えてから小さなティースプーンをオーナーみずからが数え、数え終わった時には、顔面が蒼白になっていた。ティースプーンが一個足りなかったからだ。もう一度皆で数えてから、そのあと何かこそこそと話をはじめた。ホテル・シュロウベクの給仕長がオーナーに何かそっと話し、驚いた表情を見せているのが目にはいった。今日のために借り出された給仕たちは手を洗い、今度はかれらが隣接する部屋に行く番になった。まだ料理が十分に残っていたからだ。続いて料理人、メードがやってきた。全員でただ平らげるためではなく、十分に残っている料理を静かに味わい、とりわけ、味を分析して、推理するためで、わたしはその料理人たちの様子を眺めていた。料理人たちはこのソースにはどういったスパイスが使われているか、プラハ城で料理の味利き役をつとめたことのあるコノパーセク氏が興奮して声を張り上げるほどの至高の一品を調理するのにどういった手順が踏まれたか、頭をひねっていた……。そのようななか、わたしは食事に手をつけなかった。そして、オーナーがもうわたしのほうを見ようともしないのに気がついた。この不幸な勲章をわたしがもらったのをまったく喜んでおらず、ホテル・シュロウベクの給仕長はスクシヴァーネク給仕長となにかひそひそと話していた。かれらが話しているのは、なくなったあの黄金のティースプーンのことで、あのスプーンを盗んだのはわたしだと話し合っているのではないかという考えが頭をよぎった。わたしは給仕用に出されたコニャックをグラスに注ぐと一気に飲み、もう一度注いでから、わが給仕長のところに、英国王に給仕したあの給仕長のところに歩み寄り、「わたしのことで腹を立てていらっしゃるのではないですか」とたずねた。「不相応にもわたしがこの勲章をいただいてしまいましたが、本来であればホテル・シュロウベクの給仕長か、スクシヴァーネク給仕長か、もしくはオーナーがもらうべきだったのではないでしょうか」と。けれども誰もわたしの話には耳を貸さず、そればかりかスクシヴァーネク給仕長が、わたしの蝶ネクタイしか見ていないのに気がついた。蝶ネクタイだけをじっと見ているので、数日前、あの白地にキアゲハの羽にあるような青い水玉がついたネクタイを給仕長が見ていたのを思い出した。お客が忘れていった物や服が保管されているクローゼットから許可を得ずに身につけたネクタイのことを。給仕長の目は語っていた。許可を得ずにあのネクタイをつけたのだから、エチオピア皇帝の席から最後にティースプーンを下げたわたしが盗みを働かないとは言えないだろう、と。たしかに、最後にティースプーンを片づけ、そのまま流しに置いたのはわたしだった。わたしは顔を紅くして、手にしていたグラスで給仕長と乾杯をしようと手を差し出した。給仕長は、わたしにしてみれば、皇帝や大統領よりも偉大で高位の存在であった。給仕長はグラスを上げたもののしばらくためらいを見せ、その間、この不幸な勲章のためにわたしに乾杯をしてくれるのではと期待を抱いたのだが、つねにすべてをお見通しの給仕長でも今度ばかりはどうしていいかわからず、自分と同い年くらいのホテル・シュロウベクの給仕長と乾杯をした。もうわたしには目もくれなかった。

　わたしは差し出したグラスを引っ込めて中身を飲み干すと、身体が熱くなるのを感じ、コニャックをもう一杯注いだ……。そして思い切って夜の中を駆け出し、わたしたちのホテルの前に、わたしがいたホテルの前に立ち、もうこの世にいても仕方ないなと思い、タクシーで出かけることにした。タクシーの運転手が行き先を尋ねてきたので、こう言った。「新鮮な空気を吸いたいので、どこか森に連れて行ってください……」そしてわたしは出発し、何もかも背後に置き去りにしたのだった。光、しかも無数の光、それからあちこちの街灯。ついに置いていくものは何もなくなり、タクシーはバックしたりカーブしたりしながらプラハを背にして正真正銘の森の手前で停車した……。わたしが料金を支払うと、運転手はわたしの勲章と青い懸章をじっと見てから、こう言うのだった。「お客さんがこんなに興奮なさっているのは、驚きませんな。多くの給仕の人が気を鎮めようとしてストロモフカの公園に行ってくれだとか、このあたりを通ってくれとよく言われるんでね……」わたしは笑みを浮かべて、こう言った。「いえ、わたしは散歩なんかに行くんじゃありませんよ……たぶん、首を吊りに行くんですよ」けれども運転手は真に受けず、「本当?」と笑った。「どうやって死ぬの?」わたしは何も持っていなかったので、「ハンカチで」と告げた。すると運転手は車から降りてボンネットを開けるとがさがさと何かを探しはじめ、腹帯のようなロープを街灯の光に当てると、にっと笑いながら結び目をつくり、ロープで輪っかをつくるとにこにこしながら助言してくれた。正しく首を吊る方法を……。それから帰り際に窓をわざわざ開けて、「幸運を!」と叫んでから出発し、ライトを点滅させて挨拶をし、森を出る時にはクラクションまで鳴らすのだった……。わたしは森の小道をすこし歩いてから、ベンチに腰かけ、これまでのことをもう一度振り返ったが、やはり、給仕長に心底嫌われてしまったのだと思うしかなかった。そして自問してみた。この世で生きていくことなんかできない。もしこれが女の子だったら、太陽は一輪の花のために輝いているんじゃないと割り切ることができただろうが、英国王に給仕した給仕長が、ティースプーンを盗んだのはわたしかもしれないと思っているとしたら……。誰かほかの人が盗むこともありうるんじゃないか、そう思うと、わたしは分別をなくしてしまった。自分の手にロープを握っているのをあらためて感じた。あたりは非常に暗く、自分の周りも手探りしないと見えないくらいだったので、手探りをして木を探し当てた。けれどもそこには小さな木しかなかったので、もっと先に行くことにした。空の明かりで背の低いトウヒの木立のあいだを進んでいるのがわかった。しばらく歩くとまた林に出たが、それは同じようなカバノキばかりの林で、非常に大きく、上の枝まで登るのに梯子を必要とするくらいだった。その次に遭遇したのは枝が地面まで垂れ下がったマツの林で、古い枝が突き出ていて、今度は四つん這いにならなければ通れそうになかった。どうにか四つん這いで通ったのだが、勲章があごにぶつかったり、頬にぶつかったりで、そのたびにホテルでなくなった黄金のティースプーンのことを思い出した。進むのをやめ、四つん這いのまま、もう一度すべてを振り返ってみたが、また、スクシヴァーネク給仕長はわたしのことが嫌いになってしまい、もう二度と教えてはくれないだろうし、もう、お客がどういった料理を注文するとかしないとか、入ってきたばかりのお客の国籍はどことか一緒に賭けることもなくなるのだという思いを頭の中からぬぐい切れず、苦しい思いをした。そして、至高のラクダの詰め物を何口か食べた時に政府顧問のコノパーセク氏がしたようにわたしも嘆き声を上げた……。首吊りを決心して膝をつこうとすると、頭に何かが触れ、膝をついた姿勢のままでゆっくりと手を上げると、靴に、両方の靴の先に手が触れた。それからすこし上をさぐると、両足首、冷たくなったふくらはぎを触ってしまった。思わずパッと立ち上がると、首を吊った男のベルトのあたりの匂いを嗅いでしまった。わたしは怖くなって駆け出していき、顔や耳に傷をつくりながら先のとがった古い枝のあいだを抜け、どうにか小さな道まで出ると、そこに倒れ込み、ロープを手にしたまま気を失った……。しばらくしてランプの明かりに照らされ、人の声がしてわたしは目が覚めた。目を開けると、はっきりとは見えなかったのだが、スクシヴァーネク給仕長の腕の中で自分が撫でられているのがわかった。わたしがずっと「あそこ、あそこ」と言っていたので、首を吊った男性は見つかり、首を吊った男のおかげでわたしの命が救われたのだ。というのも、その男に遭遇していなければ、彼のすぐ近くで、彼と同じように首を吊っていたかもしれなかったからだ。給仕長はわたしの髪を撫で、血を拭いてくれた。わたしは涙を流して、大声を上げた。「あの黄金のティースプーンは！」給仕長はわたしに囁いた。「心配するな、見つかったぞ……」「どこでですか」とたずねると、静かな声で答えてくれた。「流しの水の流れが悪くなり排水管を外すことになってな。肘を伸ばして手を入れてみると、あのスプーンがあったんだ……。すまなかった……。また元通りになるから」わたしは言う。「でもどうやって、わたしの居場所がわかったんです？」給仕長は答えた。「タクシーの運転手がお前の様子を変に思ってホテルに戻ってきてくれてな。あなた方の同僚で首を吊りたいと思うような人はいますか、と給仕の連中にたずねてきたんだ。ちょうどその時、あのスプーンを手にした配管工が姿を見せて……」英国王に給仕した給仕長は、すぐにわたしのことだとわかり、わたしを追いかけてきたというわけだった……。

わたしはまた莢の中のエンドウマメのように居心地のよいホテル・パリに戻ることとなり、スクシヴァーネク給仕長はワインセラーそしてリキュールやコニャックの貯蔵室の鍵をわたしに預けてくれた。黄金のティースプーンにまつわる出来事をこれで取り繕おうとしているかのように。けれども、オーナーは、わたしが勲章と青い懸章をもらったことをけっして認めようとせず、あたかもわたしなどいないかのように、わたしのことなど見ようともしなかった。わたしは床一面を覆い尽くすほどのお金を稼いでいたというのに、だ。わたしは三か月ごとに床一面を覆いつくした百コルナ札を銀行に預けていた。いつか百万長者になって、ほかの人すべてと対等になって、それからチェスキー・ラーイかどこかに小さなホテルを、鳥かごのような小さな宿を借りるか購入し、裕福な女性と結婚をするのだと決心していた。わたしと妻の金を合わせれば、わたしはほかのホテルオーナーたちと同じように尊敬されるだろう、仮にわたしを人間として認めようとしなくても、百万長者として、ホテルのオーナーとして、資産家として認めざるをえないだろう、そうすればわたしのほうを振り向かなければならなくなるはず……。だがまた不愉快なことが起きてしまった。わたしは三度目の徴集を受けたのだが、三度目にしてもまた軍人になることはなかった。身長が足りないというのがその理由だった。軍の関係者に袖の下を渡そうとしたが徴兵は認められなかった。ホテルの仲間は皆、わたしのことを笑い、ブランデイス氏もみずからわたしにこのことをたずね、わたしの背の低さをまた虚仮(こけ)にしたのだ。これ以上身長も伸びないだろうから、死ぬまで自分の背が低いままでいるのは承知していた。唯一可能性があったのは、いままでもやってきたように靴底を二重にし、燕尾服の襟がきつくならないように頭を上げること、これがわたしの唯一の希望だった。そしてつねにゴムの高い襟をして、首をぴんと伸ばすことだった。そうして、わたしはドイツ語の授業に出るようになった。ドイツ映画を見たり、ドイツ語の新聞を読むようになったのだ。プラハの通りを白い靴下や緑の上着（チェコ北部のドイツ人居住地域ズデーテンのドイツ系住民の衣服を示唆）を着たドイツ人の学生が歩くようになってもわたしは驚かなかったし、ホテルでドイツ人に給仕をするのがわたし一人になりつつあったことにも驚きはおぼえなかった。ほかの給仕たちはドイツ人の客に対して、ドイツ語ができない素振りを見せ、スクシヴァーネク給仕長ですらドイツ人とは英語かフランス語、あるいはチェコ語でしか話そうとしなかった。ある日、映画館である女性の靴をあやまって踏んでしまった。彼女はドイツ語で何か言ったので、すぐにわたしはドイツ語で謝った。そしてきれいな身なりの彼女を家まで送ることになり、自分とドイツ語で言葉を交わしてくれたことに感謝の意を表そうとして、わたしは言った。「チェコ人たちが気の毒なドイツ人学生にしていることは本当にひどい。国民大通りでドイツ人の白い靴下を脱がしたり、また別の二人のドイツ人学生から茶褐色のシャツ（白い靴下と茶褐色のシャツはナチス党員の制服を暗示）を奪い取ろうとしているのをこの目で見たんです」と。彼女は言った。「あなたの言う通り、プラハは昔からドイツ帝国の領土で、わたしたちがプラハの町を歩き、自分たちの慣習にもとづいた服を着るのは譲ることのできない権利なの。世界中がそのことに無関心だけれども、総統がこの状況をそのままにはしておかないでしょうから、すべてのドイツ人をシュマヴァからカルパチアまで解放する時がかならず来るはずよ……」彼女がこう言っている時に気づいたのは、二人は同じ高さで目と目を見つめ合っていて、この人であればほかの女性と違って見上げる必要がないのだということ。これまで女性に恵まれていなかったのは、これまでのわたしの人生で通り過ぎていった女性たちが皆、わたしよりも背が高かったからだ。しかも女性のなかでも特に大きな部類の女性ばっかりで、立ち上がると、わたしは相手の首か胸のあたりしか見ることができなかった。けれども、目の前にいる彼女はわたしと同じくらいの背の高さで、瞳はグリーンできらきら輝き、わたしと同じようにそばかすだらけだった。でも、彼女の顔の中でこの茶色のそばかすとグリーンの瞳は美しい調和をなしていて、突然、彼女がどれほど美しいかを知った。そして彼女もわたしと同じ眼差しをわたしに投げかけているのに気づいた。わたしは、白地に青の水玉の、あのきれいなネクタイをしめていたが、彼女は藁（わら）のように明るい色のわたしの髪の毛を、それから子牛のようにくりっとした青い瞳をじっと見ていた。あとになって教えてくれたことだが、帝国のドイツ人はながいことスラヴの人々の血に憧れていて、この地の平野やスラヴの人々の気質にも憧れを抱いている。千年にもわたって、どういった方法であれ、スラヴ系の血と交わることに憧れているのだそうだ。そして、プロイセンの多くの貴族にはスラヴ系の血が流れていて、その血が流れていることは他の貴族の人々に、より貴重な血統と思われているの、と打ち明けてくれ、わたしも同意をした。彼女がわたしを理解しようという態度を見せてくれているのにわたしは驚いた。というのも、自分がいたのは昼食あるいは夕食を何になさいますかとお客に尋ねる状況ではなく、黒いハイヒールを踏みつけてしまった女の子と会話をする状況だったからだ。わたしはドイツ語をすこししか話さず、会話のほとんどがチェコ語だったが、自分はドイツ人であるかのような気持ちになって、ずっとドイツ語を話しているような気がしていた……。それから、彼女はリーザという名前で、ヘプ（ドイツ国境に近い、チェコ西部の町。ドイツ語名は「エーガー」）の出身で体育の教師をしていて、水泳の地区チャンピオンでもあることを知った。そして上着の前を開け、四つ葉のように、Ｆの文字が四つ丸く重ね合わさっているワッペンが胸についているのを見せてくれ、にこっと微笑みかけてくれた。彼女がずっとわたしの髪をながめていたのでそわそわするほどだったが、わたしは自信を取り戻した。「あなたの明るい髪は世界で一番美しいわ」と言ってくれたのだ。わたしは思わずよろめくところだった。今度はわたしが見栄を張って、ホテル・パリの給仕長であると伝えた。好ましくない反応が返ってくるのも覚悟し、わたしの袖に手を置いた彼女の瞳がきらりと輝いたので不安になったが、彼女はこう言った。「わたしの父はヘプにレストランを持っているの。『アムステルダムの町』という名前よ……」わたしたちは約束をかわし、今度は「四分の三拍子の愛」という映画を見に行くことになった。当日、彼女はチロル風の帽子に、わたしが子どもの頃から好きだった緑の上着、いや、よく見てみると樫の若葉が縫い込まれ、襟が緑色の、グレーの上着という出で立ちだった。クリスマス前の時期で、外は雪が降っていた。それから何度かホテル・パリを訪れてくれ、昼食や夕食を済ませることがあった。リーザが初めて来た時、スクシヴァーネク給仕長はリーザをじっと見てから、わたしのほうをじろっと見ると昔からの流儀で控えの間に入った。わたしはにやりとして言った。「あの女性が何を食べるか、二十コルナ賭けましょうか」リーザはいつもの上着を着て、今日はさらに白い靴下を履いていたので、二十コルナを取り出し、折畳式のテーブルの上に置いた。けれどもスクシヴァーネク給仕長は変な奴だといわんばかりにわたしを眺め、その様子は、わたしがエチオピア皇帝に給仕し、黄金のティースプーンがなくなった晩に給仕長のグラスに乾杯しようとした時とまるっきり同じだった。わたしが二十コルナに指を置いたままにしていると、給仕長も二十コルナを出して万事問題なしといった様子で、ゆっくりとテーブルに置こうとした。だが自分のお金が、わたしの二十コルナで汚されてしまうかのように、すぐに自分のお金を財布に仕舞い込み、もう一度リーザを見てから手を振った。それからというもの、わたしに声をかけなくなったばかりか、その日のシフトのあとには貯蔵室の鍵をわたしから取り上げてしまい、わたしなどいないかのように、わたしのほうを見なくなってしまった……。まるで給仕長は一度も英国王に給仕したことなどなく、わたしもエチオピア皇帝に一度も給仕したことなどないかのように。でも、それはもうどうでもよかった。チェコ人というチェコ人がドイツ人に対して不公正な振る舞いをしているのをよく見ていたし、よく知っていたからだ。それからというもの、自分がソコル（十九世紀に成立した民族主義的なチェコの体操団体）の会員であることも恥じ入るようになった。スクシヴァーネク氏は根っからのソコル会員で、ブランデイス氏も同じで、誰もがドイツ人に偏見を抱いていて、なかでも、わたしのために、わたしに会うためにやってきただけのリーザを毛嫌いした。彼女の座った席はほかの給仕の持ち場だったので、わたしはリーザに給仕することができなかった。そこでわたしが注意して見ていると、冷たいスープを出したり、そのスープに給仕が指を入れたりと、ひどいことをしていた……。担当の給仕が羊肉の詰め物を運ぶ時に皿に唾を吐きかけるのを見て、わたしは扉の裏で給仕をつかまえて、皿を取り上げようとした。するとその給仕は皿の料理をわたしの顔にぶちまけ、わたしが冷たくなったゼリー状の液体を目からぬぐおうとすると、わたしの顔にぺっと唾を吐いたのだった。そして、わたしがどんなに嫌われているかわからせるために、もう一度唾を吐いた。そこに給仕が全員集まってきて、一人ずつわたしの顔に唾を吐きかけ、ソコルのプラハ支部長であったブランデイス氏もやってきて、ぺっと唾を吐いてから言った。「お前は馘（くび）だ……」唾をかけられ、羊肉のソースだらけになったわたしはリーザのテーブルに駆け寄り、自分の姿を見せて、ソコルの連中やチェコ人が何をしたか両手で指差して彼女に見せつけた。リーザはわたしの姿を見ると、ナプキンでわたしの顔を拭き、こう言った。「チェコの愛国主義者たちに期待できるのはこんな程度のものよ、わたしのためにこんな仕打ちに耐えてくれたあなたが好きよ……」わたしが着替えを済ませてから、リーザを家まで送ろうと外に出ると、火薬塔のすぐ手前でチェコ人のごろつきが近づいてきて、リーザに平手打ちを喰らわせたので、彼女のチロル帽は路面電車の線路まで飛んでいった。リーザを守ろうとして、わたしはチェコ語で叫んだ。「何をするんだ、それでもチェコ人か？　まったく！」ごろつきの一人がわたしを押しのけ、別の二人はリーザをつかまえて、地面に押し倒した。二人はリーザの手を押さえると、一人がスカートをめくり、よく日焼けしたリーザの太腿とふくらはぎから残酷にも白い靴下を脱がそうとした。わたしは殴られながらも大声を上げた。「何をするんだ、チェコ人のごろつきめ」けれどもかれらはしばらくのあいだわたしを叩き続け、ようやくわたしたちが解放された時には、リーザの靴下を白い戦利品、白いトロフィーのように掲げていた。わたしたちはパサージュを抜けて、小さな広場に出た。リーザは泣きながら、ゼイゼイと息をついていた。「ボルシェヴィキのやくざめ、あんなものは持ってくがいい。ヘプのドイツ人教師を辱めるなんて……」その時、わたしは自分が大きくなったように感じた。リーザがわたしにしがみついてきたからだ。わたしは怒りのあまりソコルの会員証を破り捨てようと探してみたけれども、見つからなかった。すると、リーザは目に涙を浮かべてわたしのほうをじっと見たかと思うと、通りでまた泣き出し、わたしに頬を寄せ、それから全身をわたしにゆだねた。その瞬間、このエーガー出身の小さな女の子に何かしようと企むあらゆるチェコ人から自分が守ってあげなければいけないのだと悟った。昨年すでにドイツ帝国領となったヘプにあるホテル兼レストラン「アムステルダムの町」のオーナーの娘の髪の毛一本にでも触れることは許さないと。ズデーテン全域が数年前にふたたびドイツ帝国のものになり、今や、ソコルが勢いをましたプラハでは、哀れなドイツ人たちがわたしが目撃したような出来事に遭遇していた。ドイツ系住民の生活と名誉が脅かされ、踏みにじられていたわけだが、それは、ズデーテンがナチス・ドイツに占領され、プラハも同じ運命をたどることになる事態を追認するようなものだった。[*] そして、それが起こっただけなのだ。そしてわたしはホテル・パリを解雇されたばかりか、プラハでわたしを給仕見習いとしてでも雇ってくれるところはもはやなかった。もう翌日には、わたしがドイツ側に協力するチェコ人で、それにもましてソコルの一員であったにもかかわらず、ドイツ人女性の体育教師に言い寄った人間だという知らせがあらゆる人に行き渡っていたからだ。それからしばらく職を失った状態が続いた。そしてようやくドイツ軍がやってきて、プラ

＊一九三八年九月、ミュンヘン協定により、ドイツ人居住地域のズデーテンがドイツ帝国に編入され、翌一九三九年三月には、プラハを含むチェコ全土がボヘミア＝モラヴィア保護領となり、ドイツの支配下に入った。

ハだけでなく、全土を占領した……。

リーザとは二か月ほど連絡が途切れていた。リーザに、それからリーザの父にも手紙を書いたが返事はなかった。プラハが占領された翌日、わたしが散歩していると、旧市街広場で帝国の軍隊が大きな釜で美味しそうなスープをあたためては皿によそって市民に配っていた。そちらを見ていると、縞模様のシャツの胸に赤いワッペンをつけ、手に玉杓子を抱えている人が目に入った。リーザだった！　わたしは声をかけずにしばらくじっと見ていた。マグカップにスープを注ぎ、にこにこしながら配っていた。わたしは我に返って行列に並ぶことにした。わたしの順番になると、リーザは温かいスープのはいったマグカップを手渡そうとして、わたしをちらっと見た。彼女には驚いた様子はなく、むしろ喜んでくれ、従軍看護婦の軍服、いや制服のようなものを誇らしげに見せてくれた。わたしは、火薬塔の近くでの白い靴下の件で君の誇りを守ってからというもの、仕事を失っているんだとリーザに言った。彼女は持ち場を交替してもらうと、すぐにわたしと腕を組み、笑みを浮かべながら再会を喜んでくれた。あの白い靴下のために、ホテルでわたしに唾が吐きかけられたがために、帝国の軍隊がプラハを占領したような印象をわたしは抱いていたし、リーザも同じだった。プシーコピを散策していると、制服姿の兵士がリーザに挨拶し、わたしもそのたびごとにお辞儀した。その時、リーザもそうだったと思うが、あることが閃いた。火薬塔の角を曲がり、三か月前にリーザが歩道に倒され、白い靴下を脱がされた場所を通って、ホテル・パリを訪れることにしたのだ。

わたしは空いているテーブルを探す振りをして中を見ると、いたるところにドイツ人の将校が座っていた。わたしは従軍看護婦の制服を着たリーザと一緒に立っていた。給仕たちやスクシヴァーネク給仕長の顔色には生気がなく、ドイツ人の客に黙々と給仕をしていた。わたしは窓側に座ると、コーヒーをドイツ語で頼み、ウインナー・コーヒーと一口分のラム――これはホテル・ザッハー（ウィーンにあり「ザッハトルテ」を出すことで知られる）にならって以前お店で出していたものだった――つまり、「ナチ風味のウインナー・コーヒー」を注文した。ブランデイス氏がやってきて、お辞儀をしたのだが、特にわたしに対して丁重にお辞儀するのを見るのはいい気分だった。彼は突然、わたしに話しかけ、あの時起きたつらい出来事のことを話し出し、わたしに謝罪をした。けれども、わたしは彼にこう告げた。わたしはあなたの謝罪を認めません、またいつかお会いしましょう、と……。支払いをする時、わたしはスクシヴァーネク給仕長に声をかけた。「英国王に給仕したあなたも面目なしですね……」わたしたちが立ち上がって、テーブルのあいだを歩くと、ドイツ軍の将校たちがリーザに敬礼し、わたしも同じようにかれらに軽く頭を下げた。わたしに対して敬礼をしているかのように感じながら……。その夜、リーザはわたしを自分の部屋に連れて行ってくれた。だがその前にまず、プシーコピに面した茶色の建物の中にある軍人用のカジノに一緒に行き、プラハ占領を祝してシャンパンを飲むことにした。将校たちはリーザとそれからわたしとも乾杯し、リーザは会う人ごとに、わたしがいかに勇敢に振る舞い、チェコ人のごろつきからドイツ人の名誉を守ってくれたかを説明した。わたしは会釈をし、挨拶してくれたことやグラスを傾けてくれたことにお礼の言葉を言った。けれども、その時のわたしはこういった挨拶がもっぱらリーザに向けられたものので、わたしのことなどかれらの目に入っていなかったことに気づかず、また気づくことができずにいた。軍の看護隊の隊長である――乾杯する時に称号を言われて、初めて気づいたが――リーザのおまけとしてわたしを大目に見てくれているだけだった……。こういった祝いの席に参加し、大将や大佐に囲まれ、わたしと同じように青い瞳にブロンドの髪の若者たちに囲まれているのはいい気分だった。わたしはあいかわらずきちんとしたドイツ語は話せなかったけれども、自分のことをドイツ人であるように感じた。眠れる森の美女のお話のように、わたしはリーザに出会い、彼女の黒いハイヒールを踏み、おとぎ話に登場することが運命づけられていた。わたしたちはこのお祝いの場を去り、わたしがまだ一度も訪れたことのない場所に行くことになった。リーザは、きっとドイツ人の祖先がいるはずだから家系図を調べてとわたしに勧めたので、おじいさんの墓碑にはヨハン・ディティー*と書いてあるよ、どこかの領主の廐番(うまや)をしていたんだ、とリーザに答えた。事あるごとにおじいさんが廐番だったことをわたしは恥ずかしく思っていたのだが、リーザは返事を聞くと、彼女の目の中でわたしが大きくなり、チェコの伯爵だったというよりも大きな存在になったようだった。このディティーというドイツ的な名前のおかげで、二人のあいだにあった障壁が、たとえそれが薄いものであったにせよ、すべて崩れ落ちたかのようだった。帰り道、彼女はずっと黙っていた。古い建物の玄関を開けると、わたしたちは中に入り階段を上り、踊り場に着くたびに長いこと口づけをし、リーザはわたしのズボンの股間に触れた。彼女の小さな部屋に入ると、リーザはテーブルランプを点けた。彼女の全身が、目も、口も濡れていた。何か膜のようなものが彼女の目を覆い、わたしをソファに押し倒すと長いあいだ口づけをした。舌でわたしの歯を一本一本舐めながら何本あるか数え、油が差されていない門が風で開いたり閉まったりするように、彼女は嘆き声を上げ、呻(うめ)き、もはやわたしが待ち望んでいたことをするほかなくなった。けれどもそれまでとは違って、わたしからではなく、彼女から始めるのだった。彼女はわたしのことを必要としていて、すべてをわたしに曝(さら)け出し、ゆっくりと服を脱ぐと、わたしが服を脱ぐ姿をじっと見ていた。彼女は軍隊にいたので、下着やスリップにも制服のようなものがあって、軍病院の看護婦も配給される下着を着ているのかと思っていたが、彼女の下着は、ホテル・パリで仲買人たちの〈回診〉を受ける女性たちや「天国館」の女性たちとおなじだった。それからわたしたちはお互いの裸体を近づけ、自分たちが蝸牛(かたつむり)になったかのように殻から出た濡れた身体をくっつけて、全身がぬるぬるした状態になった。リーザは激しく身体を揺らし、震えていた。わたしは生まれて初めて人を愛したばかりか、愛されていることも知り、それまでとはまったく違う感覚をもった。注意してとか、気をつけてとか言われることもなく、すべて

*「ディティー Ditie」という名は、「ジーチェ Dítě」というチェコ語の名前をドイツ語風に表記したもの。

が自然だった。動作、融合、丘への道、輝き、光と弱まった喘ぎと呻きのあとの閃光。リーザはわたしにおびえることなく、その後も一瞬たりともそういった素振りは見せなかった。彼女はお腹をわたしの顔のほうにまで持ち上げ、足でわたしの頭をしっかりと挟み、一瞬たりとも恥ずかしそうな素振りは見せず、逆に、ことの一部であるかのように振る舞った。彼女は起き上がると、自分の肌をわたしの舌に近づけ、わたしに舐めさせるのだった。それは彼女がのけぞるまで続き、舌で彼女の身体を舐めさせ、彼女の体内で起こっているすべてのことを舌で感じさせた……。手を組み、足を広げたまま仰向けに寝た彼女の身体では、上向きにきれいに梳かされた淡い色の茂みが光を放っていた。テーブルを見ると、そこには春のチューリップ、芽吹いたばかりのネコヤナギ、それから幾本かのトウヒの枝の束が置かれていた。追憶の光景ではなく、夢を見ているかのようだった。回りめぐるモチーフを思い起こし、枝を抜いて、細かく折り、彼女の性器を枝で飾り付けてみると、それはもう美しく、彼女の腹をトウヒの枝で覆ってみた。リーザはわたしのほうをそっと見た。わたしは前屈みになって、枝のあいだの部分に口づけをし、口の周りがちくちくするのを感じた。彼女はそっとわたしの頭を掌で包むと、身をのけぞらして自分の子宮にわたしの顔を強く当てたので、わたしは痛くて呻いてしまった。彼女はお腹を力強く何度か痙攣させたのち興奮に達し、突き抜けるような叫び声を上げて脇に倒れた。激しく息を吐き出していたので、彼女は死んでしまうのではないかと思ったほどだった……。だがそうではなく、ただわたしの上に覆いかぶさり、手の指を十本すべて広げ、目を引っ掻くと、顔も全身も引っ掻くわよ、とわたしを脅かした。それほど感謝の念にあふれ、満足していたのだった。そしてまたわたしの身体の上で爪を立て、痙攣しながら指を閉じ、しばらくすると泣きながら崩れ落ち、静かな泣き声が小さな笑い声となった……。わたしは落ち着き払って静かにぐったりと横たわっていた。すると獲物をしとめた猟師たちがやるように、リーザはトウヒの枝、大枝の残りを指で素早く除けはじめた。それから、それでわたしの腹、うなだれた性器を覆い、わたしの性器の周りは枝だらけになった。彼女はわたしを立たせると、手で触れ、わたしのわき腹に口づけをしているうちにわたしは徐々に勃起し、突然枝が持ち上がり、ペニスが枝を押しのけ、ゆっくりと大きくなって、枝をどけてしまった。けれどもリーザは舌で枝をその周りに並べ、それから頭をあげ、わたしの性器をすべて口の中に、喉の奥まで入れて包み込み、わたしは彼女をどけようとしたけれども、逆に彼女に押し倒され、わたしの手の動きが封じられた。わたしは天井をじっと眺めながら、彼女がわたしにしてもらいたかったことを今度は彼女にしてもらった。彼女がこれほどまで荒々しく振る舞うとはまったく思いもしなかった。頭を激しく動かしながら、露骨なまでに髄まで吸い込み、口に棘が刺さって血が流れているのもかまわず、枝をどけることすらしなかった。おそらくゲルマンの人のあいだではこれが習慣だったのだろう……。リーザのことが恐ろしく思えた……。そのあと、腹を舌で舐めてくれ、蝸牛のような粘液の線を残しつつ、わたしに口づけした。彼女の口は精液とトウヒの棘だらけだった。彼女にしてみれば、これはけっして汚れたものではなく、むしろミサの一部で、絶頂だったのだ。「これはわたしの身体、これはわたしの血、これはわたしの唾液、これはあなたとわたしの体液、これがわたしたちを一つにし、永遠に結びつけるの」と彼女は言い、その通りにわたしたちは体液と陰毛の香りを順に交換した……。

満足してくれたかい？　今日はこのあたりでおしまいだよ。

頭はもはや見つからなかった

これからする話を聞いてほしいんだ。
給仕――その後に給仕長となるが――としての新しい職場はジェチーンからさらに奥に入った山の中だった。このホテルを初めて見た時、わたしは愕然とした。というのも、ここはわたしが予期していた小さなホテルというようなものではなく、森と温泉に囲まれた小さな町、いや大きな村とでも言えるような場所だったからだ。空気は新鮮で、コップに入れて飲みたくなるほどだった。快適なそよ風が吹いてくる方向に身体を向け、魚がえらで呼吸するようにそっと呑み込む。オゾンと混ぜ合わさった酸素がえらの中を流れていき、肺やほかの内臓がゆっくりと空気で満たされていく。まるでここに来る前、麓(ふもと)ではタイヤの空気がすこし抜けていたのが、安全であるばかりか快適極まりない雰囲気の中、この地の空気でタイヤが自然にパンパンになっていくのをはっきりと耳にすることができるようだった。軍用車でわたしをここに連れてきたリーザは、自分の家のように自在に歩き回り、メインの前庭が形作られている長い並木道を通る時は、いつもにこにこしていた。そこにあるのは王や皇帝といった兜に角があるドイツ人の彫像ばかりで、いずれの像も新しい大理石か、白い石灰岩製で、砂糖のような光を放っていた。ほかの行政的な建物も同じ素材で作られており、それらはアカシアの葉のようにメインの柱廊から枝分かれしたところにあった。その先も柱廊だらけで、建物に入るまでに散策できるほど広々としていて、兜に角のついた同じような彫像が並ぶ柱廊を通過しなければ建物の中には入れなかった。すべての壁は、ドイツの栄えある過去のレリーフで装飾されていて、小さな斧を手に駆け回ったり、動物の皮を羽織っている人物の姿はイラーセクの『チェコの古代伝説』*のようだったが、服装はドイツ的なものだった。リーザは事情をすべて説明してくれた。わたしは驚きこそしなかったものの、信じられないことが現実となったとホテル・チホタのポーターがよく好んで言っていたのを思い出し、自分も同じような場面に立ち会っているのだと思った。リーザはここの空気は中欧で最も健康的なものよ、と誇らしげに説明してくれ、唯一比べることができるのはプラハ近郊のオウホリチキとポドモジャーニーだけらしい。ここが人類の純粋培養を行なうヨーロッパ初の拠点になるのだという。ナチ党はこの地に、ドイツ女性の高潔な血と、陸軍ならびにSS（ナチス親衛隊）の純血の兵士との交配を行なう場所を、初めて建設したのだ。すべてが科学的に進められ、古代ゲルマン人が激しく性交していたように、ここでは日々、ナチ党の意向に沿う性交が行なわれるだけではなく、新しいヨーロッパの人民を子宮に孕んでいる未来を背負った妊婦たちが出産していた。生後一年が経つと、子どもたちはチロル、バイエルン、シュヴァルツヴァルト、あるいは沿岸部に送られ、保育園や幼稚園で新しい人間としての養育が続けられるという。もちろん、母親のいない、新しい学校の監視のもとで。リーザは農家のような造りの美しい小さな家々を指差した。そこは花で満ちあふれ、窓やテラス、木製のバルコニーの下の壁まで花だらけだった。未来の母たちも、すでに母親になっている女性たちも皆、農村出身かと思うほど力強そうなブロンドの娘たちで、同じ世紀に生きる娘たちでなく、チェコであればフンポレッツかハナーといったどこかの地方か、辺鄙(へんぴ)な小さな村の出身のように思えた。そしてソコルの女性たちが身につけるような縞(しま)模様の下着やブラウスを身にまとっていた。そのような装いのボジェナが洗濯していると、近くを馬で通りかかったオルジフが恋に落ちてしまうといったたぐいの絵[**]で見るようなものだった。どの女性も美しい胸をしていて、どの女性もここではゆっくりと散策をしていたが、どの女性もきまって柱廊を歩いていい

*チェコの作家アロイス・イラーセク（一八五一〜一九三〇）の代表作の一つ。古代チェコの伝説上の人物を題材にしている。

**オルジフはプシェミスル王朝の王（在位は一〇一二〜三三）。ボジェナはオルジフの二番目の妻。言い伝えによると、ボジェナが洗濯している時にオルジフが通りかかり、その姿を見たオルジフが一目惚れしたとされ、このシーンは後世多くの画家によって描かれている。

た。あたかもそれが自分たちの仕事の一部であるかのように、角（つの）のある闘士たちの彫像を眺めたり、美しいドイツの王や皇帝たちの前で立ち止まり、彫像の表情や体格を自分の頭に刻み、同時に過去の栄誉ある人々の歴史を心に刻んでいた。教室の窓から洩れてくるのを聞いて知ったことだが、教室では伝説的な男たちについて講義がなされ、その後、未来の母親たちが試験を受ける。試験はこの歴史を大まかに覚えているかどうかではなく、完璧に暗記しているかどうか試されるのだった。というのも、リーザが言っていたように、娘たちの頭の中にある絵画は徐々に自分たちの下半身へ流れていくと、それは唾液のようなものになり、おたまじゃくしとなり、アオガエルかヒキガエルのようなものになる。それから小さな人間、ホムンクルス、つまり小人が徐々に月を経るごとに成長し、九か月目に人間となる。すべての教育と観察の成果は、必然的にそして法則的に、この新しい創造物にも反映されなければならなかった……。リーザはわたしと一緒にすべて見て回り、時々わたしに抱きついた。彼女はわたしの金髪を横目でちらっと見るたびに、嬉々として前進した。所長にわたしを紹介する際にツヴィコフ（ドイツ国境に近い北ボヘミアの町）にある祖父の墓に書かれている通りに、わたしのことを「ディティー」と言った。わたしにはわかっていた。リーザも九か月とすこしをここで過ごし、純血の子孫を産み、帝国に貢献することを望んでいると……。未来の子どもたちが生まれる手順を考えてみると、それは雄牛と雌牛をひきあわせたり、かけ合わせたりするようなものに思えた。柱や彫刻が並ぶ小路を歩きながらそう考えると、わたしの目に留まるものは何一つなく、わたしが見ているのは恐怖にほかならず、わたしは大いなる脅威に囲まれた小さな雲であるのに気づいた。けれどもわたしは思い起こした——時折思い起こして、気休めにしていたのだが——平行棒や吊り輪で大きな人たちに負けないくらい軽快な動きを見せていたにもかかわらず、ソコルの体操チームのメンバーに選ばれなかったのは、自分が小さいためだったからだと。またホテル・パリでの黄金のスプーンの一件のことを。それからドイツ人の体育教師に恋をしたというだけで、皆がわたしに唾を吐きかけたことを。今や、ナチ党の生殖施設の所長みずからわたしに手を差し出していた。わたしの藁のような髪をじっと眺めて、美しい女の子を目にしたかのように、あるいは飲み物の中で一番好きなリキュールや蒸留酒を飲み干したかのように、心地よさそうに笑みを浮かべるのを目の当たりにし、わたしは全身をまっすぐに伸ばした。燕尾服のあのかたい襟はなくても、実際に背を高くする必要はなく、ただ自分は大きいと感じさえすればいいのだと。というわけでわたしは静かに周りを見渡し、自分が給仕小僧でなくなったばかりか、生涯の最後まで小さいと非難される給仕見習い、小さい給仕人であるのをやめたのだった。それだけでなく、「小男」とか、「チビ」といった「子ども」を意味する「ジーチエ」という名字への中傷を聞かなくて済むようになった。ここでわたしは「ヘア・ディティー（「ヘア」は男性に対するドイツ語の敬称）」となり、ドイツ人はこの名字に「子ども」という意味を見出さず、むしろまったく別のものと結びつけ、究極的にはドイツ語では何も意味しないものになった。そのため、わたしはここではディティーという名前だけで、尊敬される人間になったのだ。リーザが言うには、わたしと同じように名前にスラヴのルーツが刻印されているプロイセンやポメラニアの貴族がわたしの名前を羨むだろうとのことだった。昼夜ともに五台のテーブルと五名のドイツ人妊婦を担当する第五セクションの給仕、フォン・ディティー（「フォン」は貴族の家名に用いられるドイツ語の表現）。鐘が鳴ればいつでもミルクなり、山の冷たい水のコップなり、チロル風のお菓子なり、冷たい肉団子なり、つまりメニューにあるものすべてを運ぶのだった……。

　わたしはまさにここで開花した。ホテル・チホタやホテル・パリでの給仕の評判がよかったのと同じく、ここでもわたしはドイツ人妊婦たちのお気に入りとなった。それ以外にも、ホテル・パリのバーで木曜日に仲買人たちと個室を使う女の子たちがわたしに接してくれたのと同じだった……。ドイツ人女性はリーザと同じように、わたしの髪を、わたしの燕尾服を、嬉々として眺めた。日曜や祝日になると、リーザはわたしに、肩に青い懸章をかけ、「力を合わせて（ヴィリブス・ウニティス）」という標語が中央に書かれ、赤い石に金のしぶきが刻まれた勲章を身につけた恰好で食事を運ぶよう強いるのだった。ここに来てから知ったことなのだが、エチオピアでもマリア・テレジア・ターラー*が使われていたのだ……。森の中のこの小さな町で、毎晩毎晩、あらゆる軍隊の兵士たちが良質の料理を食べて力をつけ、ラインやモーゼルの特産ワインを飲んで陽気になり、かたや女性たちはボウルの牛乳だけを飲み、最後の瞬間にいたるまで科学的な監視のもとで、男性たちが毎晩女性のもとに送り込まれるのだった。ホテル・パリのスクシヴァーネク給仕長が英国王に給仕した給仕人であったのと同じように、わたしはここでエチオピア皇帝に給仕した給仕人と呼ばれるようになった。そしてまたスクシヴァーネク給仕長がわたしに手ほどきしてくれたように、わたしは若い給仕見習いに、どの兵士がどこの出身で、何を注文するかの見分け方を教え、いつも十マルク賭けるようになった。同じようにテーブルにお金を置き、ほとんど毎回わたしが勝った。そしてこの勝利感というのは決定的なものであるのを知った。一度意気消沈してしまうか、気分がめいってしまうと、負けた人はその感情を一生抱くことになり、二度と回復することはなかった。特に、自分の国や自分の慣れ親しんだ環境で浮かび上がることはなく、そこでは、いつもチビとして、永遠の給仕見習いとして見なされる。わたしも故郷に留まっていたらそうなっていたが、ここではドイツ人たちに敬われ、尊敬されている……。太陽が出ている昼下がりは毎日、ミルクのコップやアイスクリームを運び、時には注文に応じてホットミルクや紅茶を青いプールに運ぶこともあった。プールでは、美しいドイツ人妊婦たちが身体にはなにもつけず、髪をほどいて泳いでいた。わたしはまるで医者であるかのように思われていた。わたし自身もまんざらではなく、そのおかげで彼女たちの明るい身体が波を打ち、手や足を広げ、小刻みなリズムにあわせて全身を伸ばし、ふたたび手や足を美しい泳ぎにもどす様子をじっくりと眺めることができた。けれども、もう女性の身体などはどうでも

＊マリア・テレジアの即位後の一七四一年に鋳造が始まった銀貨。オーストリア帝国の国外でも広く用いられ、エチオピアでは二十世紀前半まで使用されていた。

よくなっていた。それよりも、身体が硬直してしまうほど見とれてしまったのが、藁を焼いた時に上がる淡い煙のように、彼女たちが泳いでいる時に身体の背後で広がる髪だった。髪の毛は手足を力強く動かした時に後ろまで伸び、一瞬髪の毛がそこにとどまったかと思うと、先端の部分がシャッターのようにすこし波打つ。それからあの美しい太陽、それに背景にある青や緑のタイル。タイルには水飛沫(みずしぶき)が太陽や波の断片となって煌めき、シロップのような光を放ちながら落下していく。壁やプールの青い床には身体の影が映し出されていた。彼女たちが泳ぎを終え、プールから足を出して立ち上がると、水の精ルサルカのように胸とお腹から水が滴った。わたしがすかさずコップを差し出すと彼女たちはごくっと飲んだり、ゆっくり口にしたりした。また水の中にもぐったり、お祈りを捧げるように手を閉じてから一回目のキックで水を押し出して泳ぎ出したりするのだが、それは自分のためではなく、未来の子どもたちのためだった。それから数か月経つと、プールには屋根がつけられていた。今度は母親たちだけでなく、小さな子どもたち、三か月の乳児たちが母親たちと泳いでいる様子を見ることができた。雌熊やアシカ、あるいは孵化したばかりのアヒルが生まれてすぐ泳いでいるのと同じだった。前からわかっていたのだが、ここで妊娠し、お腹で子を育みながら泳いでいる女性たちは、わたしを本当の召使と見なしていた。つまりそれ以外の人間とは見ていなかった。たとえわたしが燕尾服を着ていても、わたしの前で恥ずかしがる素振りはまったく見せない彼女たちにとって、わたしはまるでいないかのようで、彼女たちのハンガーのような存在だった。わたしは仕える立場の人間で、女王に道化師や小人がつき従っているのと同じだった。プールから出ると、柵越しにのぞいている人はいないか気にしていたのだから。ある時酔っ払った親衛隊員がやってきたことがあった。女性たちは驚いて、キャーキャーと声を上げ、身体にタオルを巻きつけ、腕で胸を隠し、更衣室へ逃げ込んでいった。けれどもわたしがトレーにコップを載せて運んでいっても、裸で立ったまま平然とおしゃべりを満喫し、片手でタオル掛けに寄りかかり、もう一方の手で産毛のある黄金色のお腹をゆっくりとさすっていた。お腹を気遣いながら、ゆっくりと。時間をかけて股をきれいにし、それからお尻を半分ずつ拭いていた。彼女たちはコップを手にして一口飲むとまたトレーに戻すのだが、わたしはずっと立ったままで、まるで折畳式のテーブルのようだった。わたしの視線は彼女たちを好きなように追いかけることができたが、だからといってわたしの何かが彼女たちを妨げたり、平穏を邪魔するようなことはなかった。テリー織のタオルで丁寧に股を拭きそれから腕を上げ、注意深く乳房の下を拭くのだが、わたしはまるでそこにいないかのようだった……。飛行機が一機飛来してきたことがあったが、そういう時、彼女たちは笑いながら更衣室へ駆けていった。しばらくするとまた戻ってきて同じ姿勢を取るのだが、わたしはそのあいだずっと、冷たいコップを載せたトレーを持ったまま立っていた……。

休みの時には、リーザに長い手紙を書いた。リーザの住所は、征服したばかりのワルシャワ近郊かと思うと、次はパリであったりと転々としていた。おそらく勝利が続いたせいか、ここの規律も緩いものになり、蠟人形館や射撃場、メリーゴーラウンド、ブランコといったプラハの聖マチェイの巡礼*の際に見られるようなアトラクションが町はずれに多く作られるようになった。わたしたちの建物と同じように、看板にはニンフやセイレーンといった精霊やあらゆる寓話的な女性や動物が描かれていた。角(つの)のある兜をかぶったドイツ軍の軍隊は射撃場にも、メリーゴーラウンドの看板にも、ブランコのパネルの前にも押し寄せてきていたので、こういった絵からわたしはドイツの郷土史を学び、一年中、休みがある時には一つずつ見て回り、文化担当者によく質問をした。その人は喜んで説明してくれ、わたしのことを「わが親愛なるディティー(マイン・リーバー・ヘア・ディティー)」と呼んでくれた。ディティーという名を本当にきれいに発音してくれたので、絵やレリーフに描かれた栄光のドイツの過去を教えてくれとわたしは何度も何度も頼み込んだ。わたしでも、いつかドイツ人の子どもをつくることができるのではないか、と思って。すると、フランスに勝利をおさめた気分そのままで戻ってきたリーザともそうすることで話がまとまった。結婚しましょう、と彼女は言った。けれども、そのためには「アムステルダムの町」のオーナーであるリーザの父のもとに許可をもらいに行かなければならなかった。そして信じられないことが現実となった。わたしはヘプにある高等裁判所で、判事および親衛隊の医師による審査を受けることになった。ツヴィコフの墓地に眠る祖父ヨハン・ディティーまでさかのぼって家系図を記し、祖父がアーリア・ゲルマンの出身であることに言及した書類を作成し、わたしとリーザ＝エリザベート・パパネクとの婚姻許可を求めるとともに、帝国の法律に則り、他民族の成員として、わたしが性交する能力のみならず、アーリア・ゲルマンの血をもたらすことができるか、ニュルンベルク法**にもとづく身体検査を要求する申請書を提出することになった。その頃プラハでは処刑担当の憲兵たちが処刑を執行していた***。ブルノやほかの裁判所にも処刑する権利が認められていたので、状況はプラハと同じだった。その一方でわたしは医者の前に裸で立ち、棒で性器を持ち上げられていた。わたしが回れ右をすると、医師は棒をあてて臀部を眺めてからわたしの陰嚢を手で持ち上げ、診察結果を大きな声で書き取らせ、それから触診をした。そのあと自慰をして、科学検査用の精液を少量提出しなければならなかった。その医者はエーガーラントのひどい訛りのあるドイツ語で話したのでわたしにはよく理解できなかったけれども、このくそったれのチェコ人がドイツ人と結婚したいというなら、せめてそいつの精液はヘプという町の一番ランクの低いホテルの一番下働きのポーターの精液よりも倍はいいものじゃないとな、というようなことを言っているのがわかった。そしてこう言い足した。ドイツ女がお前の目に唾を吐きかけたとしても、それは彼女自身

*毎年春にプラハで行なわれるお祭り。移動遊園地のようなアトラクションが多数設けられる。

**一九三五年、ドイツで制定された法律。ドイツ民族の血統を守るため、ユダヤ人との結婚などを禁じている。

***ナチス・ドイツの保護領となったチェコでは、各地で反ナチスを訴えるデモが起き、一九三九年十月には大規模なデモがプラハで行なわれ、多数の逮捕者が出た。その後、チェコ系の大学は閉鎖され、裁判を経ずに処刑された大学関係者もいた。

にとって恥かもしれんが、お前にとっては光栄なことにほかならないんだ、と……。突然遠くに置いてあった新聞の記事がわたしの目に入った。ドイツ人がチェコ人を撃ち殺していると書かれた記事を読んでいるその同じ日に、ドイツ人女性との結婚の許可を求めて、性器を手にしてわたしは戯（たわむ）れている。突然、わたしは恐怖に襲われた。あの地では処刑が行なわれ、わたしはここで医者の前で性器を握って立ったまま、勃起もせず、数滴の精液も出せないでいる。するとぱっと扉が開き、医者がわたしの書類を手にして立っていた。おそらくたった今書類を読んで、わたしが何者か理解したのだろう。丁寧な声をかけてきたからだ。「ヘア・ディティー、どうしたんだ？（ヴァス・イスト・デン・ロス）」わたしの肩を叩き、何枚か写真をよこし、照明をつけてくれた。わたしはポルノ写真に映し出された裸の女性たちを眺めたがどれも見たことがあるものばかりで、これまでならこういった写真を手にするとすぐにぴんとなったものだが、今回ばかりは、ポルノ写真を見れば見るほど新聞の見出しや記事に目がいってしまった。そこにはこう書かれていた。「ほかにも、判決の結果、四人が射殺された。毎日次々と新しい、無実の人々が……」と。わたしは片手で性器を触り、もう一方の手で机上のポルノ写真をめくるのだが、どうしても求められたものに達しない。ドイツ人女性、わたしの花嫁リーザを妊娠させるために必要とされるものに。すると、若い看護婦がやってきて、素早く手を動かしはじめた。その間わたしは何をすることも、考えることもできず、それほど若い看護婦の手は巧みで、二、三分後にはわたしの精液を二滴ほど持って行ってしまい、半時間後にはわたしの精液は優秀であり、アーリア人のヴァギナを威厳ある方法で妊娠させる能力に足ると判断された……。ドイツ人の名誉と純血を保護する機関は、わたしがドイツ人の血をもつアーリア人女性と結婚するのに何の障害もないと判断し、判子を強く何度も捺し、わたしは婚姻許可証を受け取った。一方、チェコの愛国者たちには、同じ判子が同じように捺され、死刑が宣告されていたのだった。

結婚式はヘプ市役所の赤い広間で行なわれた。鉤十字のマークが記された赤い旗がいたるところにはためき、職員たちも茶褐色の制服を身につけ、鉤十字が記された赤い帯を肩にかけていた。わたしはタキシードを着て、エチオピア皇帝からもらった勲章と青い懸章をつけた。リーザは樫の葉が装飾された猟師風のジャケットを身にまとい、その折り襟の赤い生地には鉤十字がついていた。けれども、それは結婚式といえるものではまったくなく、むしろ軍隊の儀式のようなもので、たえず血だとか、名誉だとか、義務といった言葉が人々の口から出ていた。最後に同じく制服を着て、長靴を履き、茶褐色のシャツを着た市長が、わたしたち新郎新婦に、鉤十字が描かれた長い旗がゆったりと吊るされた祭壇のような場所に進むように告げた。供物台には、下から照明があてられたアドルフ・ヒトラーの胸像が置かれていた。電球の光が下からあてられていたため、顔の皺に影ができ、顔をしかめているように見えた。市長はわたしと新婦の手を取ると、二人の手を旗で包み、その生地の上から握手を交わし、厳かな表情を見せた。そしてようやく結婚の瞬間となった。市長は、この瞬間から君たちの義務は、ナチ党のことだけを考え、党の精神に従って養育する子どもを産むことだとわたしたちに告げ、涙を流しながら厳かに言った。二人が新しいヨーロッパをかけた戦いで死を遂げられないからといって思い悩むことはない、兵士たち、そして党は最後の勝利に導くまでこの戦いを続けるからだ、と……。「旗を高くかかげよ、隊列を詰めろ」のレコードがかけられ、そこにいた誰もが、リーザも一緒にこの音楽にあわせて歌い出した。わたしはふと自分が昔「ストラホフの城壁にて」や「我が祖国はいずこ」*を歌っていたのを思い出した。でもわたしも一緒に小さな声でその歌を歌った。リーザが肘でそっとわたしを突いて目くばせをしたので、わたしもほかの人々と同じように歌を歌った……。「ナチス突撃隊は行進する(エス・アー・マルシールト)……」と。わたしは感情を込め、自分がドイツ人であるかのように歌った。結婚式の立会人となった人々を見渡してみると、臨席しているのは大佐ばかりで、ヘプの党幹部ばかりだった。もし故郷で結婚式をしたら、たいしたものにならないのはわかっていたが、ここヘプではまるで歴史的な出来事のようだった。というのも、リーザはここでは有名人だったからだ……。そして結婚式が終わると、わたしは立ったまま、お祝いの握手を受ける準備をした。だが汗がどっと流れはじめた。わたしが手を差し出したにもかかわらず、陸軍の士官も、親衛隊の士官もわたしには手をいっさい差し出さなかったからだ。かれらにしてみれば、わたしはしがない給仕人、給仕見習い、チェコ人のチビ、小男でしかなかった。その一方でほとんど誰もがリーザのほうに向かい、わざと挑発するかのようにリーザにだけ挨拶をし、わたしが隣に立っているにもかかわらず手を差し出すものは一人としていなかった。市長がわたしの肩をぽんと叩いたので、わたしは手を差し出した。だが市長もまたわたしの手を受け入れず、わたしは握手ができなかったので全身が硬直したかのようにしばらくそこに立ちつくした。市長はふたたびわたしの肩を叩き、事務所に来るよう告げた。そこでわたしは署名をし、結婚式の費用を支払ったのだが、その時、わたしはあることを試してみた。机の上に百マルク余分に置いたのだ。すると、それまでわたしとはドイツ語で話していた職員の一人がひどいチェコ語で話しはじめた。ここではチップはいらん、ここはレストランでも、食堂でも、飲み屋でも、ビアホールでもないんだ、ここは新しいヨーロッパの創造者たちの機関なんだ。ここでは純血と名誉が決定要因であって、プラハのようなテロや賄賂（わいろ）やその他の資本主義的な振る舞いやボリシェヴィキ的振る舞いとは無縁な場所なんだ、と。披露宴は「アムステルダムの町」のレストランで行なわれた。たしかに誰もがわたしに乾杯をしてくれるのだが、すべてはリーザを中心に回っていて、わたしがブロンドの髪をたくわえ、肩には懸章をかけ、燕尾服には黄金が日輪の形になっている勲章をつけているにもかかわらず、アーリア人であるとされながらも、実際はチェコ野郎の役回りに甘んじていると感じはじめていた。けれども、自分は何もわかっていないかのように感情を外に出すことはせず、ただにやにやと笑みを浮かべるだけにした。そうしているあいだに、

＊前者はソコルの人々を題材にした民謡。後者はチェコスロヴァキアおよび現在のチェコ共和国の国歌。

自分がこれほどまでに栄誉のある女性の夫であるということに気分がよくなってきた。というのも、ここに列席している士官たちは皆独身のはずで、誰もがリーザに求婚していたか、あるいはするかもしれない人たちばかりだったが、結局は誰一人として受け入れられることはなく、唯一、リーザを魅了したのがこのわたしだったからだ。ここにいる兵士たちは純血と名誉を守ることで頭がいっぱいで、長靴を履いたまま女性のいるベッドに飛び込むことしかできなかった。ベッドでは、愛も、遊びも、ちゃめっ気も必要なんだということをまったく知りもしなかったからだ。けれどもわたしにはそれがわかっていた。だいぶ前に「天国館」でそのことに気づき、フランスギクやシクラメンの花びらを裸の女性のお腹に飾り付けてからというもの……。そして、二年前には、政治意識のはっきりとしたこのドイツ人女性、看護隊の隊長、党の高官であるこの女性のお腹に飾り付けをした。あいかわらずリーザは挨拶を受けていたが、誰一人として、裸で横たわった彼女を、わたしが緑のトウヒの枝で飾り付けている姿を、わたししか目にできない様子を想像することなどできるはずもなかった。リーザはわたしがしたことを敬意そのものと受け止め、ひょっとしたら、市長がわたしたち二人の手を赤い旗で包み、二人が新しいヨーロッパと新しいナチ党にふさわしい人間の戦いに参戦できないのは残念だと述べたことよりも、大きな敬意と感じているかもしれなかった。リーザは、わたしが笑みを浮かべ、役所が判決を下したこのゲームに加わっていることに気づくと、グラスを上げてわたしのほうをちらっと見た。誰もが儀式が行なわれると思って静かになった。わたしはより一層大きく見せようとして立ち上がった。わたしたちはグラスを手にしたまま向き合って立つと、まるで尋問をしているかのように士官たちはわたしたちをじっと眺めながら思いめぐらすのだ。リーザは、一緒にベッドにいる時と同じ笑みを、わたしがフランス人のように彼女に対し慇懃（いんぎん）に振る舞う時と同じ笑みを浮かべ、わたしたちはお互いをじっと見つめ合った。あたかも彼女もわたしも裸で、そして彼女の眼が白い膜で覆われたかのようだった。それは女性が意識を失い、最後の抵抗もあきらめ、愛の戯れと愛撫という別の世界が開かれる瞬間に訪れるものだった……。リーザは出席者の目の前で、わたしに長い口づけをした。わたしはシャンパンの入ったグラスを手にしたまま瞳を閉じた。口づけに合わせるようにグラスも傾き、そしてワインもゆっくりとテーブルクロスに滴りはじめた。そこにいる人々は誰もが沈黙し、その瞬間から誰もが当惑した様子を見せ、わたしのことを敬意をこめて眺めるようになり、そればかりかわたしのことをたえずじろじろと見るようになった。このドイツ人女性の血はスラヴ人の血と交わることで、ドイツ人男性の血と交わるよりもはるかにうまくいくかもしれないと見て取ったようだった。わたしはこの数時間のあいだ、他所者（よそもの）だった。けれども、軽い嫉妬や憎しみさえおぼえられながらも、誰からも尊敬される他所者となった。女性たちはわたしのことをじっと見て、ベッドをともにしたら何をしてくれるのかしらと品定めするようになった。そして、わたしが風変わりな遊びや手荒い真似をすることができるのだと了解したようだった。というのも、甘美に息を吐き出したり、天井を見上げたりしながら、わたしと言葉を交わしはじめたからだ。わたしはあいかわらず定冠詞のデア、ディ、ダスも間違えていたが、彼女たちは聞き取りにくいドイツ語で幼稚園児と話すかのように文をゆっくり発音してくれ、わたしの答えにうなずき、わたしのドイツ語の会話のいたらない点を笑いながらも、それを魅力と感じ、スラヴの平野、カバノキ、牧草地の魔法にかかっていた……。だが兵士たちは皆、陸軍であろうと親衛隊であろうと、わたしに怒りを抱いているかのように厳しい眼差しを投げかけていた。美しいブロンドのリーザの心をわたしが奪い、リーザはドイツ人の名誉や純血よりも動物的な美しい愛を優先したというのを十分承知していたからだ。ポーランドやフランス遠征で勲章や表彰を受け取ったかれらでさえ、この愛の前には無力だったのだ……。

わたしが給仕をしていたジェチーンの奥にある小さな町での新婚旅行から帰ってくると、リーザは子どもをつくろうと言った。だが、それはわたしのためではなかった。わたしは真のスラヴ人のように気分屋で、その時々の気持ちで行動していた。わたしに準備するようにと言った時のリーザの様子は、あの帝国医師がニュルンベルク法に従って白い紙の上に精液をすこし持ってくるように言いつけた時と同じ調子で、今晩こそ新しい人間、新しいヨーロッパの未来の設立者を妊娠するかもしれないから、準備しておいて、と言った。一週間前から、「ローエングリン」「ジークフリート」といったワーグナーのレコードをかけていて、男の子が生まれたとしたら、名前はジークフリート・ディティーと名付けることは決まっていた。リーザはあずまやや柱廊のレリーフに描かれた物語を見に一週間通い続け、ドイツの王や皇帝、ゲルマンの英雄や偉人たちが青い空を背景に浮かび上がる夕暮れまでそこに立ち続けていた。一方、わたしは、リーザをまた花で飾り付けようとか、二人ともディティーとなったのだから、まず子どものように戯れようとか思いをめぐらしていた。その晩、リーザは長いガウンをまとって現れた。彼女の瞳は愛でなく、義務と純血と名誉に満たされていて、わたしに手を差し出し、何かドイツ語で口走ったかと思うと、まるでゲルマンの天国にいるありとあらゆる人々が、あらゆるニーベルングの人々が、そしてワーグナー本人も天井越しに覗いているかのように、空を見上げ、ゲルマンの新しい名誉に従って、望み通り子どもを授けてくれるように訴えかけるのだった。恩寵によって、新しい血、新しい思考、新しい名誉の新しい規律をつくり、それを生きることになる新しい人間の新しい生命が自分の腹に宿るようにと。わたしはリーザの言葉を聞きながら、男を男たらしめているあらゆるものがわたしの身体から抜けていくのを感じた。横たわって天井を眺め、失楽園のことを夢想してみた。婚姻の前はありとあらゆるものがどんなに美しかったか、これまであらゆる女性と雑種の犬のように接してきたかを。けれども、いまは自分たちが純血の雄犬と純血の雌犬であるかのように、ある課題の前に立たされていた。ブリーダーたちがその瞬間が来るのを毎日手ぐすねひいて待っていたのを目の当たりにしていたわたしは、こういうことがいかに苦痛であるか、よく知っていた。わたしたちのところに、あるブリーダーが雌犬を連れて共和国のはずれからやってきたのに、帰ってしまったことがあった。賞を取ったフォックステリアは雌犬を求めようとしなかったのだ。二度目にやってきた時、雌犬は家畜小屋で桶に乗せられ、雄犬は手袋をした女性によって性器をその雌犬に近づけられて、鞭で脅されながら雌犬を妊娠させなければならなかった。この純血の雌犬のほうはどこにでもいるような雑種犬でも相手かまわずすぐにその気を見せるのだった。そのほかにも、セントバーナードを飼っている飼い主がいて、午後のあいだずっと、はるばるシュマヴァから連れて来た雌犬と交配させようとしたけれども、うまく合わなかったらしい。というのもこの雌犬はセントバーナードよりも大きかったからだ……。ついには、技師のマルズィン氏が二匹を庭の斜面に連れて行き、そこに窪みのようなものを掘り、セントバーナードの結婚のために一時間かけて土を整え、夕方にシャベルで最後のひとかきをし、斜面を作り上げた時には息を切らしていた。そして、この雌犬を、雄犬との身長差だけある斜面の下に立たせて、雄犬の高さとようやく釣り合うようにし、どうにか結合させることができた、だがその結合は強制的に執り行なわれたものだった。かたや、本能のままに、ウルフハウンドがダックスフントの雌犬と大喜びで結ばれたり、アイリッシュセッターが犬小屋で飼われているテリアと結びついたりしていた……。わたしが置かれていたのはまさにこういった状況だった。そして信じられないことが現実となった。一か月後、わたしは注射を打ってもらうために出かけることになった。それは何かというと、精神を高揚させる注射で、釘のようになまくらな針をお尻に刺すのだ。それを十回ほど終えたある夜、取り決めに従って、リーザを妊娠させることに成功した……。リーザは身ごもったのだが、今度は彼女が注射を打ってもらうために通わなければならなくなった。赤ん坊が予定日まで胎内にいることができず、早産するのではないかと医師たちが心配しはじめたからだ。わたしたちの愛のあとには何も残らなかった。あのナチ的な性交のあとに残ったのは、ガウンを着た裸像だけだった。それからというもの、リーザはわたしの性器に触れようともしなくなった。わたしは、新しいヨーロッパ人の取り決めと規律に従ってのみ、ベッドをともにすることが許され、それはあまりいい気分ではなかった。子どもにまつわるすべてのことが、科学、化学、とりわけ注射によって語られるようだった。リーザも釘のような注射をお尻に打たれていたので、わたしたちは傷の手当てをし合い、特にわたしの傷口はたえずじくじくしていたが、それもこれも新しい美しい子どもをこしらえるためだった。

そしてまた同時に不快なことがわたしの身に降りかかった。すでに何度か気づいていたことだったが、古代ゲルマンの栄光を講義していた教室ではいまやロシア語の授業が行なわれ、美しいブロンドの女性を妊娠させるという種の義務を果たした兵士たちもロシア語の基本的なフレーズを学びはじめていた。ある時、わたしが窓の下でロシア語の授業に耳を傾けていると、大尉がわたしにどう思うかと尋ねてきた。「あらゆることを考慮すると、ソ連と一戦交えることになりそうですね」とわたしが答えると、「お前は大衆を扇動しようとしているのか」と大声で怒鳴った。「ここには、あなたとわたししかいませんよ」と答えるとまた大声で、「我々はソ連と協定を結んでいる。お前は扇動し、根拠のない噂を流布させようとしている」と言った。その時わたしはようやく、この大尉は結婚式でリーザの立会人をつとめた人物で、わたしに手を差し出すことも、挨拶もしなかった人だと気がついた。この人はわたしよりも前にリーザに接近していたが、わたしが先に決着をつけたのだ。そして今、彼がわたしに恨みを晴らす場面となった。彼の訴えにより、わたしは新しいヨーロッパの養育場となったこの小さな町の指揮官の前に連れ出された……。指揮官は、お前が言っていることは馬鹿げたことで、戦争裁判にかけられることになるぞとか、チェコの愛国主義者め、と叫んだ。ちょうどその時、陣営に警報が鳴り、受話器を取った指揮官の顔から血の気がさっと引いた。わたしが予測した通り、ソ連との戦争が始まったのだ。指揮官は廊下でわたしにこう言うのが精いっぱいだった。「どうしてわかったんだ」わたしは慎ましくこう答えた。「わたしはエチオピア皇帝に給仕したことがありますから……」

その翌日、男の子が生まれ、リーザは息子に洗礼を受けさせた。そしてあずまやの壁でよく目にし、ワーグナーの音楽で聞いていたのと同じようにジークフリートと名付けた。ワーグナーが男の子を授かる霊感をリーザに与えたのだ。わたしはこの施設を解雇されたが、休暇の後、チェスキー・ラーイにあるレストラン「小籠(コシーチェク)」で新しい職を得た。このレストランとホテルが一つになったような施設は籠の中のような岩山の奥底にあり、朝の霧や昼間の透明な空気につつまれていて、夢見心地で岩山を散策し、景色を楽しむ恋人たちのためにあるような場所だった。カップルは手をつないだり腕を組んだりして、昼食や夕食に戻ってきた。滞在客の動作はすべて緩やかで、落ち着いたものだった。この「小籠」は陸軍の兵士、親衛隊、士官たちも利用し、東部戦線に出陣する前に自分の妻や恋人と最後に会う場所となっていたのだ。種馬か純粋種の雄豚のような兵士がやってきて、その晩のうちに、あるいは二日のあいだにゲルマンの精液でドイツの雌を科学的に妊娠させ、新しい人種を育む試みをしていた、あの小さな町とはすべてが正反対だった……。「小籠」ではすべてが正反対だったが、それはわたしの感覚には合っていた。ここもけっして陽気な場所ではなく、兵士たちからはまったく想像できない陰気な悲しさやある種の夢のような感覚にあふれていた。ここに滞在するほとんどすべての人が、詩を書きはじめる前の詩人のようだった。といっても、元からそういう人たちだったというわけではなく、むしろ普段はほかのドイツ人と同様に粗野で、あつかましく、横柄な人々で、フランス遠征で大ドイツ師団の三分の一に及ぶ士官が命を落としたにもかかわらず、フランスを打ち負かしたといってたえず酔っ払っているような人々だった……。ここにいる士官たちは普通の兵士とはすこし異なる道に直面し、すこし異なる使命の前に立ち、すこし異なる戦闘を目の前に控えていた。というのも、ソ連戦線に向かうことはほかの戦地とはまったくの別物だったからだ。十一月にくさびを入れるような形でモスクワまで到達したものの、軍隊はそこから先に進むことはなかった。そのためさらにヴォロネジやコーカサスまで散開するしかなかった。そのあいだにはあまりにも距離があり、そのうち前線からの知らせが、とりわけ、前線への道を阻むパルチザンたちのいる前線の背後からの知らせが届くようになり、前線はもはや後方にあったとリーザは語った。前線から戻ったリーザは、ソ連との戦闘にまったく喜びを見出していなかった。リーザは知らせだけでなく、小さなスーツケースを持ってきた。だが、初めのうちわたしは、その中身がどれほど価値のあるものかわからなかった。そのスーツケースには切手がいっぱい入っていた。リーザはどうやって切手を手に入れたのだろうと思っていたのだが、実はポーランドやフランスでユダヤ人の住居を彼女があさり回って奪ったり、ワルシャワで移送されるユダヤ人の身体検査をしている時に略奪したものだった。「戦争が終わったら、どこでも、好きなだけの規模のホテルを買えるだけの価値があるのよ」とリーザは言った。

ここでわたしと一緒にいたわが息子は変わった子どもだった。わたしの顔立ちに似ているところがまったくないばかりか、わたしやリーザの特徴がかけらもなく、柱廊で見たようなヴァルハラ（英雄を祭る記念堂）の環境が約束したものもなければ、ワーグナーの音楽の痕跡もなかった。むしろ、逆に生後三か月でひきつけを起こすような、びくびくしている子どもだった。わたしはといえば、ドイツ各地からのお客に給仕し、このドイツ兵がポメラニア出身か、バイエルン出身か、ライン出身か、労働者だったか、沿岸出身か、内陸部の出か、農夫だったか、ほぼ完璧に言い当てることができるようになっていた……。これがわたしに残された唯一の楽しみだった。朝から晩まで、そして夜遅くまで、休憩も自由時間もなく給仕をしていたのだから。誰が何を注文し、どこの出身かを言い当てることくらいしか楽しみがなかったのだ。男たちのみならず、女たちも、秘密の使命を抱えて訪れていた。けれどもその使命とは悲しみと恐怖であり、厳かな愛情にほかならなかった。夫婦や恋人たちがこれほどまでお互いに対して繊細で、思いやりがあり、瞳には切なさや優しさがあふれているのを、その後の人生においてもわたしは見ることはなかった。それは故郷で娘たちが、「黒い瞳よ、どうして泣いているの……」や、「山がこだまする……」を歌う時のようだった……。「小籠」の周辺には、どんな天候であってもカップルが散歩をしていて、それはいつも制服を着た若い士官と若い女性の二人で、言葉少なに腕を組んで歩いていた。エチオピア皇帝に給仕したわたしですら、このような光景は見たことはなく、もう二度と会うことがない分岐点にこの二人がいるかどうか言い当てることはできなかった……。もう二度と会えないかもしれないという可能性そのものが人々を美しくしていた。そこにいたのは生まれかわった人間だった。勝利に浮かれ、大声でわめく、うぬぼれの強い人間ではなく、むしろ逆に控え目で思索的で、恐れおののく美しい動物の瞳をした人間だった……。恋人たちの瞳を通して――というのも、前線への出発を控えて、夫婦も恋人たちにもどっていた――風景を、テーブルの上の花を、遊んでいる子どもたちを見ることを教わった。どの一時間も祭壇のように聖なるものになるのだということを。前線への出発を翌日に控えた日、その前夜、恋人たちは眠りにつくことはなかった。ベッドをともにしているということではなく、ベッドよりもはるかに大事なものがあったからだった。そう、ここには見つめ合う瞳があり、人間らしい関係があった。ここでわたしが見て体験したものは、これまでの給仕人生のなかで目にしたことがないほど力強いものだった……。たしかにわたしはここで給仕――時に給仕長――だったけれども、悲しい愛の戯曲や映画を大劇場か映画館で見ているようだった……。人と人のあいだの最も人間らしい関係は静けさなのだということも知った。言葉を発しない一時間。それが十五分、そして最後の数分となり、乗物が――軍用の幌馬車だったり、軍用車だったりしたが――到着すると、静かな二人が立ち上がり、長いあいだお互いのことをじっと見つめ、息を吐き出して、最後のキスを交わす。士官が幌馬車に乗り、そして腰をかけると、馬車が丘のほうへ出発する。最後の曲がり角で、ハンカチが振られる。馬車あるいは車が太陽のようにゆっくりと丘の彼方に消えていくと、何も見えなくなる。「小籠」の玄関の前で女性が、ドイツ人女性が、涙を浮かべた人間が立ち尽くしたまま手を振っている。だがハンカチはその手から落ちてしまっている……。女性は踵を返し、泣きじゃくりながら階段を駆け上がり、部屋に入っていく。まるで女子修道院で男の姿を目にしたバルナバ修道会の尼僧のように……。羽布団に顔をうずめ、ベッドに身をゆだね、長いあいだ自分を鼓舞するように涙を流す……。翌日、目を赤くした女性たちは駅へ向かっていく。同じ馬車、同じ幌馬車、同じ車が、あらゆる町や村に駐屯している部隊の男たちを乗せて各地から到着し、兵士たちは前線への出発前に最後の逢瀬を果たす。軍隊は遅滞なく前進しているはずだったが、前線からの知らせはあまりにも好ましくないもので、リーザはこの電撃戦に大変気を揉むようになり、ここでじっとしてもいられないと、ジークフリートをヘプの「アムステルダムの町」に預け、自分は前線に行くと言った。前線にいるほうが気が紛れるから、と……。

そして信じられないことがまた現実となった。その頃、わたしはすでに「小籠」を離れていた。一年前にわたしも皆と同じように別れを告げていた。馬車が丘を越えて見えなくなるまで手を振りながら涙を流し、新しい職場へ向かう列車に乗った。あの貴重な切手は、食べ物と一緒に、どこにでもある小さいスーツケースの中に入れていた。それは、誰かが捨てたファイバー製のスーツケースだった。ツムシュタインのカタログでいくつかの切手の価値を調べたところ、もはや百コルナ札を部屋に敷き詰める必要がないのがすぐにわかった。百コルナ札を壁紙にして、天井、玄関、トイレそしてキッチンにも貼り、百コルナ札の緑のブロックで家中を貼りつくしたとしても、わたしがいつの日か切手を売って手に入れる合計額には及ばないのだ。ツムシュタインのカタログによれば、手元にある四枚の切手だけで、百万長者になるとのことだった。わたしは仕事に戻ることを心の中で思い描くようになった。ドイツ人は戦争に負けつつあり、戦争の終わりが間近だったからだ。というのも、高位の士官がやってくるたびに、かれらの顔から状況を読み取り、戦場からのニュースや知らせを表情から読み取ることができたからだ。この目にキラキラと輝く片眼鏡をしていたとしても、黒い眼鏡をかけていたとしても、この先どうなるかが手に取るようにわかり、黒いマスクか、フードを目深にかぶっていても、足取りや将軍の姿勢、振る舞いから、戦地の状況を推し量ることができた……。駅のホームを歩いていると、ある時、鏡に映っている自分が目に入った。そこには、まったく見たことのない人間であるかのように自分自身が映っていた。英国王に給仕したスクシヴァーネク給仕長のもとで修業を積み、エチオピア皇帝に給仕したわたしの目に、各地からやってきたそれぞれ異なる職業に就き、それぞれ異なる持病や好みのあるドイツ人が映っていたように。そうやって自分を、鋭い眼差しでまじまじと眺めてみると、ソコルだった自分がいままで見ていなかった自分が正確に見えてきた。わたしはチェコの愛国者たちが処刑されている時に、ドイツ人女性の体育教師と結婚できるかどうかナチスの医者の検診を受け、ドイツ軍がソ連軍と戦火を交えている時に結婚式を挙げ、「旗を高くかかげよ、隊列を詰めろ」を歌い、国中の人々が苦しんでいる時にドイツ軍や親衛隊に給仕するドイツのホテルや宿で快適に過ごしていた。戦争が終わっても、もはやプラハに戻れない自分の未来の姿を目にすることができた。自分が誰かに吊るしあげられているのではなく、一本目の街灯で自分が首を吊っているのを、あるいはすくなくとも自分が十年もしくはそれ以上の刑に処せられているのが目に浮かんだ……。誰もいない朝焼けの駅に立ちながら、近づき、そして遠ざかっていくお客を眺めるように、わたしは自分自身を眺めてみた。エチオピア皇帝に給仕したわたしは、真実に向き合うことを運命づけられたのだ。見知らぬ人々の苦しみや軽率さを面白おかしく楽しんでいたこのわたしが今度は同じ方法で自分自身を見定めることになり、そうやって見ると、自分に嫌気がさしてきた。特に百万長者になってプラハの人々やホテルオーナーたちに、かれらと同じレベルにいるのだと、いやかれらの上にいるのだと誇示しようとしていた自分は、なおさら嫌だった。故郷に帰り、一番大きいホテルを買い、わたしを見下していたシュロウベク氏、ブランデイス氏といったソコルの連中と対等になれるかどうかは、今のわたしが何をするかにかかっているのだ。小さいスーツケースに秘められた力を用いることが、かれらと対等に話すことができる唯一の方法だった。リーザはワルシャワかレンベルクのどこかで切手を強奪してきたが、そのうちのたった四枚でホテルを買うことができた……ホテル・ディティー……ホテル・ジーチェ……。それともオーストリアか、スイスで購入すべきだろうか、鏡に映った自分の像を見ながら自問した。すると、わたしの後ろに急行列車が静かに到着した。前線からの傷病者を搬送する列車だった……。列車が停車した時、ブラインドが下ろされているのが鏡越しに見えたが、そのうちの一枚が上がった。紐を引っ張る手がぱっと紐を放すと、ベッドには寝巻姿の女性が横になり、あごが外れるのではないかと思えるほど大きなあくびをしながら目をこすっていた。目をこすり終えると、眠たそうな瞳でどこに停車したのかしらと周りを見ようとした。わたしが彼女のことを見ていると、彼女もわたしを見た。リーザだった。わたしの妻だ。彼女は飛びあがり、列車の窓から姿がちらちら見えたかと思うと、昔と変わらない様子で車両を飛び出し、わたしの予想よりも早くわたしの首に抱きつき、独身の時のようにわたしに口づけをした。エチオピア皇帝に給仕したわたしは、リーザが変わっていることにすぐ気づいた。「小籠」で快適な一週間を妻や恋人と過ごしてから前線に行った士官が皆変わっていったように。リーザもまた、かれら同様、信じられないことが現実となったのを目の当たりにし、体験しなければならなかったのだ……。そこにいたのは、かつての体育教師のリーザだった。ホムトフ（ドイツ国境に近いチェコの都市）にある湖のほとりの野戦病院へ傷痍兵を移送するところで、わたしも一緒に行くことにし、小さいスーツケースを手にして乗車した。列車が出発すると、リーザのいる客室に向かった。カーテンを下ろして扉に鍵をかけ、リーザのシャツを脱がすと、彼女は独身の時のように小刻みに震えていた。この戦争が彼女をまた自由にし、そして控え目にしたのだろう。すると今度はお返しにわたしの服を脱がし、裸のまま抱き合い、自分のお腹をわたしに愛撫させたが、あらゆる動作が列車の動くリズムに合わせて行なわれた。スプリングのついた列車の緩衝装置が連結したり、動いたり、触れたりするリズムに合わせながら……。

　ホムトフの駅では、救急車、車、バス、それにタイヤが六つもある移動病院が待ちかまえていて、リーザには車内にいるよう告げられたが、わたしは言うことを聞かず、人払いをしたプラットホームの端に立っていた。わたしをそのままにしておいてくれたのは、おそらくリーザと一緒に下車したからだろう。リーザは駅長に報告をし、それから前線から運ばれてきたばかりの、移送に耐えうる障害者たちや、片足あるいは両足に義足をつけた一人では歩けない者が列車から降ろされた。今度は車や他の乗物に乗せられようとしていたので、プラットホームは障害者であふれかえっていた。わたしがちらっと見た時にはどの人が誰とはわからなかったが、そこにいたのは、ジェチーンの奥の小さな町で種馬の任務を果たした人たちか、「小籠」で別れを告げていた人たちばかりだった。これが、かれらのコメディ、演劇、映画の最後のワンシーンだったのだ。わたしは第一陣と一緒に、膝の上にスーツケースを置いたまま、目的地である軍病院の食堂に向かった。革のケースは天井の荷台に置かれた兵士たちのナップザックや背嚢のあいだに放り込んだ。その日、病院の一帯と収容施設を散策すると、収容施設は丘の麓まで連なっていた。丘には桜の園が石切場の湖のある下方まで広がっていた。その湖は、ガリラヤ湖や聖なるガンジス川のようだった。介添えの人たちは長い桟橋に立って、切断面の傷が膿んでいる障害者たちをこの湖の中に入れていた。湖には虫一匹、魚一匹いなかった。石切場からの水が流れ込むかぎり、この水の中ではあらゆるものが死んでしまい、生命は宿らないのだった。ちょうどここでは、怪我がすこし回復した障害者たちが横たわったり、ゆっくりと泳いだりしていた。膝から下を片方失った人も、両方失った人も、あるいは足をすべて失って胴体だけの人も、蛙のように手を動かし、青い湖から時々頭を出したりしていて、その様子はジェチーンのプールのようだった。ここにいるとかれらはまたハンサムな若者に戻っていた。医師の指示に従って、水の中にしばらくいて、泳ぎが終わると手を伸ばして亀のように岸を這って上がってくる。しばらくそこにいると、介添えがバスタオルや温かい毛布でくるんでくれるのだった。百人に及ぶ人たちが、ゆっくりと次々と、輻射形（ふくしゃ）の突堤へ上がり、女性のバンドが演奏している、食事が供されるレストラン前の中庭に向かっていった……。心が一番動かされたのは、脊髄神経を切断された人々の病棟だった。下半身を引きずり、地面でも水中でも人魚のような姿をしていた。足を失った人たちの胴体は小さく、足があったとしても、頭に足がつながっているような姿だった。ピンポンをするのが好きな人ばかりで、クロム合金でメッキされた折畳式の車椅子に乗っているのだがとても素早く動くことができ、サッカーをすることもできた。とはいっても、手を使っているのでハンドボールに近かったが。こうやってかれらはすこしずつ回復していた。片足の人も、両手を失った人たちも、頭にひどい火傷を負った人も、誰もが生きることをとてつもなく渇望し、夕暮れまでサッカーやピンポンやハンドボールをしていた。わたしはかれらに向かってトランペットを吹き、帰営のラッパで夕食を知らせた。車椅子に乗って、あるいは松葉杖をつきながらやってくるかれらは、誰もがすこやかに生き生きとしていた。わたしが食事を給仕していた病棟はいわゆるリハビリ病棟で、他の三つの病棟では医師が戦場で負傷した人に手術を施すと同時に電気療法とイオン療法を導入していた。わたしはよく、実際の障害者たちとはまったく正反対の姿を目にした。かれらが失くした手足が見えたのだ。ないはずの手足があるかのように見え、逆に実際にある手足がなくなって見えることがあり、いったい自分は何を見ているのだろうかと怖くなることすらあった。そういう時はいつも、額に手を置き、どうしてこういう風に見えるのだろうかと自問すると、答えが聞こえた。なぜなら、お前はエチオピア皇帝に給仕したからだ。なぜなら、英国王に給仕したスクシヴァーネク給仕長のもとで修業をしたからだ、と。

週に一度、リーザと一緒に息子のいるヘプの「アムステルダムの町」を訪れた……。リーザはまた水泳を始め、文字通り水を得た魚のようになり、この湖で始終水遊びをしていた。泳いでいる時のリーザはブロンズの像のようにとても力強くそして美しく、また一緒になるのが待ち切れなかった。リーザは本当に変わってしまって、カーテンを閉めてはいたものの、建物の中を裸で歩いたりした。美しい身体の持ち主だったリーザは、ドイツ帝国のスポーツ選手フレーだかフケーだかの裸体を崇拝する本を買い、ヌーディストの輪に加わった。とはいっても、実際にかれらのところに行ったわけではなかった。朝、コーヒーをわたしにくれる時はスカートだけの姿で、時には素っ裸のこともあり、わたしをじっとみると満足げにうなずき、笑みを浮かべた。君のことが好きだよ、君は美しいよ、とわたしの瞳に書いてあるのを読み取ったからだ……。息子のジークフリートはどうかといえば、心配の種だった。手にしたものは何でもほうり投げていた。ある時、「アムステルダムの町」の床で這い這いをしていると金槌(かなづち)を手にしたので、おじいさんが冗談で釘を渡すと、釘を手にした男の子は一撃で床に釘を打った……。ほかの子たちがガラガラやクマのぬいぐるみで遊んだり、駆け回ったりしているのに、ジークフリートは床の上で這い這いをし、癇癪を起こしてずっと大声で叫んでいるのだが、金槌と釘を手にした途端、嬉々として床に釘を打ち付けるのだ。ほかの子たちが何か片言を言いはじめている頃、うちの子は歩かないばかりか、「ママ」とも言葉を発せず、ただただ金槌と釘を大切にしていた。起きているあいだはたえず金槌のコンコンという音で

「アムステルダムの町」が揺れ、床は打ち付けられた釘でいっぱいになり、そのおかげで右手だけはよく発達し、遠くからでもわかるほど力強い腕をしているのが見えた……。訪問するのがわたしはもう耐えられなかった。そもそも息子は、わたしのことも自分の母親のこともわかっていなかった。与えられた金槌と釘以外のものは欲しがらなかった。だが釘は購入券やクーポン、あるいは闇で入手するほかなく、それからというものできるかぎり工面しなければならなかった。息子は七センチある釘を次々と床に打ち付け、打ち付けるたびにわたしは釘の頭を引っこ抜かなければならなかった。そしてその時初めて、この子どもは、わが息子であるこのお客は知的障害者で、これからも変わることはないと悟ったのだ。同い年の子どもたちが学校に通いはじめる頃にジークフリートは歩けるようになり、ほかの子どもたちが学校を卒業する頃にジークフリートはどうにか読み書きができるようになり、ほかの子たちが結婚する頃にジークフリートは時計の読み方を覚え、新聞を運ぶようになるだろうが、家に居続けるしかないだろう。釘を打ち付ける以外には何の役にも立たないからだ……。自分の息子をよく眺め、訪ねるたびに新しい部屋の床が釘だらけになっているのを目にし、自分の判断が間違っていないのを確認した。というのも、わたしは自分の子どもを息子としてではなく、自分のお客として見ていたからだった……。ところが床に釘を打ち付けることに取りつかれていたこの子は、そして床の板を貫通した釘は、まったく別の意味合いも持つようになってきた。

空襲警報が鳴ると、皆、防空壕に逃げたのだが、ジークフリートだけは喜び、輝いた表情を見せるのだ。ほかの子たちがひどくおびえて、お漏らししているのに、ジークフリートは手を叩いて喜ぶ。するとひきつけがなくなり、大脳皮質の障害がなくなったかのように美しい表情を浮かべ、爆弾が落ちているあいだ、ジークフリートは地下室に運び込んだ板に釘を次々と打ち付けて、笑い声を上げているのだった……。エチオピア皇帝に給仕したこのわたしは、たしかにわが息子は馬鹿だけれども、ドイツの町という町の未来を占うだけの力があったのを知り、うれしく思った。というのも、ドイツの都市がすべて、まさにホテルの部屋の床のような結末を迎えるのがわたしにはよくわかっていたからだ。わたしは三キロ分の釘をジークフリートに買い与え、ジークフリートは午前中厨房の床に打ち付け、午後になると客室の床に打ち付け、一方、わたしは厨房の釘を懸命に抜いていた。そして、テッダー元帥の絨毯爆撃が計画通り正確に地面を爆撃していくように、うちの子も釘を直線と直角にあわせて正確に打っていたので、心の中で喜んだ……。スラヴの血がまた勝利をおさめ、わたしは自分の息子のことが誇らしくなった。まだしゃべりはしなかったが、ようやく歩きはじめたからだ。といっても、ビヴォイ*のように金槌を力強い右手にしっかりと握ったままだった……。

これまで長いあいだ忘れていたイメージが突然呼び覚まされ、わたしの前に姿を現したものが、あまりにも新鮮で鮮明だったので、わたしは稲妻に打たれたかのようにミネ

*チェコの伝説上の人物。猪をみずからの手で仕留めたことで勇敢な人物として称えられ、伝説上の女王リブシェの姉カジと結婚したとされる。

ラルウォーターを載せたトレーを手にしたまま立ち尽くしてしまった。石切場の湖で数秒目を閉じさえすれば、すぐにあのホテル・チホタの給仕長ズデニェクの姿を思い出すことができた。何事も楽しむのが好きで、休みのたびに数千コルナという桁で有り金をすべて使ってしまう男のことだ……。そしてズデニェクの叔父の姿が浮かんだ。もう年金生活を営んでいたが、元は軍隊の楽団長だった。今では花や灌木(かんぼく)に囲まれた家を所有し、自分の区画にある森で薪を割って暮らしていた。この叔父さんはオーストリア時代の楽団員だったので、薪を割る時もその制服を着ていた。ギャロップを二曲、ワルツを数曲書いていて、今でもよく演奏される曲だというのに、作曲者は誰か知る者はおらず、皆とうの昔に亡くなっているものと思っていた。休日にズデニェクと一緒に馬車に乗っていると、吹奏楽の軍隊曲が聞こえてきた。ズデニェクは御者に止まるように合図を出した。音楽が聞こえてくるほうに歩いていくと、叔父さんの作曲したワルツが演奏されていた。そこにはバスが何台も止まっていて、しばらくすると楽団員が乗り込み、軍隊音楽のコンテストに出るとのことだった。ズデニェクはバンドマスターと交渉して、自分が持っている有り金すべての四千コルナを兵士たちにビール代として渡す代わりに、ある願いを聞いてほしいと交渉した。わたしたちは馬車を降りて一台目のバスに乗り、半時間ほど移動した。森の中で全員降り、きらきらと輝く楽器を手にした制服姿の音楽家が百二十人、森の道を歩き、ぼうぼうとした灌木に囲まれた小路のほうに曲がり、灌木のあいだから高いマツの木がそびえているのが見えるところまで来た。ズデニェクはここで待つようにと指示を出し、灌木のあいだにあったぼろぼろの板の陰に姿を消した。しばらくしてもどってくると自分の計画を告げ、楽団員に、一人ずつ柵の板の隙間を通って茂みの中に入っていくように合図を出した。ズデニェクは前線にいる兵士のように、茂みに囲まれた家を取り囲むように指示を出した。家からは薪を割る斧の音だけが響いていた。音を立てることなく、楽団員は家とオーストリアの軍隊楽団長の古い制服姿の老人を包囲することに成功した。そしてズデニェクの合図と同時に、楽団の指揮者が黄金の指揮棒を振り、大きな声で指示を出すと、茂みの中から輝く金管楽器が姿を見せ、ズデニェクの叔父が作曲し、この楽団がコンテストで演奏しようとしていたにぎやかなギャロップを演奏しはじめた。年老いた元楽団員は畑がまっぷたつに割れたかのようにぼう然と立ち尽くしている。楽団は数歩ずつ近づいていったが、かれらがまだ腰の半分までマツや樫の藪にうまっているなか、唯一、黄金の指揮棒をもった楽団員のところだけは緑が膝の高さしかなく、その楽団員の振る指揮棒に合わせて、楽団はギャロップを演奏した。楽器は太陽の光を浴びてキラキラ光り、年老いた元楽団員は周囲をゆっくりと見回して、あの世に行ったかのように天国にいるかのような表情を浮かべた。ギャロップを演奏し終えると、楽団は続けざまにコンサート用のワルツを演奏しはじめた……。年老いた元楽団員は頽(くずお)れてしまい、膝のあいだの斧に寄りかかりながら涙を流した。黄金の指揮棒を手にした軍隊音楽の指揮者が近付き、老人の肩に触れた。指揮者が立ち上がって指揮棒を渡すと、ズデニェクの叔父も立ち上がった。あとでわたしたちに語ったことだが、叔父さんはてっきり自分が死んでしまい、軍隊音楽に囲まれて天国についたのかと思ったそうだ。そして天国でも軍隊音楽が演奏されていて、この楽団の指揮者は神だと思い、その彼から指揮棒が渡されたと思ったという……。老人は自分の曲を指揮しはじめ、演奏し終えると茂みからズデニェクが姿を現し、手を差し出して叔父の健康を祈るのだった……。三十分後にはもう楽団員たちはバスに乗り込んでいて、バスが出発する時には、ズデニェクに向けて祝典用のファンファーレを演奏した。ズデニェクは感動のあまり立ち尽くしていたが、お辞儀をして謝意を表した。バスとファンファーレの音が樫の茂みの枝を打ち付けながら森の道に消えていった……。

ズデニェクという人物は天使のようだった。休日になるとわたしたちは一緒に時間を過ごしたが、いつも同じだった。ズデニェクはどうやって数千コルナを使うか十日のあいだずっと考え続けているのだが、わたしはといえば、部屋に鍵をかけて、床に百コルナ札を敷き詰め、裸足で紙幣の上をタイル張りの床を歩くように歩いたり、あるいは緑豊かな草原にいるかのようにその上に横たわったりしていた。ズデニェクはある石工の娘の結婚式を準備してあげたり、またある時は、孤児院の男の子たち全員に白い水兵の服を洋服店で買ってやったり、移動遊園地のメリーゴーラウンドやブランコの代金を一日分支払い、皆ただで乗ることができるよう手配したり、またある休日にはプラハに出かけて一番きれいな花束やロソルカ（甘いリキュールの一種）の瓶を買い集め、公衆便所を一つずつ訪ねて、番をしているおばあさんたちに、まだ来ていない祝日あるいはもう過ぎてしまった誕生日のお祝いをしていた。たいていは、ちょうどその日が誕生日だったり、聖名祝日だったりするおばあさんが一人はいるのだった……。ある時、わたしはプラハに出かけて、そこからタクシーでホテル・チホタまで行き、まだズデニェクがいるか、もしいなかったらどこにいるかと尋ねることにしようと決心した。それから、おばあさんに育てられた場所を見に行き、あの部屋を訪れてみることにした。カルロヴィ・ラーズニェのお客が窓越しに投げたシャツや下着が窓から見えたあの部屋、建築現場の労働者や壁職人に売るために、おばあさんが汚い下着を洗って繕っていたあの部屋を……。わたしはプラハの駅に到着し、ターボル行きの列車を探そうとしていた。時間を確認しようとしてシャツの袖をめくり視線を上げると、ズデニェクが売店に立っているのが目に入り、身体の動きが完全に止まってしまった。また信じられないことが現実となって、袖をめくる手はそのままの状態で身体が完全に硬直してしまった。ズデニェクは長いあいだ待っていたかのように周りを見渡し、それから手を上げた。おそらく誰かと待ち合わせていたのだろう。そしてズデニェクも時計を見る仕種をした。すると、突然わたしのところに、革のスーツを着た三人の男が駆け寄り、わたしの腕をぐいっとつかまえた。わたしが時計を見ようとして袖をめくった手をそのままにしてズデニェクを見ると、彼は自分の目が信じられないかのようにわたしを見つめ、顔面を蒼白にしていた。ズデニェクはただ立ち尽くすばかりで、わたしが車中に押し込められ、ドイツ人に連行される様子をじっと見ていた。どこに、どうして連れて行かれるのかわたしは驚くばかりだったが、わたしが連れて行かれたのはパンクラーツ（刑務所があることで知られるプラハ南の地区）だった。門が開くと、わたしは犯罪者のように連行され、独房にぶち込まれた……。自分の身に起きたことを考えると突然目の前が暗くなり、同時にほとんど喜びのようなものを感じた。すぐに釈放されてしまうのではないかと恐怖をおぼえたくらいだった。戦争はほとんど終わりに近付いていたので、投獄され、強制収容所送りになることを願っていた。そしてまさにドイツ人の手によって投獄されるのが最善だと思った。わたしの幸運の星が輝いているように見えた。ドイツ人は扉をあけ、尋問を始めた。住所や氏名などを告げ、それからプラハを訪れた理由を話すと尋問者の顔が急に深刻になり、誰を待っていたか、とわたしに尋ねてきた。「誰も待っていませんでした」と答えると、私服姿の二人の男が入ってきて、逆上した様子でわたしにとびかかり、鼻を殴ったので、わたしは歯を二本折り、床に倒れた。男たちはさらにわたしに馬乗りになり、誰を待っていたか、誰から知らせを受けることになっていたのか、と何度も何度も尋ねてきた。わたしは、プラハを訪問しただけで、単なる旅行でしかないと言った。一人の男が顔を近づけ、わたしの頭を持ち上げ、髪をつかんだかと思うと、頭ごと床に叩きつけた。時計を見る仕種は合図だったんだろう、お前はボリシェヴィキの地下活動に関係しているはずだ、と尋問者は大きな声を張り上げた……。わたしは連行されて、囚人たちの部屋に入れられた。囚人たちはわたしの折れた歯を抜き、血を拭き、怪我をした額をぬぐってくれた。わたしは思わずにやっとした。実際、何も感じていなかった。打たれたことも、殴られたことも、傷の痛みも。ほかの囚人たちは、太陽か英雄であるかのようにわたしを眺めた。この部屋に入れられた時、親衛隊員は嫌悪感を込めて、「このボリシェヴィキ野郎」と罵ったが、この呼称は、心地よい音楽として、甘美な呼びかけとしてわたしの耳に響いた。というのも、これはプラハへの切符、プラハへの帰りの切符となり、わたしがやってきたことを唯一消すことのできる修正液になるのがわかりはじめたからだ。ドイツ人女性と結婚し、ヘプでナチスの医者たちの前に立ち、ゲルマンのアーリア女性と性交できるか性器を検診されたという過去を消すものに……。時計を見ようとしたがために殴られた顔は、プラハに舞い戻るための、反ナチスの抵抗者としての証明書となるのだった。それはいつの日か調べられ、シュロウベク氏やブランデイス氏といったすべてのホテルオーナーたちに、わたしはかれらの仲間であることを示せるものなのだった。この試練さえ乗り切れば、プラハでなくても、どこかにきっと大きなホテルを購入できるはずだ。というのも、あの小さなスーツケースに入っている切手さえあれば——リーザが望んだように——ホテルを二軒ほど購入でき、さらにオーストリアかスイスに場所を選ぶこともできるはずだった。ただ、オーストリアやスイスのホテルマンたちの目にわたしは何とも映らないだろうし、そういった人たちとのあいだで過去に何かあったわけではないので、わたしはかれらに何かを証明したり、見せつけたりする必要はなく、かれらに抜きん出る必要もなかった。だが、プラハでホテルを持つことは、プラハのホテル協会に入会することを意味し、その協会の事務局長にでもなれば、誰もがわたしのことを認めなければならないだろう——好きにならないとしても、尊敬しなければならなくなるはずだ。そうでもしなければ、わたしは未来を切り開くことができないだろう……。

結局、わたしはパンクラーツに二週間いた。その後の尋問で、わたしを拘束したのは誤りであることが判明した。時計を見ようとした人間を逮捕しようとしていたのは事実だったが、必要な情報を受け取った仲介者を捕まえたということだった。ただ、それはわたしとはまったくの別人だった。わたしは、あの場所にズデニェクが立っていたのを思い出した。ズデニェクも時計を見ようとしていた。わたしの友人のズデニェクは、わたしが彼の身代わりとなったことを知っていたにちがいなかった。彼はその世界で非常に有力な人物だったからだ。獄中の人が誰もわたしを擁護してくれなかったとしても、ズデニェクは擁護してくれたはずだった。尋問が終わり、房に押し込まれる直前にまた鼻血が出た。けれどもわたしはまた笑いはじめた。鼻から血を流しながら、わたしは笑っていた……。そしてわたしは釈放され、尋問者はわたしに詫びたうえで、「帝国の国益を守るには一人の罪人が逃げてしまうよりも、九十九人の無罪の人が誤って罰を受けるほうがよいのだ」と述べた……。夕暮れ前にパンクラーツの刑務所の門の前に立っていると、わたしの後ろから同じく釈放された男がもう一人出てきた。その男は外に出た途端に倒れ込み、歩道に座り込んでしまった。紫の黄昏のなか路面電車が行き来し、歩行者はそれぞれの方向にぞろぞろと歩き、若者たちは手を組んで歩き、子どもたちは遊んでいた。まるで戦争などなく、世界には花と抱擁と愛おしい光景しかないかのようだった。暖かい夕暮れのなかで、少女たちは趣味のいい上着やスカートを身につけていた。男というものはすべてをエロティックな視点に意図的に移し替えるものだが、まさにそのような男の目のためにあるかのようなものをわたしは嬉々として眺めた……。「きれいだなぁ」と男が落ち着きを取り戻し、言葉を発した。わたしは彼に手を差し出した。「何年いたのですか?」「十年です……」男は立とうとしたがうまく立てず、わたしが支えなければならなかった。すると、「お急ぎですか?」とたずねてきたので、急いでいないと答え、入っていた理由を訊かれたので、わたしは非合法活動をしていたからだと答えた。わたしたちは路面電車のほうへ一緒に歩いた。路面電車に乗るまでの道のりも彼に手を貸さなければならなかった。路面電車の中も外も人であふれていて、帰宅途中なのか娯楽のダンスにこれから出かけるのか、そういった様子だった。そして、プラハの女の子たちはドイツ人女性よりもきれいで、センスがいいのをわたしは初めて知った。ドイツ人女性は皆制服のようなものを着ていて、彼女たちのドレス、ダーンドル、緑の衣装や狩人の帽子といったものはどこか軍隊を想起させた……。わたしは男の隣に座った。髪はグレーだったが、三十歳を超えているようには見えなかった。髪の色のわりにはまだお若いですね、とわたしは言った。そして出し抜けに「どなたを殺めたんですか?」と尋ねてみた。男は一瞬ためらい、路面電車のつり革に片手でつかまっている少女のツンとした胸を長いあいだ眺めてから、わたしに訊いた。「どうしてご存じなんですか?」と。わたしは答えた。「わたしはエチオピア皇帝に給仕したことがありますから……」十一番線の終点に着くと、あたりはもう暗くなっていて、殺人を犯した男は、母親のところに行くから一緒に来てくれないかと言った。途中で倒れてしまうかもしれないからと……。煙草を吸いながらバスを待っていると、すぐにバスがやってきて、停留所を三つほど過ぎコニチークフ・ムリーンで下車した。男は、なるべく早く着きたいのでマコトシャスィの村を越える裏道を通って行こうと言った。母親を驚かして、許しを請うのだと……。村のはずれまで、男の生まれ育った家の門の近くまでは行ってあげるよ、とわたしは告げた。そこから表通りに戻って、ヒッチハイクをして帰るからと。わたしが一緒に行ってあげたのは、同情とか愛情とかそういった類のものではなく、戦争が終わった時のために、できるだけアリバイをつくっておこうと考えたからだった。戦争は今にも終わりそうな気配だった……。そうしてわたしたちは星の煌めく夜の中を歩き、埃の舞う道を通りながら暗くなった村を抜け、カーボン紙のように青く、じめじめとした場所に着いた。細い月はオレンジ色の光を放っていた。見分けることができないほどの細い影が、わたしたちの前後あるいは横に流れる堀のほうに行ったり来たりしていた……。地面がプーと息をしたかのように盛り上がった小さな丘に出ると、男は、ここからならもう自分の家が、自分の村が見えるはずだ、と言った。だが丘の上まで行ってみても建物一つ見えなかった……。男はどうしたらいいかわからず動揺していた。「まさか、間違ったのか。あっちの丘か……」とぶつぶつ言った。百メートルほど歩くと、男だけではなく、わたしも恐怖に襲われた。男はパンクラーツの刑務所を出所した時以上に身体を震わせていた。腰を下ろし、滴が流れているかのように光を放っている額をぬぐった。「どうしたんだい？」とわたしは言った。「ここに村があったのに、すべてなくなっている。俺はどうかしてしまったのか、俺の頭がおかしくなったのか？」と男はぶつぶつ言った。「この村の名前は？」とわたしが尋ねると、男は言った。「リディツェ……」わたしは答えた。「なら、その村はもうなくなってしまったよ。ドイツ人が村を殲滅し、住民を撃ち殺し、残っていた者はすべて強制収容所送りになったんだ」男は尋ねた。「どうして？」「提督代理を殺した暗殺者がここに潜んでいた形跡があったからなんだ」男は座って、二枚のひれのように、曲げた膝の上に手を垂らした。それから立ち上がると、男は酔っ払いのように月明かりの道をふらふらと歩きはじめ、杭のようなものの前で立ち止まって膝をつき、その杭を抱きしめた。だがそれは杭ではなく、木の幹だった。幹から枝打ちされなかった枝が一本だけ突き出ていた。まるでその枝を使って首吊りの処刑をしていたかのようだった。「ここだ」男は言った。「この胡桃はうちの木だ、ここはうちの庭で、ここは、ここは……」とゆっくりと歩きはじめた。それから膝をつき、建物や農場の埃をかぶった土台を探そうと手でまさぐりはじめ、点字を読むかのように記憶を補強しながら先に進み、四つん這いになって生家の土台を探り当てると木の下に座って、「人殺しめ！」と叫んだ。立ち上がり、拳をぐっと握り、首の青い静脈が弱い月明かりのなか浮き出るのが見えた……。人殺しめ、と叫び終わると、人殺しの男は地面に座って前屈みになり、膝の下に腕を組んで揺り椅子のようにゆらゆらと揺れ動き、三日月越しに浮かび上がった枝を眺めながら、告解するように話しはじめた……。「うちの親父はいい男で、今の俺なんかよりはるかに美男子だった。俺なんか多少恰好がよくても、親父と比べれば出来の悪い息子でしかなかった。親父は女好きだったが、それにも増して女性のほうが親父のことを好きになった。親父は隣に住む女性のところにも通っていた。俺は親父を憎み、母さんは苦悩していた。俺はすべてを見ていたんだ。見えるかい？　あそこにある枝につかまって勢いをつけて、うまく柵の向こう側に着地するんだよ。きれいな隣人のいるところにね。ある時、親父を待ちかまえていると、親父が柵を乗り越えてやってきて喧嘩になってしまい、俺は親父を斧で殺してしまった。殺すつもりはなかったんだ。俺は母さんのことが好きで、母さんが苦しんでいたから……。でも今残っているのは胡桃の木の幹だけになってしまった……。母さんは、もう死んでしまっているはずだ……」そこで、わたしはこう言った。「収容所にいるかもしれないじゃないか、そうだったら、じきに戻ってくるはず……」すると人殺しは立ち上がり、「一緒に行ってくれるかい？」と訊いてきた。「一緒に行くって……」わたしは答えた。「もちろん……。わたしはドイツ語ができるから……」そしてわたしたちはクラドノに出かけ、真夜中前にはクロチェフラヴィに着き、ドイツ人の歩哨（ほしょう）にゲシュタポの建物の場所を訊くと、道順を教えてくれた。そしてわたしたちはゲシュタポの建物の門前に立った。建物の二階はにぎやかな様子で、がやがやいう声やグラスのぶつかる音や女性のよく通る笑い声が聞こえた……。歩哨が交替を終えた真夜中過ぎ、一時のことだった。所長と話がしたいと当直の人に伝えると、男は「何だと？」と声を張り上げ、明朝に出直してくるように言った。すると扉が開き、制服を着た親衛隊員が上機嫌で次々と現れ、何かのお祝い、パーティ、あるいは聖名祝日か、誕生日のお祝いでもあったかのように、陽気そうに別れの言葉を告げた。その光景は、ホテル・パリで、お開きの時間、閉店時間となり、上機嫌のお客たちが去っていく様子を思い起こさせた……。階段の最上段のところに軍人が一人立っていて、ロウソクに火が点った燭台を手にしていた。酔っ払って制服をはだけ、髪の毛が額にかかり、別れ際にその燭台を高く持ち上げている。わたしたちが目に入ると、敷居のところまで下りてきて、恭しく敬礼した当直の士官に向かって、こいつらは誰かとたずねた。所長殿と話がしたいとのことであります、と当直の士官は告げた……。人殺しの男は話しはじめ、わたしは訳した……。自分は刑務所に十年間いて、いまようやくリディツェの実家に戻ってみたが、家もなくなり、母親もいないので、せめて母親の所在を知りたいと。所長は笑みを浮かべ、その手にある傾いた燭台からは溶けたロウが床に涙のように落ちていた……。所長は上にあがっていった。「ハルト」と声を張り上げると、歩哨が扉を開ける。所長は階段を下りてきて、どうして十年間も刑務所にいたのか、と尋ねてきた。自分の父を殺したからです、と人殺しは言った……。あいかわらずロウがぽたぽたと垂れている燭台を人殺しの顔に近づけた所長は一瞬しらふに戻ったのか、父親を殺した男が自分の母親の所在を尋ねに来るように運命が仕組んだのを喜んでいるようだった。命令であれ、自分が熟慮した結果であれ、自分自身が人殺しとなった状況があったからだ……。そして、皇帝に給仕し、これまでに信じられないことが現実となる様子の証人となってきたわたしは、またも信じられないことが現実となるところを目の当たりにすることとなるのだった。鮮やかな勲章を胸の前でチャラチャラと鳴らしながら帝国の大量殺人者が階段を上り、その後ろを、ありふれた人殺し、父親殺しが歩いていくのを。わたしはその場を去ろうとしたが、当直の士官がわたしの肩をぐいっとつかみ、階段のほうを指差し、残酷にもわたしの身体を階段へ向かわせた……。そして、わたしたちは、宴会の残り物でいっぱいの大きなテーブルの端に座った。それは、結婚式か、昇進を祝う大きなパーティが終わった後のテーブルのようなあり様だった。ケーキの残り、飲みかけのボトルや空っぽのボトル。テーブルの中央に酔っ払った所長が腰かけ、十年前に胡桃の木の周りで起こったことをもう一度たずね、わたしが通訳することになった。所長が一番喜んでいたのは、囚人がリディツェで起きていたことをまったく知らずにいるほど、パンクラーツの刑務所が完璧に情報を遮断していたことだった……。そしてその晩また、さらに信じられないことが現実となったのだ。顔を殴られて、まだすこししか回復していない素振りを見せながら通訳をしていたので、わたしの素性は気づかれることはなかったが、ゲシュタポの所長がわたしの結婚式に参列した人物であることに気づいたのだ。わたしが乾杯しようとして近づいたにもかかわらず、挨拶どころか、手を差し出そうともしなかった軍人だった。あの時、わたしはグラスを持ち上げ、磨いた靴の踵(かかと)を揃え、グラスを持った手を伸ばして自分の幸せを祝ってもらおうとしたが、乾杯を求められることはなかった。わたしはとてつもなく恥ずかしかった。その恥辱に耐えられず、毛の先までわたしは紅くなってしまった。ホテル王のシュロウベク氏や英国王に給仕したスクシヴァーネク給仕長がわたしの乾杯を拒絶した時と同じように……。だが、今、運命は別のものをわたしに差し出している。グラスによる友好の申し出を断った男を……。その男は今、わたしの前に座り、大威張りで立ち上がり、記録係長を起こすのだった。それからわたしたちも一緒になって記録簿を抜き出し、宴会のテーブルの上で、ソースやリキュールでページを汚しながらめくっていった。該当箇所に行きつくと、所長は母の身に起きたことを人殺しに告げた。人殺しの母は強制収容所にいて、現在のところ、彼女の氏名には死亡の日付、それから死亡を意味する×印もないと……。

翌日になってホムトフに戻ってみると、わたしは解雇されていた。すでにどこかでわたしが逮捕されたという知らせを聞いたのか、あるいはその疑いがあるだけで、わたしに荷物をまとめさせるには十分な理由だった。わたしは手紙を見つけ、そこにはリーザがジークフリートのいるヘプの父のところ、「アムステルダムの町」に行っているので来てほしい、あの小さなスーツケースは持参している、と書かれていた。わたしはヘプまで車で行ったのだが、そこで足止めを喰った。ヘプとアシュで空襲警報が発令され、兵士たちと防空壕の中で横になって、鈍い爆発音を耳にすることとなった。徐々に近づいてきた爆発音は機械のリズミカルな作業音のようだったので、息子が姿を見せたかのようだった。八インチの長さの釘を五キロ分買い与えていたので、息子が今日はもちろん毎日、床を這いながらリズミカルに規則的に金槌の力強い一撃で床に釘を叩きつけている様子が目に浮かんだ。ラディッシュやほうれん草を何列にも植えているかのように興奮しながら……。空襲が終わると軍用車に乗り込み、ヘプに近づいたところで、町から歌を歌いながら歩いてくる年老いたドイツ人たちを見た。陽気な歌だったが、自分が目にしたことがショックで頭がおかしくなったか、どうかしていたのだろう。もしくは、不幸に際して、陽気な歌を歌うのはかれらの習慣だったのかもしれない。埃と黄金色の煙のなかを進むと、堀には死者が横たわっていたり、通りには燃えている家もあった。救急隊は半分倒壊している建物の瓦礫の中で救出作業をしようとしていて、看護婦たちは膝をついてけが人の頭や腕に包帯を巻いていた。呻(うめ)き声や嘆き声が四方から聞こえ、わたしはかつてこの通りを馬車や車に乗って結婚式に向かったことを、あの時は人々がフランスやポーランドに勝利をおさめて陶酔していたことを思い出した。赤い鉤十字の旗が炎に包まれ、炎が旗を味わっているかのようにぱちぱちと音を立てながら燃えていた。炎はまるで赤いスカートがめくれるように弧を描き、その後ろを、竜の落とし子の尾のように黒煙がつきまとっていた……。わたしは、炎に包まれ、崩れかかっているホテル「アムステルダムの町」の壁の前に立った……。軽い風が吹き、煙と埃でベージュ色になった雲が流れていた。最上階で息子が座ったまま、釘を手にしながら力強く床に打ち付けているのが目に入った。遠くからでも、あの屈強な右腕が見えた。息子には強い手首とテニスにふさわしい肘と、そして一撃で見事に床に釘を叩きつける、あのぴくぴく動いている上腕二頭筋しかなかった。まるで爆弾など落ちておらず、世界で何も起きていないかのようだった……。翌日、人々が戻ってきて、防空壕から次々と姿を現したが、リーザが、わたしの妻が姿を見せることはなかった。中庭かどこかに残っていたはずだと言う人がいた。磨耗した小さなスーツケースのことを尋ねると、リーザがいつも抱えていたと……。わたしはつるはしを手にして、一日かけて、中庭を探し回った。翌日、息子に五キロ分の釘を渡すと、息子は喜んで床に打ち付けた。わたしは妻を、息子の母を探し続け、三日目にようやく彼女の靴を見つけることができた。ジークフリートは釘がなくなったと声を張り上げて泣いていたが、釘を渡す者が誰もいなかったので、すでに打った釘の頭をまた叩いていた。わたしは瓦礫と廃墟の中からすこしずつリーザを取り出そうとした。彼女の身体を半分ほど出したところで、スーツケースを守ろうとして身体を丸めているのが見えた。わたしはまずスーツケースを注意深く隠してから、全身を掘り出した。だが頭はなかった。爆風が彼女の頭をもち去って行ってしまったのかもしれないが、わたしはそれから二日探し続けた。息子はあいかわらず金槌を叩き、釘の頭を地面に、そしてわたしの頭に打ち付けていた。四日目にわたしはスーツケースを手にし、誰にも別れを告げることなくその場を去った。背後では、金槌と釘の音が弱く響いていた。その後の生涯を通して、その音がわたしから離れることはなかった。その晩、わたしの息子ジークフリートのために、精神障害児協会の人が来ることになっていた。わたしはリーザを共同墓地に埋葬した。頭もあるように見せかけて埋葬したが、スカーフを首元に巻きつけていただけだった。誰かが変な好奇心を抱かないようにと。中庭をすべてわたしは掘り起こしたが、頭は見つからなかった。

満足してくれたかい？　今日はこのあたりでおしまいだよ。

どうやってわたしは百万長者になったか

これからする話を聞いてほしいんだ。

貴重な切手の入ったあの小さなスーツケースは、わたしに幸運をもたらしてくれた。すぐにというわけではなく、すこし時間が経ってからのことだったが。多くの人を殺したゲシュタポの所長の居場所を教えたにもかかわらず、戦後、わたしは「小布告」*の処罰対象となった。所長は逃亡してチロルのどこかに潜んでいた。ヘプの義父から所長の居場所を教えてもらい、それをズデニェクに伝えると、ズデニェクはアメリカ軍の許可を得て、二人の兵士とともに車でその男のもとへ向かい、チロル風のズボンと服を着て、

＊一九四五年十月二十七日にベネシュ大統領によって署名された布告で、戦時協力者の処罰を定めている。

ひげをぼうぼうに伸ばして牧場で草を刈っていたその男を捕まえたのだった。仮にわたしがその男を捕まえたとしても、プラハのソコルの連中はわたしを刑務所に入れただろう。ドイツ人女性と結婚したからではなく、数千人のチェコの愛国者が処刑されている時に、ナチス・ドイツの純血と名誉を守る機関の前に立ち、ソコルの会員であったにもかかわらず、自分がゲルマン・アーリア女性と性交する能力があるかどうかの診察を受けていたからだ。その結果、わたしは「小布告」にもとづき、半年の刑を受けた……。だがその後、切手を売って住居の床十軒分に敷き詰められるだけの金額を手にした。四十軒分の床を覆えるだけの金額を手にしたところで、わたしはプラハ郊外に四十部屋あるホテルを購入した。そのホテルに初めて泊まった夜、最上階の屋根裏部屋で誰かが大工用の斧で床に釘を強く打ち付けている音が一分ごとに聞こえてきた。それから毎日のように、一つ目の部屋だけでなく、二つ目の部屋でも、三つ目の部屋でも、十番目の部屋でも音がするようになり、しまいには四十の部屋で同時に、いたるところで音がし、床のいたるところにわたしの息子が四つん這いになっているのだった。四十人の息子が。全員が床に釘を、一部屋ごとに、毎日一番目から四十番目の部屋で同時に力強く打ち付けていた……。四十日目には、釘を打つ音でわたしの耳が聞こえなくなったので、金槌(かなづち)を打つ音が聞こえる者はいないかとたずねたところ、誰も耳にしている者はおらず、聞こえているのはわたし一人だけだった。そこでわたしはホテルを替えることにし、今度はわざと三十部屋しかないホテルを購入した。けれども、一軒目のホテルとまったく同じようなことが起こってしまい、この切手がもたらすお金は呪われたもの、誰かに暴力をふるって奪ったもの、場合によっては誰かを殺して奪ったものだと確信した。もしかしたら、奇跡をもたらすラビの切手だったかもしれない。釘が床に打ち付けられていくのは、わたしの頭に打ち付けられているかのようであり、打つ音がするたびにわたしは自分の頭に釘が打ち込まれるように感じた。叩かれるたびに、釘がわたしの頭蓋骨に入り込んでいくようだった。二発目で頭蓋骨の半分まで入り、それから釘が全部中に入り、しまいには唾を飲み込むことすらできなくなった。というのも、大工用の長い釘がわたしの喉の奥まで入り込んでしまったからだ……。けれどもわたしは錯乱することはなかった。ホテルを所有し、すべてのホテルオーナーたちと対等になるというはっきりとした目的があったからで、そこから一歩も引きたくなかったし、引き返すことはできなかった。いつの日か、ブランデイス氏と並ぶところまでこぎつけようとした。ブランデイス氏が所有していたような黄金のフォークやナイフを四百組所有するのはむずかしくても、せめて百組ぐらいは所有し、多くの著名な外国人がわたしのホテルに宿泊するようになり、成功を収めることを思い描きながら、これまで生きてきたからだ……。そこでわたしは、ほかのホテルとはまったく異なる独自のホテルを建てはじめた。プラハ近郊に廃墟となった大きな石切場を購入し、そこにホテル・チホタにあったようなすべての施設を、補充したり改良したりしてつくることにした。ホテルの基礎となるのは、床が粘土質で、煙突が二本ある巨大な鍛冶場で、四つの鉄床はそのままにして、ありとあらゆる種類の金槌ややっとこを黒い壁に吊るしたままにしておいた。それから革製の肘掛椅子やテーブルを購入したが、これらはすべて狂気じみた建築家の発案で、彼がずっと夢見ていたことをわたしのために実現してくれたのだった。その建築家はわたしと同じくらい入れ込んでいた。この鍛冶場が改装された当日、煙突や鍛冶の溶鉱炉がある建物の中にわたしは泊まってみることにした。溶鉱炉に焼き網をおいて、お客の前でシャシリクやグリル焼きをするのだ。そこに初めて泊まった夜、わたしはあの釘を叩く音を耳にしたけれどもその音はあまりにも弱々しく、バターに打ち付けているかのように釘は粘土質の床にはゆっくりとしか入らず、わたしの頭にも弱まった音しか届かなくなった。わたしはますますやる気を出して、強制収容所に似た長い建物を小さな個室からなる宴会場に改築することにした。以前、ここには労働者たちの更衣室と共同寝室があったが、それらを三十部屋の客室に作りかえ、床は試しにイタリアやスペインといった暑い気候のところにありそうな、粗めのタイル張りにした。一日目、わたしが耳を傾けると、釘がわたしの頭上を火花を散らしながら滑っていくのを耳にするばかりで、それほどこのタイルは頑丈だった。そしてあの釘を打つ音は完全に静まってしまった。わたしは健康を取り戻し、以前と同様に眠れるようになった。工事は迅速に進められ、二か月後にはホテルのオープンにこぎつけ、わたしはこのホテルを「石切場」と名付けることにした。というのも、わたしの中で何かが砕かれて粉々になり、どこかに行ってしまったからだ。このホテルは文字通りの一流ホテルで、宿泊は予約をしたお客のみ。ホテルは森の中にあり、客室は石切場の一番下にある青々とした池の周りに半円形に設けられていた。上方四十メートルの高さにまでそびえる花崗岩（かこうがん）の岩には、登山家たちに高山植物や同様の環境で育つ灌木（かんぼく）を植えてもらうことにした。池の上には鉄線を吊るし、片方は絶壁に固定していたので、鉄線は垂れ下がっていた。毎晩、催し物を行なうことにし、鉄の車輪を使う軽業（かるわざ）師を雇った。車輪の下にはグリップがついていた。軽業師は断崖の頂上で来るべき瞬間を待ちかまえ、その時が訪れると、地面を蹴って頂上から急降下し、リンのコスチュームが水面にきらりと反射した瞬間に車輪をパッと手放す。一瞬宙にとまったかと思うと、えび反りをしてから体勢を立て直し、手をまっすぐに伸ばしたまま池の底深くまで潜っていく。そのあとぴたっとしたリンのコスチュームを着たまま、ゆっくりと岸に泳いでいくのだった。岸にはテーブルや椅子が置いてあり、そのすべてが白で統一されていた。わたしはありとあらゆるものを白く塗るよう指示を出し――これは、もともとバランドフ（プラハ南部の地区。同名の映画スタジオがある）のテラス・レストランにあったような色だった――今やこの白色はわたしの色となった。今ではわたしは誰とでも肩を並べることができた。だが本当のことを打ち明けると……この車輪は給仕見習いのアイデアで、この見習いがある昼下がりに断崖の上に立ち、そこでこの車輪を握りながら下に行こうとし、途中で車輪を放すと、お客が皆驚愕して叫び声を上げ、立ち上がったり、椅子をひっくり返したりした――その椅子はすべてルートヴィヒ様式だった――、給仕見習いは身体をまっすぐにし、それから空中で宙返りをして、燕尾服を着たまま頭を水面に入れた。あたかも池が給仕見習いを呑み込むかのように……。これを見た瞬間、これは毎日上演しなければならない、夜にキラキラ光るコスチュームを着て演じなければならないと思ったのだ。万が一にも損はしないだろうと。というのも、これと同じものはプラハにないばかりか、チェコ全国、おそらく中欧のどこにもないだろうから。そして世界のどこを探してもないだろう。ある時、スタインベックという作家が訪れて、宿泊したことがあった。船長か、辻強盗のような身なりをしていた作家はここが気に入った様子だった。レストランに変貌した鍛冶場や、それから炎、お客の目の前で調理する料理人たちのことが。シャシリクやグリル料理の準備が終わると、お客はその様子を眺めていたためすっかりお腹を減らし、食欲を抑え切れない様子で、まるで子どものようだった。でもその作家の一番のお気に入りは、工事現場の構造が丸見えになっている埃だらけの、水車のような花崗岩の粉砕機だった。その機械は水車の展示場のように、あるいはモーターが見えるよう断面が切断されている車の展示場のように、内部がすべて丸見えだった。作家は石切場の前の平地に置かれたこの機械に魅了されたようだった。そこからは周りの景色も見え、石切機や旋盤といった機械が放置されていたが、それらは何十体もの彫像が立っているかのようで、突飛な彫刻家たちが造り出した作品のようでもあった。このスタインベックという作家は、白いテーブルと白い半透明の肘掛椅子とチェアをここに置かせて、毎日、コニャックを、午後に一本、夜にまた一本飲んでいた。水車を下に見晴るかし、これらの機械に囲まれて景色を眺めていた。ヴェルケー・ポポヴィツェ（プラハ近郊の町）

のどんよりとした風景だったが、その作家がいることで、この景色は急に美しいものとなり、これらの機械も芸術作品のように思われるのだった。この作家がわたしに言うには「こんな光景は見たことがないし、こんなホテルにはまだ一度も泊まったことがない。アメリカでこんなホテルを持てるのは、ゲイリー・クーパーとか、スペンサー・トレイシーといった一流の俳優ぐらいだろう。作家で買えるのはヘミングウェイぐらいじゃないか。で、いくらで売ってくれるかい？」わたしは答えた。「二百万……」するとその作家は机の上で計算をはじめ、それから近くに来るようにとわたしに言うと、小切手帳を取り出して「買った」と言って、五万ドルの小切手に署名した。わたしが提示された金額に首を振るたびに、作家は六万、七万、八万ドルと金額を上乗せしていった……。けれどもわたしは、このホテルは百万ドルでも売ることはできないのをわかっていたし、そのことを承知していた。というのも、このホテル「石切場」は、わたしが手にした力の頂点であり、わたしがこれまでしてきた努力の頂点にほかならず、今や、自分が高名なホテルオーナーたちのなかでも一番のホテルオーナーになったことを示すものだったからだ。ブランデイス氏やシュロウベク氏が所有している類のホテルはこの世に何百も、何千もあるけれども、わたしが所有しているホテルはほかに例を見ないものだったからだ……。

そしてある時、こんな出来事があった。ブランデイス氏やシュロウベク氏も含め、プラハの有数のホテルオーナーたちが車で訪問し、わたしのホテルで夕食をとることになった。給仕長、給仕たちは細心の注意を払い、できうるかぎりの趣向を凝らしてテーブルを準備した。特別に十台のライムライトを使って断崖の下から照明をあてさせ、ライムライトはツツジの下に隠すものの、断崖の全面に照明があたるように縁の鋭い部分と幻想的な陰影、花、茂みが際立つように工夫を凝らした。そして、もしホテルオーナーたちに和解しようという気があるのならば、わたしを自分たちの仲間に受け入れようとするならば、ホテル協会への入会を勧めてくるならば、かれら同様、わたしもすべてを忘れようと心に誓っていた。けれども、かれらはわたしと一度も会ったことがないという素振りを見せただけでなく、わがホテルの美しいものすべてに背を向けた。わたしはできる限りの振る舞いをしながら、自分が勝者と感じていた。というのも、かれらがわたしのホテルの唯一無比の独自な特徴に背を向けているのは、わたしがいまやかれらよりも上に位置しているのをかれら自身が知り、理解したにちがいないからだった。わたしのホテルにはスタインベックが泊まっただけでなく、モーリス・シュヴァリエ（フランス生まれの俳優、歌手）も滞在していた。シュヴァリエを一目見ようと数多くの女性が来訪し、ホテルの周りにたむろしていたのだが、シュヴァリエが朝方にパジャマ姿で彼女たちを受け入れるとファンが殺到し、歌手の衣服を脱がしたり、せめて記念にパジャマのかけらを持って帰ろうとパジャマを引き千切ったりするのだった。一歩間違えば、シュヴァリエの身体も引き千切られ肉のかけらも奪い取られてしまったかもしれなかった。女性たちは自分の好みや性格にあわせて、この高名な歌手のありとあらゆるものを手にしただろう。

まずは心臓を、それから性器を……。シュヴァリエは多くの記者たちを引きつけ、わたしのホテル「石切場」の写真がチェコだけではなく、外国の新聞にも掲載され、「フランクフルター・アルゲマイネ・ツァイトゥング」「チューリヒャー・ツァイトゥング」「ディ・ツァイト」にニュースが掲載された。そして「ヘラルド・トリビューン」にはシュヴァリエの周りを熱狂した女性たちが取り囲んでいるわがホテルの様子が掲載された。写真の中央には、機械の彫像が立ち並ぶ様子が映し出され、その機械を白いテーブルや椅子が取り囲んでいた。椅子の背もたれには葡萄の蔓が巻きついているような装飾が施されていたが、それは鍛冶職人が鉄のプレートから巧みに作り上げたものだった。そう、ホテルオーナーたちがこのホテルを訪れたのは、わたしと和解するためなどではなく様子を見るためで、実際想像していたものよりもはるかに強烈で美しいものを目にすることとなったのだ。しかもかれらにしてみれば取るに足らない額でわたしがこの石切場を購入したのを知り、わたしに嫉妬を抱いていた。というのも、わたしは石切場を購入した時の状態のまま、中にホテルを建てたからだ。何かを理解した者であれば、わたしを芸術家として認めるはずだったから……。これはわたしの頂点だった。無駄な人生を過ごさなかったわたしは、このホテルのおかげで一人前の人間となったのだ。そしてわたし自身、自分のホテルを芸術作品のように眺めるようになった。作品として。ほかの人たちがそのような見方をするという理由だけで……。ほかの人たちはわたしの瞳を開いてくれたのだ。わたしも後になってから、本当にだいぶ経ってから、この機械はわたしが絶対手放してはならない美しい彫像なのだと理解するようになった。そればかりか、「石切場」にあるわたしのオブジェは、旅行家のホルプやナープルステクが収集したものに似ていると思うようになり、いつの日かここにある機械という機械に、石という石にラベルが貼られ、歴史的に価値のあるものとみなされる時が来るのではと思うようになった……。それにもかかわらず、わたしはホテルオーナーたちから見下されているように感じていた。わたしはけっしてかれらのなかには入り込めず、貴族の出自という点からも対等にはなれない、と。実際には、わたしのほうがかれらよりも上にいたけれども。夜になるとしばしば、オーストリアの時代が過ぎ去ってしまったことを残念に思った。軍事演習でもあれば、皇帝陛下は難しいにしても、皇太子であればわがホテルに宿泊なさっただろう。そしてわたしが皇太子に給仕をし、ありとあらゆる料理や環境を調えれば、わたしに貴族の階級を、高位でないにしても男爵くらい授けて、取り立ててくれたかもしれなかったからだ……。それでもなおわたしの夢想は続いた。猛暑になり、畑がすべて干上がり、地面に亀裂が走り、子どもたちが裂け目に手紙を投げ込むようになる様子を思い浮かべてみた。それから冬の様子も。雪が降り、すべてが凍りつくと、池の表面をきれいに磨きあげ、池の上に小さなテーブルを二つ並べ、その上に古い蓄音器を置く。一つは青色の拡声器、もう一つはピンクの拡声器で、大きな花のようだ。古いレコードを買い、そこでは古いワルツやお決まりの間奏曲ばかりをかけ、鍛冶場では炎を燃やし、岸辺の鉄のカゴで薪が燃やされ、お客はスケートを楽しむ。わたしはさらに古い靴紐のあるスケート靴を買うか作らせて、紳士たちの曲げた膝の上に婦人に足を置いてもらって、紳士たちは婦人のスケート靴の紐を結び、それから一緒に熱々のパンチを飲む……、こういった夢を見ていた。一方、新聞や政党は誰がこの旱魃のつけを払うのかで言い争いをしていた。この旱魃のせいで、わたしは「石切場」での冬のお祭りを夢見ていたのだ。議会でも議員や政府関係者がこの旱魃のつけを誰が支払うかでもめていたのだが、お金を出すのは百万長者だという点で一致を見ていた。わたしはこの決定を満足して受け入れた。というのも、わたしも百万長者だったからで、シュロウベク氏、ブランデイス氏やほかの人たちと並び、わたしの名前が新聞に掲載されるのではないかと期待したからだ。わたしに幸運をもたらした星が旱魃を引き起こし、ある人にとっての不幸はわたしの幸せとなった。ずっと夢見ていた場所に自分が送り込まれ、大公が貴族の位を授けてくれたかのように、給仕見習いの時とまったく身長が変わらず、小さいままのわたしが偉大な人物となり、百万長者になったからだ……。けれども数か月が過ぎても、わたしのところには誰からも知らせが届かず、わたしに百万長者としての分担金を求める者は誰もいなかった。すでにわたしは二台の蓄音器を購入し、そのうえ非常に美しいオーケストリオンを運び込んでいた。このオーケストリオンだけでなく、大きな揺り木馬、鹿、レイヨウを乗せた古いメリーゴーラウンドも買い、そのメリーゴーラウンドを解体し、池の周りの縁石に元通りスプリングをつけた馬や鹿を置いた。どのお客も連れと一緒に、二人が向き合えるフランスの椅子のようなデッキチェアに座ることができた。それは小さなソファのようなもので、女性と一緒に座って会話を楽しめるものだった。また二頭の鹿と二頭の馬とを並べ優雅なドライブを演出したところ、人気を博し、婦人と一緒に馬や鹿に座るお客でいっぱいになった。オーケストリオンから流れる音楽をバックに、お客はきれいな馬具を身につけ、美しい瞳をした木製の動物に乗って揺られるのだった。これはもともと、射撃場や移動遊園地の裕福なオーナーが所有していたドイツ製のメリーゴーラウンドだった……。

突然、ズデニェクがわたしのところに様子を見にやってきた。ズデニェクは市の、いや、もしかしたら地域の有力者となっており、すっかり変わっていた。それ以前の面影はまったくなく、馬に揺られながら、周りを眺めていた。わたしが隣の馬に座ると、静かな声でわたしに話しかけ、それから折り畳んだ証拠書類を取り出して、わたしが止めるよりも早く、その書類をゆっくり引き裂いてしまった。その書類には、わたしが百万長者であるため、百万の分担金を支払わなければならないと記されていた。ズデニェクは馬から飛び降りて、炎の中に、わたしにしてみれば美しい任命状のようなその紙を投げ入れたかと思うと、わたしのほうに悲しげな笑みを浮かべ、ミネラルウォーターの残りを飲み干した。強い蒸留酒ばかりを口にしていたあの男が。そして悲しげな笑みを浮かべながら、わたしのもとから去っていった。黒い大型車がズデニェクを待っていて、彼が本来いるべき場所にふたたび連れていくのだった。彼が関与し、可能性を信じ、捕らえられた政治の世界に。手持ちの金をすべて使い果たした彼の気前の良さ、あるいはお金に火をつけたので熱くて持っていられないというかのように、お金を本来の持ち主だと思われる人々に返していった、あの慈悲深い行為に取ってかわるくらいなのだから、その政治というのはおそらく美しいにちがいなかった……。そしてわたしが夢見た通りに、物事が回りはじめた。「石切場」で人々をあっと言わせるような催し物を午後にも夜にも行ない、鍛冶場でも凍てつく湖でも、蓄音器、スケート、炎を用意した。いらっしゃったお客は悲しそうであるか、あるいは極端に陽気だったりした。わたしが気づいた限りではその明るさは意図的なもので、恋人や妻と一緒にいるのは「小籠（コシーチエク）」が最後となり、「小籠」から前線へ直接向かうことになるのを知っていて、楽しもうとしていたドイツ人の明るさと同質のものだった……。ここでも同じように、お客はわたしに別れを告げ、握手を交わし、車から手を振った。ここを訪れるのはこれが最後で、もう二度と来ることはないだろうと言っているかのように。たとえまた来訪することがあったとしても、まったく同じ様子で、憂鬱そうで悲しげだった。

外の様子はここにはあまり伝わってこなかったが、政治の世界ではすべてがひっくり返っていた。二月事件*があったからだ。客人たちは皆、これで自分たちは終わりになり、できるかぎりの金は使い果たしたものの、喜びと屈託のない楽しさは失われてしまったのを知った。わたしは朝銀行に預けに行く前に毎晩、部屋の鍵をかけ、カーテンを閉め、

＊一九四八年二月、チェコスロヴァキアの共産党が実質的な一党独裁体制を樹立する契機となった事件。二月クーデタとも呼ばれる。

ソリテールでカードを置くように、その日の売上げから百コルナ札を並べていたのだが、かれらの悲しみも引き受けて、こういうこともやめてしまった。銀行には積もりに積もって百万コルナを預けていたのだが、ついにあの日がやってくることとなった……。春になり、わたしの客人たちは戻ってきた。けれども、常連客の何人かはまったく姿を見せなくなってしまった。命を落としたり、幽閉されたり、逮捕されたりしてしまい、なかには国境を越えて逃げていった人たちがいるのも知った……。そしてまったく別の客人が訪れるようになり、売上げはそれ以前よりも増えたものの、それまで毎週のようにわたしのホテルに滞在していた人々はいったいどうしてしまったのだろうかと考えるようになった。常連客のうち二人だけが訪れ、わたしに告げた。自分たちは百万長者だが、明日の準備をしなくてはならない。頑丈な靴と毛布、予備の靴下、食事を持参して、集団収容所に連行されることになるだろう、と。というのも、かれらは百万長者だったからだ……。わたしも百万長者ですよ、と嬉々として預金通帳を持ってきて、二人の客に見せた。一人は体操器具の工場のオーナーで、もう一人は義歯工場を所有していたと、その時初めて教えてくれた。わたしはかれらに預金通帳を見せると、すぐに出かけて、ナップザック、頑丈な編み上げブーツ、予備の靴下、缶詰を取り出して、わたしのところに誰かがやってきてもいいように準備をした。義歯工場の工場長いわく、プラハのホテルオーナーたちも全員、召喚状を受け取ったという。朝方、この二人の客人は涙を流しながら去っていった。国境を越えるだけの勇気は持ち合わせておらず、もうリスクは冒したくなかったのだ。そしてわたしにこう告げた。いずれにしろアメリカや国連は、事態をこのまま放置しておくことはないから、百万長者はいずれお金をすべて取り戻し、自分たちの村や家族のもとに帰ることになるのだと……。それからわたしは一日待ち、二日待ち、そして一週間が過ぎた。そうこうしているうちに、百万長者は全員、集団収容所に収監されたという知らせがプラハから届いた。その収容所とは、スヴァティー・ヤン・ポト・スカロウ（プラハの南西約二十キロに位置する町。「岩下の聖ヨハネ」の意）にあるカトリックの神学校のことで、巨大な修道院と未来の神父たちの寄宿舎があったのだが、神父たちはすでに皆追放されていた……。わたしは決意を固めることにした。ちょうどその日に地区の担当者がわたしのもとを訪れ、国民委員会は「石切場」を閉鎖することとし、暫定的にわたしがこの建物の管理人となるが、すべての財産権は人民に帰するという知らせを恭しく告げた……。けれども、わたしは怒り心頭に発した。大体の事情を呑み込んだからだ。これはまたズデニェクが仕組んだものだと。わたしは地方支部に出かけ、ズデニェクのいる事務室へ行ったが、彼は何も言わず、ただ悲しげに笑みを浮かべていた。あの時と同じように机から書類を取り出してわたしの前で破ると、こう言った。わたしの一存で君の召喚状を破り捨てるのは、君が代わりに時計を見てくれたことへの代償なんだよと。わたしは彼に言った。「こんなことは君に期待していないよ。僕は、君のことを友人だと思っていたけれども、僕は君とは正反対の人間なんだ。これまでの人生で夢として努力してきたのは、自分のホテルを所有し、百万長者になることだけだったからね……」わたしはその場を去り、夜に、光が煌々と照らされている神学校の門の前に立っていた。門の前には、軍用銃を持った民兵が立っていたので、わたしは自分が「石切場」のオーナーで、百万長者であり、重要な事柄について上官と話がしたいと民兵に告げた……。民兵は受話器を取り上げ、しばらくしてからわたしを門の中へ、それから事務所の中に入れてくれた。中には銃を持っていない民兵が座っていて、民兵の前には様々な記録や書類、それからビール瓶が置かれていて、たえずビールに口をつけていた。ビールを飲み干すと机の下をまさぐって、下のほうからもう一本瓶を取り出して栓を抜き、ずっと喉が渇いていてこれが最初の一本であるかのようにまた飲みはじめるのだった……。わたしは、そのリストに百万長者が一人抜けていないかとたずねた。自分は召喚状を受け取らなかったけれども、百万長者である、と……。すると書類を見はじめ、鉛筆を手にしながら名前を一つずつ見ていった。けれども、「あなたは百万長者じゃありません、お帰りください」とわたしに告げた。それは間違いです、わたしは百万長者なんですから、と言い返した。だがわたしの肩を摑んで、門のほうまで送り返し、わたしを突き出して、「名簿に載っていないのだから、あなたは百万長者じゃありませんよ」と大声を上げた。わたしはそこで預金通帳を取り出し、残高に「百万千コルナ十ハレーシュ」と記載されているのを彼に見せた。わたしは勝ち誇ったように「これでどうですか？」と言った。男は預金通帳をじっと覗きこんだ……。ここから追い出さないでください、とわたしは懇願した。するとわたしを気の毒に思ったのか、寄宿舎の中へ連れて行き、「あなたはもう拘束されています」と告げ、わたしに関するデータや必要な情報を聞き取りはじめた……。

神学を学ぶ者のための寄宿舎は、本物の牢獄、兵舎、貧しい学生が住む学生寮のようだった。ただ、牢獄と違うのは廊下の曲がり角や、窓と窓のあいだのいたるところに、十字架像や聖人の生涯の一シーンを描いたものが置かれていたことだった。絵のほとんどに拷問の様子が描かれていたが、画家が細部にいたるまで丁寧に描いた絵の前で、四百人もの百万長者が四人あるいは六人ずつ神学校の寄宿舎の部屋に住むことになるというのは冗談そのものだった。そもそも、戦後間もなく「小布告」を受けて半年間牢獄で過ごした時のように、ここでも恐怖と怒りが渦巻いていると思っていたのだが、この聖ヨハネの神学校では正反対で、グロテスクそのものだった。大食堂では裁判所のようなものがしつらえられ、軍用銃と赤い肩章を身につけた民兵たちが姿を見せた。制服はきちんと採寸されていなかったのか、紐がたえずずり落ちていた。わざとなのか、小柄な人は大きな服を、大柄な人は小さい服を着ていて、ボタンを外して歩いていた。わたしたちの裁判では、貯金が百万あるごとに一年の刑を受け、わたしは全財産を合わせると二百万所有していたので二年の刑を受け、体操器具工場のオーナーは四百万所有していたので四年の刑を受け、最も刑が重かったのはホテル王のシュロウベク氏で、一千万コルナ所有していたため十年の刑を受けた。けれども最大の問題は、民兵たちが刑の年数や個人の情報をどの欄に記録すべきかわからずにいたことだ。それと同じようにひどい手間がかかったのは、夜、わたしたちを点呼する時だった。というのも、毎晩、人数が合わなかったからだ。わたしたちの誰かが、隣の村まで缶をもってビールをもらいに出かけていたうえに、わたしたちの見張りたちは四六時中飲んでいたため、わたしたちの数をきちんと数えることができる状態ではなかった。昼過ぎに数えはじめていたというのに。そこで、かれらは十人ずつまとめて数えるようになった。見張りの一人がパンと手を叩くと、もう一人の見張りが小石を置き、最後まで置き終えると石を数え、石の数を十倍にし、残りの十に足りなかった数を足す。けれども、わたしたちが全員揃っているにもかかわらず、数が多かったり、すくなかったりした。何度かやっているうちに、拘留されている百万長者の合計がようやく揃って記録が取られると、皆、フーと息をつく。だがその瞬間、ビールの缶とケースを持った四人の百万長者が姿を現すのだ。けれどもまた数え間違いを認めないですむように、かれらは新入りとして扱われ、四人の百万長者たちには所有していた金額百万ごとにまた新たに年数が言い渡された。この寄宿舎には柵はなかった。そのため門のところには民兵が座っていたが、百万長者たちは庭を通って出かけたり、戻ったりしていた。門を通って戻る時には、そのたびに民兵が門を開けたり、閉めたりして、鍵をかけていた。ところが門の周りには柵も、壁もなかったので、民兵たちも庭を通って近道をするようになった。けれどもすぐに良心の呵責(かしゃく)をおぼえ、門に戻り、鍵を受け取って庭から開け、門を通ってまた鍵をかけ、門の近くを通って寄宿舎に入っていった。最大の困難は食事だったが、その心配は無用であることがじきにわかった。所長も民兵たちも百万長者と好んで一緒に食事をとった。兵舎から持ち込んだ食べ物は義歯工場の百万長者が買った豚に餌として与えた。初め十頭いた豚はその後二十頭になり、誰もが豚の畜殺祝いをするのを心待ちにしていた。百万長者のなかには肉屋がいて、かれらは美味なる食べ物を約束し、民兵たちは料理の前で舌舐めずりするばかりか、自分たちはといえば、豚からどういった逸品がつくられるか改善案を出すだけなのだった。それからというもの、ここでの料理は、未来の神父のための寄宿舎のようにではなく、聖十字架教会の裕福な修道院のようにつくられた。ある百万長者の手持ちのお金がつきると、民兵の指導者はお金を取りに自宅に帰らせた。当初、その百万長者と一緒に一般市民に変装した民兵がついていったのだが、そのうち宣誓するだけですむようになり、拘留者はプラハへお金を取りに行ったり、銀行で百万あるいは数百万ある口座からお金を引き出すこともできるようになった。というのも、このお金は公共の目的に使用するものだと所長が証明書を与えたからだった。こういった具合で、寄宿舎の中でも料理がされるようになり、民兵の指導者が承認したメニューも作成されていたが、その際民兵たちにいつも助言が求められていた。百万長者たちが民兵をお客と見なしていたからで、わたしたちは食堂でも大食堂でも皆一緒に席に着いていた……。

百万長者のテイノラ氏はある時許可を受けて、音楽家を探しにプラハまで行き、シュランメル四重奏団*のようなクアルテットを連れてきた。この音楽家たちをタクシーで連れてきた頃には、門の前の交差点からプラハまでタクシーで行くのが普通になっていた。

鍵がかけられた門を迂回して百万長者の収容所に入ろうとするが、真夜中だったのでまず見張りを起こさなければならない。見張りはどうにか門の前に立つのだが、寝惚けまなこでもはや門を開けることができないので、テイノラ氏は門の近くの庭を通って反対側から門に近づき、内側で鍵を受け取り、また門の外へ出てから門の鍵を開ける。だが鍵の具合が悪く、締めることができず、そのためまた内側から鍵をかけ、それから鍵を預けるのだった……。ズデニェクが百万長者でなかったのは非常に残念だとわたしは思った。ここであれば彼本来の領分を発揮でき、自分のお金だけでなく、どうやって百万使っていいか想像力のない人たちの同意を得て、他人のお金を使うことができたというのに……。一か月もすると、処罰中の百万長者は丘で日光浴していたのですっかり日焼けしてしまった。一方、民兵たちはうらなりのままだった。というのも民兵たちは門のところで立っているか、報告書を作成するため牢屋の中で座っているかのどちらかだったからだ。アルファベット順に名簿をつくることができず、ノヴァークやノヴィーといった似たような名前が三度も記されていた。それからたえず武器を身につけていなければならなかったが、銃や弾薬入れは落っこちてばかりだった。報告書を消したり、書き直したりを繰り返していて、最終的にはホテルオーナーの百万長者たちが、食事のメニューを作るかのように手際よく報告書を手がけることになった。カトリックの神学校には農場が残されており、そこには十頭の乳牛がいたが、この牛たちの乳房を搾っただけでは朝のコーヒーには足りなかった。コーヒー滓の入ったカフェオレがここでは飲まれていて、その中には、ホテル王のシュロウベク氏がウィーンのホテル・ザッハーのカフェで習ったように、ラムが一口分入れられていた。塗料や染料の工場の工場長であった人が乳牛を五頭追加購入してくれたおかげで、牛乳は余るようになった。なかにはカフェオレが嫌いな人もいて、そういう人たちは朝にはラムを一杯だけ飲むか、あるいは平鍋に入っているラムを飲む者もいた。夜にたらふく食べた分を早く消化させようとしていたのだ。月に一度、家族の訪問がある時の光景は美しいものだった……。所長は物干し用の白いロープを買い、架空の壁の周りにロープを張り、ロープが足りないところは踵(かかと)で地面に線を引いて、収容者たちを寄宿舎と外の世界から分かつのだった……。妻や子どもたちが食べ物やハンガリー風サラミ、外国製品の缶詰が入ったリュックサックや鞄を手にしてやってくると、わたしたちはやつれた表情をしてみせるのだが、よく日に焼け、よく栄養を摂っていたので、事情を知らない人がこの光景を見たとしたら、収容されているのは訪問に来た人のほうで、刑務所はその線の外側にあると思うにちがいなかった。百万長者の強制収容という事実が重くのしかかっていたのは、百万長者本人たちよりもむしろ親族だったからだ。家族からの差し入れをすべて平らげることは無理だったので、百万長者は民兵たちと分け合った。民兵たちにしてみると口に入れるものすべてが美味だったので、かれらは所長にかけ合って家族の訪問を月に二回、二週間に一

＊（235頁）十九世紀後半のウィーンで活躍した楽団。通常、バイオリン二名、ギター一名、アコーディオン一名で編成される。

度まで許すようにしてもらった……。全額あわせて三万から五万コルナのまとまった現金が必要になった時など、所長は、専門の者が修道院の図書室から貴重な本を選び出し、プラハの古本屋まで車で売りに出かけるのを認めるのだった……。それからというもの、ベッドのシーツや寝巻、未来の司教のための装具品などをスヴァティー・ヤン・ポト・スカロウ近郊で売ることができるようになった。そしてわたしたちはこの斜面で日焼けをし、昼食のあとには昼寝をしていた……。だが、そもそも売り払われた品々は、もはや余計なものだった。百万長者たちは、美しいシーツや山中の機織で作られた長いナイトガウンの価値を知っていたので、すでにそれらを選び終え、棚にあった美しいタオルとともに、スーツケースいっぱいに詰め込んでいたからだ。というのも、未来の司教としてここを巣立っていく者は装具品を受け取ることになっていたのだが、その装具品のことは誰もチェックせず、誰も管理していなかったので、民兵や百万長者たちは自由に使うことができたのだ。百万長者の収容所で感染病、コレラや赤痢、チフスなどが発生しないようにと……。そしてついには、百万長者にも休暇が認められるようになった。それほどわたしたちは信頼され、民兵たちもわたしたちがけっして逃げないのを知っていたからだった。もし逃げたとしても――実際に二度ほど起こったのだが――家族から離れてゆっくり休みたいという、気立てのいい百万長者の友人もう一人を連れて戻ってくるのだった……。このため、民兵も制服を脱ぎ、私服に着替え、制服はわたしたち百万長者が着るようになった。自分たちで自分たちのことを見張り、日曜日に、あるいは土曜から日曜にかけて、百万長者を見張る番になると、わたしたちは皆、嬉々とした。というのも、これはチャップリンですら思いつかないほどのグロテスクな喜劇だったからだ。午後はずっと、百万長者収容所を閉鎖している振りをし、百万長者のテイノラ氏が民兵の服に着替えて門の指揮官に扮し、収容所閉鎖と宣言すると収容所は閉鎖され、百万長者たちは家に帰ることが認められる。けれども皆、戻ってくるのだ。それから民兵の服装をした百万長者たちは、外の自由な世界がどんなに美しく、民兵たちの鞭のもとで苦しんだり嘆いたりすることがなく、百万長者の自由な生活を営めるかと、百万長者たちを説得するのだ。だが百万長者たちは耳を貸そうとはしなかった。ほかの百万長者たちは門番の緊急部隊として民兵の服を着ていたが、その指揮官として民兵の恰好をしている百万長者のテイノラ氏は収容所の強制閉鎖を命じ、それぞれ一千万と八百万所有していたがために、それぞれ十年と八年の刑に処されていた百万長者を独房から追い出した。かれらは門の鍵を探したものの見つけられず、見つけたかと思えば今度は錠の具合が思わしくなく、門の脇を回って外側から外しておいてからまた中に入り、皆がその光景を眺めて、どっと笑い声を上げるのだった。民兵が百万長者を外に連れ出し、全員が出たところで門に鍵をかける。百万長者に扮した民兵たちは丘の上まで来ると周りを見渡し、思い直したのか踵(きびす)を返して刑務所の門を叩き、民兵の服を着ている百万長者たちに避難場所を与えてくれと一心に頼み込むのだった……。

わたしも笑ったが、心の中で笑っていなかった。というのも、わたしは百万長者たちと一緒にいたものの、なかでもホテル王のシュロウベク氏と同室で寝ていたけれども、本当の意味でかれらの仲間入りをしてはいなかったからだ。シュロウベク氏はわたしに対してそっけない態度を見せ、わたしはシュロウベク氏が落としたスプーンを手渡すことすらできなかった。わたしは拾ったスプーンを手にしたまま、食器が並べられている食堂で立ち尽くした。数年前、グラスを手にしているのに誰もわたしに乾杯をしようとしなかった時と同じように。ホテル王は予備のスプーンを取りに行き、そのスプーンでスープを飲み、彼の食器の脇にわたしが置いたスプーンを、嫌悪感をあらわにしながらナプキンを引っ張って端に押しやり、それがまた落ちると足で蹴り上げ、聖職服が置かれたテーブルの下に蹴り込んだ。その様子を誰もがじっと眺めていた……。わたしは笑った。けれどもわたしにしてみれば笑いごとではなかった。というのも、わたしが自分のお金や「石切場」の話をしはじめると、百万長者たちは皆黙りこくり、あさってのほうを向くからだった。かれらはわたしの百万、二百万という金を認めなかった。わたしは、自分が大目に見られているだけで、かれらにふさわしくない人物と見なされているのを理解した。というのも、百万長者たちは何百万というお金をこの戦争が始まる前にすでに持っていたのに対し、わたしは戦争成金だったので、わたしのことを自分たちの仲間として迎える気がなかっただけでなく、迎え入れるなんて到底ありえない話だった。わたしが身分相応ではなかったからだ。これまで夢に見ていたように、大公がわたしを貴族に任命し、位を高くして、男爵の称号を授けてくれたとしても、わたしは本物の男爵にはなることができず、ほかの貴族たちはわたしを仲間として迎え入れなかっただろう。今こうして百万長者たちがわたしのことを好意的に受け入れないように。一年前、まだ収容所の外にいた時であれば、いつかわたしのことを迎え入れてくれるはずだという幻想を抱き、さらには「石切場」のオーナーとしてかれらと対等だと思っていることが可能だった。わたしに手を差し出し、友人のように言葉を交わしてくれた人もいたからだ。だがこういったことはすべて人目を意識したもので、裕福な人間であれば誰でも、ホテルやレストランの給仕長のひいきを得ようとし、給仕長用のグラスを持ってこさせ、一緒に乾杯しようとさえ言うのだ……。だがこの裕福な人間は給仕長に道でばったり出くわしたとしても、立ち止まらないばかりか、声も交わさないだろう。給仕長を自分の側につけておくというのは、上流社会に見受けられる一種の振る舞いなのだ。給仕長、ホテルのオーナーといった人たちとうまく付き合うことができるというのは非常に好ましいことで、給仕される料理や飲み物、宿泊がどのようなものになるかに影響が及ぶからだ。だからグラスをチンとやり、一緒に健康を祝してからは、給仕長は控え目になり、沈黙を通さなければならないのだった……。そしてわたしはかれらが百万という金を貯めていくさまを目の当たりにした。ブランデイス氏はホテル・パリのスタッフのために芋団子を作らせ、細かい点まで節約していたのと同じように、ここの収容所でも、同氏が一番にきれいなタオルやシーツを手に取り、スーツケースにそれらを入れて門を通って、家に運ぼうとしているのも見た。シーツが必要だったからではなく、百万長者としての精神から、目の前にある可能性が活かされないのが我慢ならなかったからで、つまりは未来の司教のための装具品のなかでもきれいな物品をただで手に入れるためだった。

ここでのわたしの関心事はといえば、鳩だった。ここには二百の番い（つが）の伝書鳩が残されていた。わたしは所長から鳩舎（きゅうしゃ）の清掃と水や残飯を与えるよう命じられた……。毎日、昼食が終わると手押し車を押して、厨房まで残飯をもらいに行った……。それから言い忘れていたが、所長は肉の食べすぎで、ジャガイモのパンケーキ、それからプラムのジャムやカッテージチーズ、サワークリーム入りのパンケーキ、リーヴァンツェが恋しくなっていた。そこでテーラーの百万長者バールタ氏はちょうど家族の訪問を受けていたので、農家出身の妻にケーキを作らせましょうかと所長に提案した……。というわけで、ここに初めて女性が姿を現すことになり、わたしたちは肉ばっかり食べていたこともあって、これを歓迎した。さらに三人の奥さんが刑務所にやってきて、百万長者夫人が三人となったので、それからバールタ夫人が菓子料理人の主任になった。オーストリアおよびフランス国籍を保持していることを証明できた百万長者が出所してからというもの、十部屋ほど空いていたので、この部屋を週に一度、百万長者を訪問する妻たちの部屋として貸りあげることとなった。結婚しているのに、合法的な妻との面会が否定されるのは人間味を欠いていたからだ。結局、十人の美女が入れ替わり立ち替わり訪れるようになった。けれども、ここに来ていたのは妻たちではなく、昔のバーによくいた女性たちだというのがわかり、わたし自身、ホテル・パリでの木曜日、仲買人たちによる〈回診〉に来ていた二人の女性に気づいた。彼女たちはすでに齢を重ねていたものの、美しさは保っていた……。だがわたしのお気に入りは鳩たちだった。二百の番いの鳩たちは非常に時間に正確で、二時ちょうどに修道院の棟にとまり、手押し車でわたしが出てくる厨房の様子を窺っていた。手押し車には、残飯と野菜の残り二袋を載せていた。エチオピア皇帝に給仕したわたしは、誰も世話をしようとしない鳩に餌をやった。この仕事は百万長者の人々の手にふさわしいものではなかったので、わたしは毎日午後二時の鐘が鳴るのに合わせ出掛けていった。何かの理由で時計が鳴らなかったとしても、教会の壁に日時計が時間を正確に映し出すのを見て、確認した。わたしが建物の外に出ると、四百羽もの鳩が天井からわたしのところに大きな影を作りながら飛んできて、袋から粉や塩が振りかけられるのではと思うほど、翼や羽の音をさせた。鳩たちは手押し車にとまろうとするのだが、とまれない鳩はわたしの肩にとまるか、宙を飛ぶか、わたしの耳元でパタパタと翼を動かした。わたしの周りの世界全体に帳が下ろされ、わたしは自分の前後に伸びる巨大な裳裾の中にいるかのようだった。はばたく翼とブルーベリーのようにきれいな八百もの瞳の裳裾の中にわたしはすっかり隠れてしまい、手押し車の取っ手を両手でしっかりと握らなければならなかった。鳩たちがわたしに粉をふきかけているのを見て、百万長者たちは笑い転げた。わたしが中庭までやってきて荷車を置くと、鳩は食事にくらいつきはじめ、袋が空になり、柄付き鍋がきれいになるまでずっと嘴で突つくのだった。ある時わたしが遅れたことがあった。所長がパルメザンチーズ入りのイタリア風スープをゆっくりと味わっていたからで、わたしは柄付き鍋が空になるのを待ちながら、二時の鐘が鳴るのを聞いた。するとわたしが動き出すよりも早く、開いていた窓から鳩たちが、四百羽の鳩がすべて厨房の中に飛び込んできて、そこにいたすべての人を囲い込み、収容所の所長が手にしていたスプーンをも取り上げてしまった。わたしはすぐに外に飛び出したのだが軒先で鳩に囲まれ、繊細な嘴で突いてくるので顔と頭を手で覆って逃げようとした。しかしわたしの後を追いかけて鳩が飛んできたので、よろめいてしまった。周りを旋回していた鳩が、わたしの上にとまってきたので、腰を下ろすことにして、わたしに甘える雄鳩たちに取り囲まれた自分の姿をあらためて見てみた。そう、鳩たちにしてみれば、わたしはかれらに生命を与える神だったのだ。わたしはふたたび自分の人生を振り返ってから、今の自分を眺めてみると、神の使いである雄鳩や雌鳩に囲まれている自分は聖人のようであり、天に選ばれし者であるかのようだった。百万長者たちに笑いの種にされ、嘲笑されたり、からかわれたりしていたが。わたしは鳩たちの訴えに衝撃を受けた。そして今、信じられないことが現実となった。もし一千万コルナとホテルが三軒あったとしても、雄鳩や雌鳩に嘴で甘えられたり、口づけされるのは天からの授かりものにほかならず、祭壇画や独房にもどる途中の回廊を彩る情景画と同じようにわたしが好きなものだった。それなのに、わたしは何も見ることも、何も聞くこともなく、ただ自分は、それまでのわたしにはなることのできないような百万長者になりたかっただけだった。二百万持っていたけれども、いまやその何倍もの価値のある百万長者となったように思えた。この雌鳩たちはわたしの友人であることに初めて気づいた。この光景は、これからのわたしを待ちかまえている使命の譬えであることに。落馬した時にイエスが現れたサウロに起きたのと同じことが今、まさに起きたのだった……。八百もの翼がバタバタと叩く音を押しのけ、シダレヤナギの枝のようにうごめく羽の中からわたしは駆け出し、残飯の入った二つの袋と野菜の残りの入った鍋を載せた手押し車を動かそうとした。すると、鳩はまたわたしの上に乗っかり、群れになって翼をばたつかせていたが、わたしはそっと車を中庭のほうに運ぼうとした。その途中、またしてもあることが思い浮かんだ。ズデニェクの姿を思い出したのだ。政治家としてではなく、ホテル・チホタの給仕長としての彼を。ある休みの日、一緒に散歩に出かけると、カバの茂みの中で、小さな笛を手にした小さい男が木立のあいだを駆け回りながら、笛を吹いたり指を差したり木を押したりしながら叫んでいた。「またやったな？　ジーハ、もう一回やったら、退場だからな！」そしてまたあちらこちらの木のあいだを駆け回るのだった。ズデニェクは楽しそうに見ていたが、わたしにはまったく理解できなかった。すると夜になってズデニェクは、あの男はサッカーの審判のシーバ氏だと教えてくれた。ある時、スパルタ対スラヴィア（ともにプラハの代表的なサッカー・クラブ。長年ライバル関係にある）の試合があったのだが、何かあるたびに罵声が浴びせられるので、誰も笛を吹こうとしなかった。そこで、シーバ氏は「誰も笛を吹こうとしないなら、わたしが吹いてやる……」と名乗り出たのだ。カバノキの森で練習をつみ、走ったり、カバノキを混乱に陥れたり、ブルゲルやブラインに退場を警告したり、注意したりし、さらにジーハに向かって、「もう一度やったら、退場だ」と声を張り上げていたシーバ氏……。その日の昼下がり、ズデニェクは、軽度の精神障害者の施設から患者をバスで連れてきて、村を散歩させた。村の祭りがあったので、患者たちは縞模様の服を着たり山高帽子をかぶってメリーゴーラウンドに乗ったり、ブランコに乗ったりすることができた。ズデニェクは居酒屋で注ぎ口のついたビールの樽を買い、ジョッキを借り、カバノキの茂みに皆を連れてきて、樽を開けてビールを飲ませた。かたやシーバ氏は木のあいだを駆け回りながら笛を吹いていた。患者たちはしばらくシーバ氏を眺めていたが状況を呑み込み、応援の声を張り上げ、スパルタやスラヴィアの代表的な選手の名前を叫んだ。そればかりかブラインがプラーニチカの頭を蹴った時など、ブラインが退場するまで皆でブーイングをするのだった……。最後に、審判のシーバ氏がジーハの身体を押して自分から遠ざけて三度にわたって警告したのち、イェズベラに対するラフプレーで退場させるしかない状況になった。患者たちは声を張り上げ、ビールの樽を飲み干した。するとかれらだけでなくわたしもまた、カバノキの代わりに、赤白の縞模様のユニフォームを着ている者たちが駆け回り、小男のシーバ審判が手際よく笛を吹いているので、ゲームもいいテンポで進行しているように見えてきた……。試合後には、素晴らしい笛さばきに患者たちから肩車された……。一か月後、ズデニェクはシーバ審判にまつわる記事をわたしに見せてくれた。それによれば、シーバ審判はブラインとジーハを退場させ、あの生気あふれる笛で試合を円滑に進めたのだった……。

そして徐々に、信じられないことが現実となり、あらゆることが一巡りしつつあった。わたしは自分の幼少期へ、それから青年時代へと戻り、そして給仕見習いになり、遠くにいたかと思うと、また戻ってきた。そして何度となく自分自身と向き合った。自分が望んだからではなく、様々な出来事を通じて自分の人生を見ることを余儀なくされたからだった。たとえば、カルロヴィ・ラーズニェのおばあさんの部屋で、窓を開けたまま、おばあさんと一緒に待ちかまえているわたしがいる。毎週木曜と金曜に行商人たちが汚れた下着を投げ捨て、夜の暗闇を背にして、白いシャツ、時にはパンツが十字架のように広がったかと思うと、巨大な水車の輪に落下する。おばあさんがかぎの手でそれらを引き寄せて、よく洗濯してから繕い、工事現場の労働者たちに売るのだった。

ある時、この百万長者の寄宿舎にいるのは今週限りだと知らされ、何かの仕事に就くか、年配の人々は自宅に帰れることになった。そこで最後の晩餐を行なうことになり、わたしたちはできる限りの金を集めなければならなくなった。わたしは休暇をもらい、義歯工場の工場長と一緒に彼の別荘に向かった。そこに彼の資産が隠されていたからだった。それはわたしにとって信じられない体験となった。彼の別荘に到着したのは夜のことで、懐中電灯で照らしながら梯子をかけて天井の扉を開けたのだが、工場長はどのケースに十万コルナいれたのか忘れてしまっていた。そこで手当たり次第ケースを開けてみたがどれも同じで、最後に大きいケースを開け、中を照らしてみると、義歯工場の工場長の家だからそういったものを予想できていてもよかったのだが、わたしは度肝を抜かれてしまった。そのケースにはとてつもない数の義歯と人工の歯茎がぎっしり詰められていて、白い歯のついたバラ色の義歯床、何百という義歯が入っていた。わたしは梯子に乗ったままでいたが、固く閉じられたり、なかには半開きになったり、大開きになっている歯が食肉植物のように思えて怖くなってしまった。まるで歯の継ぎ目が外れるほどいびきをかいているかのように思え、わたしはまっ逆さまに落下しはじめた。すると自分の上に何かが落ちてきて、手や顔があの冷たい歯に口づけされているのを感じ、落下する途中で手から懐中電灯を落としてしまった。しまいには背中から床に落ちたわたしに歯が次から次へと降りかかってきた。胸の上は義歯だらけとなり、声を出せないほど鳥肌がたった。わたしはどうにか身体を反転させ、素早く四つん這いで歯の山から動物かクモのように逃げ出した。そのケースの底にはあの十万コルナがあったので、それを取り出すと工場長は注意深く歯をかき集めてスコップでケースに入れ、その後このケースを紐で結び、ケースが置いてあった場所に戻した。わたしたちはそこにまた鍵をかけ、一言も発することなくまた駅へと向かった。そして最後の晩餐は、ホテル・パリで行なわれる結婚式のような盛大なものとなった。わたしは新しい燕尾服を取りにプラハの部屋に立ち寄り、特にエチオピア皇帝から授かったあの勲章を取り出して、肩には懸章をかけた。それからテーブルを飾るために、シノブボウキの花束をいくつか買った。午前中かけて、ホテル王のシュロウベク氏とブランデイス氏は神学校の食堂を飾り付け、ブランデイス氏はあの黄金の食器類を提供できないのを残念がっていた。わたしたちは民兵全員と収容所の所長を招待した。所長はとても優しい父親のような存在で、前の晩に村の近くで出会った時、どこに行かれるのですか、とたずねてきたので、ブランデイス氏が「所長、一緒に踊りに行きましょう」と誘った。けれども所長は頭を振るばかりで、銃を釣り竿のように手に持って遠ざかっていった。軍用銃は身につけるにはひどく邪魔なようだった。彼はこの百万長者の収容所を閉鎖したらすぐにまた鉱山で働くのを夢見ていた……。

そしてわたしはふたたび給仕となった。燕尾服を身につけたが、これまでとは違って今ではコスチュームのような感じがした。もはやわたしは別の次元にいた。燕尾服の脇に星を付け、肩に青い懸章をかけおわっても、わたしは背を無理に伸ばそうとせず、数センチ高く見せようと頭を上げたりするようなことはしなかった。それはどうでもいいことだった。ホテル王の百万長者たちと対等になろうとは思わなくなっていた。意欲がすこしばかり失われてしまったのかもしれない。もはや、宴を別の角度から眺めるようになっていて、料理を運ぶ時ですら、ホテル王のシュロウベク氏やブランデイス氏が燕尾服を着て同じ持ち場にいたけれども、特別な関心はなくなっていた。自分のホテル「石切場」を思い起こした時も、何かを悟ったのか、自分の手から離れてしまったことをもはや残念だとは思わなかった。晩餐は非常に陰気なものとなった。本当の最後の晩餐であるかのように、誰もが悲しげかつ厳かな様子だった。それは様々な絵画に描かれた「最後の晩餐」と同じで、食堂の壁一面にかけられていた「最後の晩餐」の絵で目にする光景そのものだった。前菜としてサルピコンを食べ、それにあわせて南モラヴィアの白ワインを飲んだ。初めはわたしだけだったが、すこしすると、ほかの人たちも視線を「最後の晩餐」の絵画に投げ、わたしたち自身もまたその使徒たちに似てくるようで、ストロガノフ風の肉料理が準備されている時には暗い憂鬱な気持ちになったわたしたちの晩餐はガリラヤのカナでの結婚式のようになり、百万長者たちはお酒を飲むほどに酔いがさめ、コーヒーやコニャックが出される頃になるとすっかり静まりかえってしまった。民兵たちには自分たちのテーブルがあったが、それは神学校の教師や教授が使っていたものだった。民兵たちもまた悲しくなった。こうやって顔をあわせるのも今夜の十二時を境に最後になるのを誰もが知っていたからだ。そして、かれら自身にとっても、美しい日々であったのを知っていた。この状態がずっと続くのを望む者がいたほどだった……。そして突然、修道院から真夜中のミサを知らせる鐘の音が響いた。三十人いた修道士のうち、足を引きずっている托鉢修道士が一人だけここに残っていた。この修道士はカトリックの百万長者のためのミサを行なっていたが、礼拝堂には数人しかいなかった。かれらはすでに鞄やリュックサックに荷物をまとめていた。聖杯で信者を祝福していた修道士が聖杯を置いて腕を上げると、オルガンが轟（とどろ）きはじめ、「聖ヴァーツラフよ、チェコの地の大公よ……」と歌いはじめた。彼の声とオルガンの音は食堂まで響き、カトリックであるかないかを問わず、誰もが「最後の晩餐」の絵を眺めた。すべてが、悲しく愁いに満ちたわたしたちの気持ちと融け合っていた。一人そしてもう一人と立ち上がっていくうちに、しまいには全員が立ち上がった……。そして中庭に駆け出し、開いている門を通って、黄色く光を発している礼拝堂の中に駆け込み、膝をつくというよりも、膝から頽れた。いや、頽れたというよりも、百万長者のわたしたち自身よりもはるかに強い何かによって押し倒されたのだ。お金ではなく、わたしたちの内に秘められている何か強いものによって。高みへと上昇し、数千年にわたって待ちかまえていた何かによって……。「我々を、そして未来の人々を滅ぼさないでおくれ……」とわたしたちは膝をついて歌い、顔を地面につける者すらいた。わたしも膝をつき、人々の顔を眺めてみると、そこにいたのはまったくの別人となった人たちばかりで、もはや誰が誰か見分けられないほどだった。どの人の顔を見ても、百万というお金の徴を見ることはできず、その顔は、何か高貴なもの、何か美しいもの、人間がおそらくもっている一番美しいものによって祝福されているかのようだった……。あの足を引きずる修道士も、足を引きずっていないかのようだった。足を引きずる姿も、重い翼を引きずっているかのようであり、白い修道服を着た修道士は鉛の翼の重みで足を引きずっている天使のように思えるのだった……。わたしたちが膝をついて顔を地面につけると……、修道士は聖杯をもちあげ、わたしたちを祝福した。あの黄金の聖杯を手にしながら跪く者たちのあいだを進み、中庭に出た修道士の服は暗闇のなかで光を放っていた。跳躍をして、輪っかと一緒に断崖から石切場の池に落下していった軽業師の衣装がリンで光を放っていたのと同じように。水面は軽業師を呑み込んだが、それはわたしたちをまず祝福してから、修道士が聖体(ホスチア)を呑み込むのと同じ光景だった……。そして時計は十二時を打ち、わたしたちは別れを告げはじめ、開けられたままの門を通って出ていった。民兵たちと所長は手を差し出し、心をこめて一人一人の手を握っては振るのだった。民兵は皆、クラドノの鉱夫たちだった。わたしたちは暗闇のなかに消え、駅へ向かって歩いていった。寄宿舎は閉鎖されることになっており、わたしたちはそれぞれの故郷に帰るように命じられていた。一千万かあるいは二百万の金を所有していたか、十年の刑かあるいは二年の刑を受けていたかどうかはもうどうでもいいことだった……。

道中、わたしはあの二百の番いの鳩のことをずっと考えていた。明日わたしが時間通りに行かなかったら、二時に鳩たちはどういう様子で待っているだろうと。鳩のことばかり考えながら家路につき、プラハではなく、「石切場」へと向かった。小道を上ると森の先に煌めくホテルが見えるはずだったが、そこには暗闇しかなかった……。石像や石の水車に近づいて、わたしは愕然とした。「石切場」は閉鎖され、入口のゲートは閉じられ、板でしつらえられた新しい門には大きな南京錠がかけられていた。わたしは柵を迂回し、ヒースが生い茂る丘を越えて「石切場」の中央部分へ降りていった。いたるところが散らかっていて、汚れた椅子も転がっていた……。鍛冶場の扉の取っ手をつかむと、扉は開いていた。レストランの痕跡はまったくなく、すべてどこかに運び去られたようだった。炉にはまだ炎がくすぶっていた。厨房の設備はなくなっており、その代わりに、ありきたりのコーヒーカップがひと組だけ残っていた……。心地よい感覚にひたりながら、一歩一歩踏み出すたびにわたしは記憶にとどめようとした。スタインベック本人が小切手を出して、五万、六万、八万ドル出して買いたいと言ったこの美しい「石切場」。わたしは売らなかったが、それはいい判断だったと思う。ここでホテルのオーナーを続けられなければ、このホテルもわたしと同じ道をたどることになったからだ。ホテルはプールか何かに作り替えられてしまったかのようだった。雑巾の代わりにタオルが吊るされ、角から角へ吊るされたワイヤーには水着が吊るされていた……。天井にはどこかの洋服店のショーウインドーにある裸の女性のマネキンが水平に吊るされていた。以前、ここにあったものでわたしが美しいと思ったのはこれだけだった……。わたしは廊下を歩いてみた。カーペットはなく、扉ごとにあったガラス製の小型ランプもなくなっていた。扉の取っ手に手をかけると開いており、周りを見渡して電気をつけてみた。だが部屋は空っぽだった。むしろわたしがここを離れた時のままだったら、逆に恐れを抱いただろう。わたしとともに「石切場」そのものが消えたのはいいことだったのだ。わたしが築き上げたようなものをもう一度つくるだけの力を持っている人はもう現れないだろうから。かつての「石切場」を見た人は誰でも、気の向くままに、あるいはその時々の思いに応じて、ここがかつてどうだったかを思い起こすことができ、夢想のなかで自分だけの「石切場」を位置づけることができ、その夢のなかで自分の思うままにわたしのホテルにいた美女たちと出会うことができるのだ。かつて滞在してくれた人たちは、七十メートルの高さからあの車輪で降り、池の真上でその車輪を手放したかと思うと、一瞬そこにとどまり、それから水面へ頭から飛び込むのを夢想することができる。あるいは、夢想のなかなら何でもできるのだから、車輪を手放して、池の上で宙にとどまり、そよ風のなかでヒバリがするように、翼をはためかせる鳥のように周りを見回すこともできる。それから、逆回転する映画のように、すこし前に棒につかまっていた断崖の上に戻り、そこから底にある水面の鏡の奥にある深みへ落ちていくこともできるのだ……。

わたしは満足してその場を立ち去った。プラハにつくと、次のいずれかを選ぶようにとの知らせを受けた。パンクラーツの刑務所に出頭して刑期を勤め上げるか、あるいは自分の判断と希望にもとづき、森林での勤労奉仕を選ぶかのいずれかだった。ただし後者の場合、場所は国境地帯になるというのが条件だった。午後、役所に赴き、一番初めに紹介された勤労奉仕を引き受けることにした。わたしは幸せを感じた。履いていた靴の中敷きをなくしたのを知った時には、幸せが増したかのように思えた。すり減った革の中敷きの下には、レンベルク、つまりリヴィウでゲットーを焼き払い、ユダヤ人を殲滅して奪ったわが妻リーザの形見として残っていた最後の二枚の切手が、つまり最後の大金が隠してあった。プラハを歩くわたしはもはやネクタイもつけていなければ、すこしでも背を高く見せようと思うこともなく、プシーコピやヴァーツラフ広場を通り過ぎても、どのホテルを自分のものにしようかと値踏みすることもなかった。わたしは自分の前にある道がもはやわたしだけの道であることをうれしく思った。もう、お辞儀をしたり、おはようございますとか、こんにちはとか、こんばんはとか、手に口づけを、と言ったり気を遣ったりする必要もなく、従業員に目を光らす必要もなかった。逆にわたしが従業員だった時のように、自分が座ったり、煙草を吸ったり、ローストミートを一口つまみ食いしているのを支配人が見ているのではないかと気にすることもなかった。明日になって、どこか遠くへ、人里離れた場所に出かけるのを心待ちにしていた。そこには人がいるだろうが、電球の明かりの下で働く従業員であれば皆そうであるように、いつの日か自然のある場所へ出かけるのを楽しみに待つ。年金生活を営むようになったら、森の様子がどういうものか眺めたり、一日中、そして一生涯わたしの顔に照り注ぐ太陽はどういうものか、帽子で顔を隠したり日陰を見つけなければならないほどの太陽はどういうものか、眺めるのを心待ちにするのだ……。給仕をしていた頃、門番や管理人、セントラル・ヒーティングのボイラーマンといった人々がしていたように、一日に一度は建物の外に駆け出して頭を上げ、プラハの通りの側溝から空に浮かぶ筋になった雲を見上げて、時計ではなく自然の様子から時間を知るのが楽しみだった。信じられないことが現実となる出来事は、その後もわたしの身から離れることはなかった。この信じられない出来事、驚きのなかの驚き、つまり驚異をわたしは信じた。信じられない出来事というのはわたしの星そのものであって、一生涯、わたしについて回った。そうやって、どこかで何か信じられないことがわたしの星を待ちかまえているのを教えてくれようとしていたのだ。目の前では星がたえず光を放っていたが、わたしはますますこの星を信じるようになった。なぜなら、この星はわたしを百万長者の高みまで連れて行ってくれたからだ。天から地へ、四つん這いになるほどふたたび地に落ちた今、わたしの星はこれまで以上に光を放っており、そしてちょうど今になって、その星の心臓を、星の中心を、わたしは眺めることができるようになった。これまでいろいろなことを体験してきたがために、わたしの瞳は弱まったものの、今まで以上に十分味わい、耐え忍ぶことができるようになった。おそらく今まで以上によく見て、よくわかるためにも、わたしは弱くなる必要があったのだ。まさにそうだった！

クラスリッツェのはるか先にある森の中を十キロほど歩いて、不安を感じはじめた時、腐朽(ふきゅう)した猟場番の家があった。わたしはこの家を見た瞬間、喜びのあまりに我を忘れてしまうほどだった。これはもともとドイツ人が使っていた建物だったが、都会に育ち都会で暮らしてきた人間が、猟場番の家と聞いたらすぐに思い浮かべるような代物だった。野性味あふれる葡萄(ぶどう)の小枝が伸びているベンチに座り、木の壁に寄りかかりながら、本物のシュヴァルツヴァルト時計がチクタクと音を立てるのに耳を澄ました。これまで一度も見たことのない時計で、木製の仕掛け、輪っか、鎖の音、重りで鎖が引かれる音が耳に響いた。丘に囲まれた風景を眺めると、畑はなかった。通ってきた時に、おおよそどのあたりにジャガイモやオート麦、それにライ麦がかつて植えられていたか推測することができた。けれども、わたしが通り過ぎてきた村と同じように、あらゆるものがぼうぼうと生い茂っているだけだった。わたしが歩いてきたのは「あの世」のような場所だった。十字路で目にしたが、ある村の名前は文字通り「あの世（オネン・スヴィエト）」と名付けられていた……。荒れ果てた建物や柵のいたるところから、熟れた野生の葡萄（ぶどう）の力強い枝や小枝が突き出ていた。勇気を振り絞っていくつかの建物の中に足を踏み入れようとしたが、入ることはできなかった。どの建物の前でも、聖なる恐怖を感じて立ち尽くし、敷居の先へと踏み越えられなかった。敷居の先は、ありとあらゆるものが踏みつぶされて粉々になっていて、家具が転がっていた。椅子は床に組み伏せられ、首固めをしているかのようになっていた……。梁は斧で傷つけられ、また収納棚にも斧の跡があった……。ある村では、牛が草を食（は）んでいた。正午の時分で、雌牛たちがおそらく帰路につこうとして歩き出したので、わたしも一緒に行くことにした。雌牛たちが古い菩提樹の並木のあいだを登っていくと、その並木の先にバロック様式のお城の塔がそびえていた……。木々の合間から景色が開け、わたしの前に姿を現した美しい城は、漆喰に釘で彫り模様をつけた小さな角石を積み上げてつくられていた。それは、おそらくルネサンス様式の装飾だった。雌牛たちは壊れた門を通って城の中へ入っていった。わたしも牛たちのあとを追って中に入ろうとした。牛はあてどなく迷った挙句、ここに着いたのだと思っていたが、ここが牛小屋のある場所だったのだ……。広い階段を上っていくと、二階にはとても大きな「騎士の間」があった。クリスタルのシャンデリアが吊るされたこの部屋の天井には羊飼いの生涯が描かれていて、牛たちはこの美しい天井画の下にいた。天井画はすべて、ギリシアのどこかでの出来事のように描かれていた。女性も男性も、地元の気候にそぐわない服装をしていた。南欧あるいはさらに南下したところにある「約束の地」が舞台なのかもしれない。ここに描かれた人々の服装は、よく絵画で目にするキリストやその時代の人々が身につけているようなものだったからだ。壁には窓と窓のあいだに大きな鏡が設置されていて、牛は鏡に映った自分の姿を楽しそうに覗き込んでいた。わたしはつま先立ちで牛の糞をよけながら、階段を下っていった。そして、これは信じられないことが現実となるまた別の事例の始まりだと思った。自分自身を選ばれた者と考えるようになったのだ。わたしの代わりに別の誰かがここにいたとしても、その人の目には何も入らないというのを知っていたからだ。けれどもわたしは目に入ってくるものすべてに愛着を覚え、ぞっとするような瓦礫を見て喜ぶようになっていた。それはまるで、皆が犯罪を恐れ不幸が降りかかるのを恐れているのだが、何かがどこかで起こると、可能な限り現場に駆けつけ、頭に刺さっている斧や路面電車の下で轢かれた老婆をじっと眺めるのと同じだった。そこでわたしは歩みを進めた。他の人々なら不幸を目の当たりにする場所から逃げようとするなか、そうはしなかった。あるがままの状況をありがたく思い、不幸、苦悩、異常さはわたしにしてみれば取るに足らないものであって、わたしだけでなく、世界にもさらに降りかかってほしいとすら思っていた……。

猟場番の家の前に座っていると、二人の人がやってきた。わたしにはわかっていた。かれらはここに住んでいて、かれらとこれから一年のあいだ、あるいはそれ以上の時間を過ごさなければならないのを……。わたしは自分が誰であるか、そしてここに送られてきた旨を伝えた。するとしらがまじりのひげをたくわえた片目の男は、自分はフランス文学の教授だと言った、いや唸ったのだった。そして美しい女性を紹介してくれた。その瞬間、わたしはこの女性は矯正施設の出か、火薬塔の近くに立ち、取引市場が終わるとわたしたちのホテルによく来ていた女性の一人であるのがすぐにわかった。そればかりか彼女の動きから、裸になったらどういった肢体をしていて、脇の下やお腹にはどういう産毛があるか想像してみた。さらには、現実でなくとも、せめて瞳の奥で服を脱がせたいという欲求が、この赤毛の女の子のおかげで何年かぶりに芽生えたことに驚いたばかりか、それをいい前兆だと受け取った。彼女は言った。「わたしがここにいるのは夜遊びが大好きだった罰なの、名前はマルツェラ、マルシュネル社のオリオンカ・チョコレート工場の見習いよ」彼女は男物のズボンを穿いていたが、松脂やマツの葉だらけになっていて、髪にも、全身にもマツの葉がついていた。教授のほうも、彼女と同じようにゴムの長靴を履いていて、作業用の靴下が顔をのぞかせていた。教授も全身がマツやトウヒの樹脂だらけになっていて、二人ともに木片のような、薪の匂いがした。猟場番の家に二人が入っていったのであとに続いたが、これほど散らかっている場所を見たことはなかった。ドイツ人が立ち去った後に放置され、金目の物を求めて棚や収納棚がこじ開けられたり、斧で鍵を外したりして半壊状態の建物の中ですら、見たことのないようなものだった……。テーブルは吸殻やマッチ棒だらけで、それは床も同じで、机の上のゴミを肘で全部床に落としたかのようだった。教授はわたしが寝るのは二階だと告げ、すぐにその部屋に連れて行ってくれて、扉をゴム底で、つまり足で開けた。そしてわたしは美しい居室をあてがわれた。部屋はすべて木でできていて、窓は二つあり、その周りには野生の葡萄の枝や蔓がからまっていた。扉を開けて、同じく木製のバルコニーに出た。バルコニーは家の周囲に巡らされているので四方を見ることができたが、葡萄の枝にたえずむち打たれていた。わたしは力ずくで開けられた跡のある収納棚に腰掛け、手を膝に置くと大声を張り上げ、何かしたい衝動に駆られた……。スーツケースを開けて、今、目の当たりにしたもの、わたしを待ちかまえていたものに敬意を示そうと、青い懸章を肩にかけ、上着の襟に黄金の星を留めて、階下の居間へ降りていった。教授は足をテーブルの上にのせて煙草を吸っていて、女性は髪を梳かしながら、教授が話す言葉に耳を傾けていた。教授はその女のことを「お嬢」と呼び、たえずこの呼び名を繰り返していたが、未婚女性を意味するこの言葉の陰に隠されているものに思いをめぐらして、言葉を発するたびに身震いしていた。そうやって彼女に何か説こうとしていたのだ……。わたしは居間に入っていった。わたしにしてみればあらゆるものがどうでもよくなったと同時に価値あるものになっていたので、ファッションショーのモデルのように両手を上げながら芝居がかった様子で、どこからでも姿が見えるように歩いた。そして腰掛けて、午後には一緒に仕事に行くべきかどうかたずねた。きれいな瞳をした教授は笑みを浮かべ、こう言った。「悪しき、愚かで、罪深い人間の子孫よ……、一時間後には仕事に出かけるぞ……」わたしの勲章に気づかなかったかのように答えて、女との会話を続けた。彼女にフランス語の単語を教えているのを見ても、わたしは驚かなかった。ラ・ターブル、ユヌ・シェーズ……ラ・メゾン……と女は言葉を繰り返すのだが、アクセントはつねに逆だった。すると、教授は大変優しくこう言うのだった。「この馬鹿な女め、ベルトを外して、お前の顔を叩いてやるぞ、革じゃなくて、バックルでな……」そう言うと、また彼女にあのフランス語の単語を優しく繰り返すのだった。辛抱強く、瞳と声で彼女を、マルシュネル社のオリオンカ・チョコレート工場のあの娘を撫でているかのように……。女はまたまずい発音をし、勉強したくない、もう知っていると言わんばかりに拗ねているようだった。そしてわざと間違えて、教授が「愚かで、悪意のある、罪深い人間の子孫め」と優しく罵るように仕向けているようだった。扉を閉めると、教授はわたしに向かって「どうもな！」と声をかけた。わたしは扉の側柱から頭を出して、「わたしはエチオピア皇帝に給仕しましたから……」と言って、掌で青い懸章に触れた。

かれらはわたしに予備のゴム長靴を貸してくれた。というのも、このあたりはとても湿っていたからだ。朝露がひどく、あたりはまるで露のカーテンが下ろされたかのようだった。粒状になった露は茎や葉に滴り、枝に軽く触れるだけで、ネックレスから宝石が外れるかのように滴っていた。わたしの仕事は一日目からとてつもないものだった。トウヒの木のもとに着くと、それはもう美しいトウヒだったが、木の半分の高さまで、切って積まれたほかのマツやトウヒの枝で囲まれていた。わたしたちはほかの枝をさらに伐採し、手のこぎりを持った二人の労働者たちがやってくるまで、枝を高く積み上げた。教授はわたしに言った。「これはそこらへんにあるトウヒじゃない、よく響くトウヒなんだ」それを証明しようと、鞄から音叉を取り出してトンと叩いてから幹の部分にあてると、音叉はきれいに共鳴し、凝集した色彩豊かな円がいくつも生み出されるような明るい音を発した。そしてわたしに、幹に耳をあててこの楽園の音に耳を傾けるようにすすめるのだった。わたしと教授は立ったままこのトウヒを抱きかかえ、女は切株に座って煙草を吸っていた。無関心といった表情ではなかったが、こういうことすべてが退屈で、いらいらしているといった様子で天を仰ぎ、この世界でいったいどうしてこれほど退屈しなければならないのかと天に不平を訴えているかのようだった。跪きながらこの幹を抱きかかえると、幹の中は電柱よりも大きな音で反響していた。そのあと作業員たちが伐採しようと膝をつくと、わたしはトウヒの木の半分の高さまで積み上げられた枝の上に登って、鋸で伐採されつつあるトウヒの木の中を大きな嘆きの音が上昇していき、今まで耳にしていた調和の取れていた音が鋸の音で損なわれて、自分の身体が切り刻まれていると木の幹が呻くのを耳にした。すると教授がわたしに大声を上げて下りるように告げたので、わたしは下におりた。トウヒは躊躇っているかのように、曲がったまましばらく立っていた。それから根元から呻き声を発しながら倒れていった。まるで手を広げて待っているかのように積まれていた枝のおかげで落下の衝撃は抑えられ、ゆっくりと落下した。教授が述べたように、折れることなく、つまり、トウヒの木が有する音域を失わずに済んだのだった。このようなトウヒは本当に稀だった。枝を切り、教授が手にしている計画通りに伐採するのがわたしたちの仕事だった。そして巻き布の代わりに枝で慎重にくるんで工場まで運ぶ。工場ではこのトウヒは厚板、中ぐらいの板、そして薄い板に切断され、その板からバイオリンやチェロといった弦楽器が製作されていた。しかし肝腎なのは、内に音楽を宿した木材を見つけることだった。わたしはここでひと月ふた月と時間を過ごし、母親が子どもを巻き布でくるむように、音楽が共鳴するトウヒを横たわらせ、その音響のよい幹の中に閉じ込められた音が壊されないように枝を準備した。

毎晩わたしは、教授がひどい罵り言葉を発し、卑俗な名前で娘を罵るばかりか、わたしも罵るのを聞いていた。わたしたちはどうしようもない馬鹿で、汚れたハイエナで、耳障りなスカンクだということで、教授はそんなわたしたちにフランス語の単語を教え込むのだった。その間、わたしは煉瓦の釜で夕食をつくり、石油ランプに火をつけた。楽しむのが好きで毎回違う男と寝ていたためにチョコレート工場からここに送られたあの娘の口から、たえず間違って発音されるあの美しい言葉にわたしは耳を傾けた。彼女の告白は、街角の似たような女性たちから聞いた話と大差はなく、違いがあるとしたら、この娘は本当にそれが好きで、無償で、ただ愛の一心でその行為をしていたという点にあった。それは誰かが彼女を一瞬、あるいは一晩だけでも好きになってくれるという束の間の喜びを感じていたからで、彼女が幸せを感じるにはそれで十分だった。だがここでは彼女は働かなければならず、そのうえ、夜にはフランス語の単語を学ばなければならなかった。フランス語を教わっていたのは自分から望んだわけではなく、退屈をもてあまし、これほどまでに長い夜を男なしでどうやって過ごしたらいいのかわからずにいたからだった……。翌月になると、教授は二十世紀のフランス文学を講義するようになったが、今や変化が生じて、わたしたち二人とも喜びを見出すようになった。マルッェラも興味を見せはじめ、教授はシュルレアリストたち、ロベール・デスノス、アルフレッド・ジャリ、リブモン＝デセーニュや、パリの美男美女たちについて一晩かけて説明した……。そしてある時、教授はある初版本を持参してきた。それはたしか『みんなの薔薇』（フランスの詩人ポール・エリュアールが一九三四年に発表した詩集）というタイトルだった。毎晩、詩集の一節を読んで一篇ずつ訳すのだが、わたしたちが外で作業をしている最中にも詩をイメージごとに分析してくれた。初めはすべてが漠然としているのだが、分析を終えると内容がつかめるようになり、わたしは耳を傾けるようになった。そしてわたしも本を、とりわけそれまでけっして好きではなかった難しい詩を読みはじめ、時々自分で解釈を加えられるほどに理解できるようになり、教授は「ったく、この馬鹿野郎、どうやって理解したんだ？」と言うこともあった。わたしは、自分が猫になって誰かに首の下を撫でてもらっているかのような気持ちだった。教授が誰かを罵るのは、その人のことが好きになっている証だったからだ。どうやらわたしは教授に気に入られたみたいだった。というのも、今ではマルツェラと同じくらいわたしのことも罵るからで、この頃になると、仕事中はマルツェラとはフランス語でしか話さなくなっていた……。ある時、わたしは楽器用の木材を持って工場に行き、木材を渡す代わりに料金を受け取り、そのお金で食事や燃料、それからコニャックのボトル一本とカーネーションの花束を買った。工場の角で雨が降りはじめたが、木の陰にどうにか隠れ、そのあと古いトイレに逃げ込んだ。このトイレの屋根は薄い板で覆われ、通り雨がバンバンと音を立てていた。以前はトイレではなく、歩哨小屋だったにちがいなかった。そしてこの小屋の脇にある穴も、おそらく隙間風が入らないように薄い板で覆われているのに気づいた。この小屋の中でわたしはしばらく腰を落ちつけ、周りを見渡し、何げなく、屋根や脇を覆っている板をトントンと叩いてみた……。雨が止むと、わたしはあの楽器工場へ戻った。二度ほど追い返されそうになったが、どうにか工場長に会わせてもらうと、工場の裏手にある、散らかっている倉庫のほうへ工場長を連れていった。思った通り歩哨小屋の風除けの覆いとして数年前に使われたのは、数十年前の貴重な共鳴板十枚だった……。「あれが音楽の共鳴する板だとどうやってわかったんだい？」と工場長は驚くばかりだった。「わたしはエチオピア皇帝に給仕しましたから」と言うと、工場長は笑って、わたしの背中をばんと叩き、笑いで窒息しそうになりながら、「それはよかったな」と言った。わたしも同じように笑みを浮かべた。というのも、わたしが本当にエチオピア皇帝に給仕したなどとは誰も信じないほどに、わたしもすっかり変わってしまっていたからだった……。

けれども、わたしは別の捉え方をしていた。わたしがこう言ったのは、自分自身を茶化すためだった。他人の存在が重荷になり、はてには言葉を交わすのは自分自身だけでいいのではないかと感じるようになっていたのだ。もう一人のわたしこそが最高の、最も快適な仲間だと。わたしの中の先導者、わたしの中の養育者であるもう一人の自分と、喜びを見出しながら言葉を交わすようになっていた。それはおそらく、どんなに口の悪い御者でもこれほどまでには罵らないというほどの罵りの才能を有していた、あのフランス文学と美学の教授から聞いたことすべてが影響していたのだろう……。教授は、自分が興味をもったあらゆることについて説明してくれ、毎晩毎晩、わたしがまだ扉を開けている時から始まって、教授が寝るかわたしが寝るかのその最後の一瞬まで、美学とはどういうもので、倫理学はどういうものか、哲学や哲学者たちについて話してくれた。「イエス・キリストについては言うまでもないが、哲学者というのは盗っ人、役立たず、人殺し、下等な奴らで、あいつらがいなければ人類にとってどれだけプラスになったことか。だが人類というのは、所詮、悪しき、愚かな、罪深い子孫なのだ」と。おそらくこの教授がわたしに確信させたのは、独りになるのが一番だということだった……。夜には星を見ることができるが、昼間は深い井戸の底にいるようなものだから。そしてわたしはある時決心して立ち上がり、あらゆるものに別れを告げ、すべてに感謝をして、ふたたびプラハに戻った。森に滞在してすでにおよそ半年が過ぎていた。教授とあの娘はもっぱらフランス語だけで会話をし、たえず何か話すことがあって、しまいには教授は寝ながらでも話していた。教授はどこへ行くにも、今や本当にきれいになったあの娘をどうやったらうまく罵ることができるのか心構えをし、些細なことでうまく驚かすにはどうしたらいいかと準備をしていた。それは教授がこの荒地の中で生と死を分かつほどあの娘に恋をしていたからで、かつてエチオピア皇帝に給仕したことのあるわたしは、あの娘は教授の運命を左右する存在になるのを見抜いていた。というのも、自分の意思に反して始められたものではあったが、あの娘が教授の知っていることをすべて学び終えたと知ったら、彼女は教授のもとを去るだろうから。そして、それが彼女に光をあて、彼女を美しくしていたのだ……。ある時、教授が一度言ったことをまったく異なる意味で繰り返したことがあった。本当はその通りの意味だったかもしれないが。たしか、アリストテレスの引用で、プラトンの盗用だと非難されたものだ。アリストテレスが言うには、子馬が母の乳を吸いつくすと、子馬は母馬に蹴りを入れるのだと。そしてわたしは正しかった。わたしの最後の仕事の最後の任務を終えようとして――これが最後になり、おそらく最後の仕事となるだろうと自覚していた。というのも、エチオピア皇帝に給仕したわたしは自分のことをよく知っていたからだ――駅を通り過ぎて歩いていると、向こうから髪を三つ編みにした、思案深げなマルツェラが歩いてきた。お下げ髪を紫のリボンで結び、思いにふけっている様子だった。わたしは彼女をじっと見たけれども、マルツェラはわたしのほうを見ることもなく通り過ぎた。通行人もわたしとおなじように、脇に本を抱えた彼女のほうを振り返った。それがマルシュネル社のオリオンカ・チヨコレート工場のあの娘だった……。頭をすこし傾げると、『シュルレアリスムの歴史』というフランス語で書かれた書物のタイトルを読むことができた。彼女は歩き続け、わたしは笑い、ほがらかに歩みを進めた。コシージェ（プラハ南部の地区。労働者がよく居住する地区として知られる）で話している時と同様、教授と話している時の彼女は手に負えない卑俗な娘だったが、教授からすべてを学びとった今、彼女が教養ある婦人と呼ばれるにふさわしい女性となったのを目の当たりにした……。そして今、彼女はわたしのそばを通り過ぎ、大学図書館の未開エリアのようにわたしを避けていった。その時、はっきりとわかった。この女が幸せになることはない、けれども、彼女の生は悲しいまでに美しく、彼女との生活は男にとって苦しみであると同時に充足されるものになるのだと……。

マルツェラ――マルシュネルという会社のオリオンカ・チョコレート工場で働いていた娘――は、あの本を脇に抱えた姿のまま、実際に出会っているかのように幾度となくわたしの夢に現れた。わたしはしばしばあの本のことを思い出しながら、本のページから何が、あの思索にふける反抗的な彼女の頭に流れ込んでいったのか考えてみた。彼女の顔で思い浮かぶのは、美しい瞳だけだった。一年前はまだ彼女の瞳は美しいものではなかったが、あの教授が普通の娘を、本を手にする美女へと変えたのだ。彼女の指が恭しく、敬意とともに表紙を開き、聖体（ホスチア）のように、けがれのない指で一ページ一ページめくる様子が目に浮かんだ。あの手で本をつかむ前に、まず手を洗う。というのも、本を手にするにもそれなりの手順があり、慇懃で敬意ある神聖さとともに、その様子がわたしの瞳に刻み込まれていたからだ。あの時、思索しながら歩いていた姿は音が共鳴するトウヒに似ていた。彼女のあらゆる魅力は内面にあり、内側からの音叉で瞳が共鳴していたかのようだった。その瞳は突如として姿を変え、瓶のくびを通って別の面、物事の裏面に、つまり美しさに流れ着いたのだ。チョコレート工場の娘の動いている胸を思い出すたびに、わたしは夢想のなかで彼女を飾り付けていた。もし可能であったならば、実際にわたしは、シャクヤクの葉や花で彼女を飾り付け、頭にはトウヒやマツやヤドリギの枝を飾っただろう。これまで女性の足やお腹といった腰から下の部分だけを見ていたわたしは、この娘のおかげで視線と欲望を上のほうに動かし、美しいうなじ、そして本を開こうとする美しい手のある上のほうへ、その変貌により手にした美しさを発している瞳へ動かすこととなった。その変貌ぶりが娘の顔全面に、目を細める時の動きに、軽やかな微笑みに、そして魅力的な人差し指で左から右へと鼻をこする動きのなかに率直に表れていた。こういった一つ一つの細かい点が、フランス語の単語や文そして会話を交わすことで、さらには、人間の奇跡を見出した美しく若い男たち、詩人たちの複雑な、けれども美しいテクストに沈潜することによって、人間味を増したのだった。こういったすべてのことはわたしにしてみれば、信じられないことが現実となるということにほかならなかった……。彼女を装飾するためだけに頭に描いた聖母マリアの花で、マルシュネル社のオリオンカ・チョコレート工場の娘の頭を縁取ってみる……。列車に乗っている道中ずっとこの娘のことを考えてしまい、わたしは笑みを浮かべながら、彼女自身になるのだった。すべての駅で、走っている車両の動いている壁、あるいは隣の線路に止まっている車両の壁に彼女の肖像画を貼り付け、しまいにはわたしは自分自身の手をつかみ、自分自身の手を握り、まるで彼女の手をつかんでいるかのようにぎゅっと自分に引き寄せる。旅行客の顔をいろいろと見てみたが、わたしが何を背負っているか、わたしの顔を見て、何を運んでいるか気づく者は一人もいなかった。終点で列車を降り、さらにバスで美しい地域を先に進んだが、ここは、高く積み上げられた枝で巻き布のようにくるまれた共鳴するトウヒを切っていたあの場所によく似ていたので、彼女のことを今まで以上に想い出し、マルシュネル社のオリオンカで働く娘の肖像を頭に描いてみた。わたしは思い浮かべてみた。男たちが戻ってきた彼女に声をかけ、勤労奉仕に出かける前と同じように彼女に振る舞おうとしている。かつてはお腹と足で、特にズボンの中のゴムで区切られた下半分だけで彼女が言葉を交わしていたのと同じようなやり方で、彼女を魅惑しようとする。けれども、彼女がゴムの境界線よりも上にある身体の部分を優先するようになったのを誰も理解できないのだ……。

そしてわたしはスルニーでバスを降り、道路管理会社の場所をたずねて、これから一年間、遠い山奥のどこかで、誰も行こうとしない区画で道路工夫をやろうとしているのはこのわたしです、と申し出た……。昼過ぎにはポニー一頭と荷馬車を割り当てられ、ヤギも買っておくよう勧められたのでそうすると、ジャーマンシェパード犬を分け与えてくれた。というわけでわたしはこのポニーとともにその場を去り、荷馬車には荷物を載せ、荷馬車の後ろにはロープでヤギをつないだ。猟犬とはすぐに仲良しになり、サラミを買って与えた。たえずゆるやかに登っていく道を進んでいくと、力強いトウヒと背の高いマツの木々が広がる場所に出た。崩れかかっている柵の中では下生えの木々と低木の茂みが入り交じっていた。クッキーが粉々になるかのように木摺りの柵が腐りはじめて腐食土へと変わりつつあり、そこからは海草のようにがつがつしたラズベリーやブラックベリーが伸びていた。ポニーが頭を揺するのに合わせて歩みを進めた。このポニーは炭坑で見かけるような小さな馬で、日中でも電球や坑内ランプの明かりの下で働いている人々や火夫の人々に見られるようなきれいな目をしていたので、どこかの地下にずっといたにちがいないと思った。空がどんなにきれいか見ようとして地下のボイラー室から出てくる人々のような瞳をしていた。というのも、こういう瞳が目にする空という空は、すべてが美しいものだったからだ。それまで以上にひとけがなくなった地域に足を踏み入れ、この地を去っていったドイツ人労働者の森の小屋を通り過ぎていった。家を見つけるたびに立ち止まっては、イラクサや野生のラズベリーが胸の高さまで生えている敷居の手前に立ち、草がぼうぼうに生えている台所や居間をのぞいてみた。ほとんどどの家にも電気が通っており、電線をたよりに小川まで行くと、そこには小型のタービンのギアのついた小さな発電機の残骸があった。この発電機は、ここで森を伐採していた労働者たち、ここで暮らしていたが立ち去ることを余儀なくされた人々が、自分の手で備えつけたものだった……。あの裕福な人たち、政治をリードしていた人たち、わたしがよく知るようになった、傲慢で粗野で、おしゃべりで無作法で、プライドだけが高い人たちと同じように立ち去り、追放されなければならなかったのだ。こういったプライドの高い人たちが没落したのは理解できたが、あの労働者たちまで去らなければならないのはまったく理解できなかった。誰かがかれらの代わりをしているわけではなく、森での過酷な労働のほかには斜面に小さな畑しかなかったこういった人たちがいなくなるのは、非常に残念なことだった。傲慢になったり、誇り高くなる時間などなく、ただ控え目だった労働者たちが。というのも、わたしが覗き見て、そしてこれからわたしが営もうとしている生活がかれらに控え目であることを教えたのだ。あることが閃いて、スーツケースを開けてあの金色の星が入った箱を引き出し、コーデュロイのコートの上にライトブルーの懸章をかけてからまた外に出てみることにした。服の襟の星がきらきらと光を放ち、わたしは、ポニーのうなじが動くリズムに合わせて歩みを進めた。ポニーは事あるごとに振り返ってはわたしの懸章を眺めてヒヒーンと鳴き、ヤギはメーと鳴き、猟犬はわたしに向かってうれしそうに吠え、懸章に飛びかかろうとした。ふたたびわたしは立ち止まり、ヤギの紐をほどいてから、もう一つの建物を見にいった。それは居酒屋のような巨大な食堂がある森の中の宿だった。中は乾燥していて、小さな窓がいくつかあり、驚くことにすべてがおそらく使われていた頃のままの状態で、ジョッキも食器棚の中で埃をかぶったまま、木槌と注ぎ口のついた樽もそのままだった……。外に出ると視線を感じたが、それはここに残っていた猫だった。声をかけるとニャオーンと鳴いたので、サラミを取りにもどり、膝を曲げて猫を呼び寄せると、撫でてほしいという仕種を見せないこともなかったが、人に捨てられ人間の匂いに慣れていなかったためか、警戒していた。サラミを置くと、本当に腹を空かせていたように食べはじめ、わたしが手を差し出すと跳びのいて、毛を逆立てシーと声を上げた……。日の光が当たる外へ出てみると、ヤギが小川で水を飲んでいた。わたしは桶を取り出して水を汲み、ポニーに水を飲ませた。ポニーが飲み終わると、わたしたちは出発した。曲がり角で、きれいな女性を先に行かせておいて、その後ろ姿を眺めるかのように、後ろからの景色を見てみるとどうなっているか気になって振り返ってみた。あの居酒屋から猫が外に出て、わたしたちのあとを追いかけようとしているのが目に入った。わたしは、それをいい徴候だととらえて、鞭を鳴らし、大声を張り上げた。うれしさのあまり、突然わたしは歌を歌いはじめた。おずおずと歌った。というのも、これまでの人生で一度も、自分から歌を歌ったことはなかったからだ。これまでの人生で、これまでの数十年のあいだ、歌いたいという気持ちには一度もならなかったのだ。今、わたしは歌っていた。言葉や文章を適当に考えて歌詞を埋めながら……。猟犬は遠吠えをはじめ、座ったかと思うとしばらくのあいだ吠えていた。サラミをひとかけらあげると、足にすり寄ってきたが、わたしは歌い続けた。歌を歌うというより、ただ雄たけびをあげているかのようだった。けれどもわたしはこの雄たけびを歌だと思っていた。それは犬が遠吠えするのと同じだった。こういう風に歌うことで、自分の中にあった失効した為替（かわせ）手形、役に立たない手紙や絵ハガキだらけの箱や引き出しから、すべてを吐き出しているように感じていた。わたしの口を通して、半分破れて、つぎはぎされた昔のポスターの断片が吐き出されていた。ポスターがつぎ合わされて、サッカーの試合の告知やコンサートの案内が入り乱れたわけのわからない文章ができ、展覧会のポスターはブラスバンドの音楽と結び付けられ、濛々たる煙が煙草を吸う人の肺に入っていくように、あらゆるものが身体の中で落ち着いていたのだ。こういった具合でわたしは歌っていた。それは、喉と食道に詰まっていたものを吐き出し、咳払いして出しているようなもので、店の主人が蒸気と水を勢いよく流して浄化するビールの管のようなものであり、二世代にわたって家族が暮らしていた部屋で、全面にわたって貼り付けられていた壁紙を壁から剝がしているような感覚に陥った……。

わたしはこの一帯を歩いて回ったが、誰一人としてわたしの声を耳にする者はいなかった。目に入るのは自然ばかりで、丘から見下ろすことができるのは森しかなく、人間と人間の仕事が残したものは、これもまた森が、徐々にそして徹底的に呑み込んでいた。畑には石だけが残され、建物には草や灌木が入り込み、ニワトコの低木がセメントの床やタイルを持ち上げ、さらにそれらを覆ってその上で葉や枝を広げるなど、ニワトコはジャッキや水力式のリフトやプレッサーよりも力強かった。砂利や敷石の塚を追っていくと大きな建物にたどりついた。その建物の周りを歩くと、この道にあるこの場所はきっと気に入るであろうことがわかった。わたしは道路を補修しなければならないとのことだったが、さしあたって、この道路を通る者は誰一人おらず、これからもしばらく人が通る気配はなかった。この道路を整備するのは、たとえば夏に材木を運び降ろす時か、何か起きた時のためだけだったからだ。そうしていると、人間の嘆き声を思わせるバイオリンの音、歌いながらも泣いているような声が耳に入ってきた。わたしはこの声がするほうに出かけることにした。けれども、紐を外し、はみを脇に置いたポニーとヤギと猟犬がわたしのあとをつけていることに気づかずにいた。わたしは三人の人たちのもとにたどりついた。そこにいたのはジプシーたちで、わたしと入れ替わりにここを離れる人たちだった。そしてわたしは目の当たりにした。わたしが目にしたのは奇跡的なもので、信じられないことが現実となった……。年老いたジプシーのお婆さんが、放浪者がするように小さなたき火のそばにしゃがんで、石の上に置かれた両手鍋を棒でかきまわしている。片手に棒を持って鍋をかきまわし、もう一方の肘を膝にのせて掌で額を押さえ、編んだ黒い髪が手の甲にだらりと垂れていた……。もう一人の老人のジプシーは足を広げて道の上にしゃがみながら、金槌で路面の敷石を力強く打ち付けていた。腰回りのぴったりとした黒いズボンとブーツをはいた若い男がその老人の上に身を屈め、バイオリンで情熱的なジプシーの歌を演奏している。音楽がその場を高揚させ、老人はむせび、哀愁を帯びた泣き声を長く発するようになり、この音楽から受ける印象のままに髪を一つかみ引き千切ると、火の中へ投げ込み、また敷石を叩き付けるのだった。老人の息子あるいは甥とおぼしき若者はバイオリンを奏で続け、老婆は食事をつくっていた。

これからの自分に何が待ち受けているか、わたしは目の当たりにしたのだった。ここでわたしは独りになり、わたしのために料理してくれる人などおらず、バイオリンを演奏してくれる人もいなくなるのだ、と。ただ一頭のポニーとヤギと犬、それからたえず警戒して距離を置きながら、あとをつけてくる猫がいるだけだった……。わたしが咳をすると、老婆は振り返り、わたしのことを太陽を直視するようにじっと眺めた。老人は手を動かすのをやめ、若者はバイオリンを下ろすと、わたしにお辞儀をした……。勤労奉仕をしにやってきた者です、とわたしは言った。老人と老婆は立ち上がり、腰を屈めてわたしに手を差し出して、すべて準備ができていますよ、と言った。その時になってようやく、大きな後輪のついたジプシーの荷車がアシの茂みに置かれているのを目にした。かれらが言うには、わたしはこのひと月のあいだに初めて会った人間だそうだ。本当ですか、とわたしは訊いたが信じられなかった……。若者は茂みの中からケースを取り出してフタを開けると、揺りかごに子どもをのせるように、そっとバイオリンを置き、さらに注意を払いながら、何かの歌の楽譜や歌詞それからイニシャルが縫いつけられたベルベットの布をその上に置いた。バイオリンをじっと眺めてから布を触り、ケースを閉めた。そして荷馬車に跳び乗り手綱を取ると、老人の道路工夫もまた馬車に腰掛け、隣に老婆を乗せた。家の前で停まって毛布や布団、鍋をいくつかとやかんを運び出すと、半ば壊れたまま、半ば修理された道から立ち去ろうとした。もう一晩ゆっくりしていってください、とわたしは声をかけたが、かれらは急いでいて、また人を見るのが、何人かの人を見るのが待ち切れない様子だった。ここの冬はどうですか、とたずねると、「アイ、アイ、アイ」と老人のジプシーは答えた。「最悪さ、わしらはヤギを食べ、それから犬と猫も食べたよ」それから手を上げると、誓いのしるしとして三本の指を立て、こう言うのだった。「三か月のあいだ、ここにはひとっこ一人来なかったよ……。しかも雪が降ってきてな……」老婆も涙を流しながら、繰り返すのだった……。「雪が降ったのよ……」そして二人揃って泣き出してしまった。若い男はバイオリンを取り出すと悲しげな歌を奏ではじめ、老人のジプシーは手綱を引いた。馬は前屈みになり、若いジプシーは立ち上がって足を踏ん張ると、物憂い表情をみせてジプシーの恋の歌を奏でた。ジプシーの老夫婦は静かに涙を流し、呻き声をあげたり、苦悩と皺だらけの顔をわたしのほうに向け、わたしに向かってうなずいたり、わたしのことを憐れんでいる素振りを手でしてみせたが、同時にわたしを受け入れず両手で払って追い出そうとした。ただ、かれら自身のそばから追い出そうとしたのではなく、生命から追い出そうとしたようだった。まるであの両手で穴を掘って、わたしを葬ろうとしているかのように……。丘の上で、老人が立ち上がってもう一束髪を引き抜いた。馬車が丘を下っていくなか、ただ手が髪の束を投げ捨てるのだけが見えた。おそらく、大きな絶望とわたしに対する憐れみを示したかったのだろう……。誰もいない宿屋の広いホールの中に入り、さてどこで寝ることになるかと見渡し、建物の中を歩き回って、家畜小屋、材木置場、干し草置場を回ってみた。わたしの後ろを、ポニーとヤギと犬、それから猫がとぼとぼ追いかけているのにわたしはまったく気がつかなかった……。水道のポンプのところにたどりつき身体を洗おうとすると、わたしの背後に、真剣な眼差しを投げかけるポニー、ヤギ、猟犬、そして猫が歩いていた……。振り返って見てみると、ポニーたちもわたしのことをじっと眺めていた。かれらもここに置いていかれるのではと不安だったのだ。わたしは笑みを投げかけ、一頭ずつ頭を撫でた。猫も撫でられたがったのだが、警戒心に負けて走っていった……。

わたしが保守し、自分自身で砕いた敷石で補修しようとしていた道は、わたしの人生に似ていた。背後には雑草や草がぼうぼうと生えていて、道の先にも草が生えていた。けれどもわたしが作業をした区間だけは、わたしの手の痕跡が残っているように思えた。突然の豪雨や長雨で地面がくぼんでしまったりすることもしばしばあり、わたしが手がけた道路での作業が土砂と小石によって流されてしまったこともあったが、わたしは腹を立てず、罵倒せず、運命を呪うこともなく、辛抱強く仕事に専念した。夏のあいだずっと、手押し車とシャベルで砂や堆積物を運び出していたが、それは道を改良するためではなく、ポニーと馬車が通れるようにするためだった。ある時、雨が止んだ後で道床全体がくずれてしまい、一週間前に終えた時と同じ状態に戻すのにそれから丸々一週間かかった。けれどもわたしは集中して、朝から仕事に取り掛かり、道路の反対側に到達するという自分で定めた目標があったので、それほど疲れを感じることはなかった。一週間後、手押し車を押しながらそこを通った時誇らしく感じてはいたものの、自分がなしとげた仕事をまるで自分の仕事ではないかのように、単に原状復帰させたにすぎないと見なすようになった。誰もわたしのことを信じようとしなかっただろうし、この六十時間におよぶ仕事を称賛してくれる人は一人としていなかった。犬とヤギとポニーと猫がいたけれども、かれらは何かを証言してくれるわけではなかった。誰か人の目にとまるといいとか、称賛を受けたいとか、こういったことはすべて、わたしから縁遠いものとなっていた。というわけで、ほとんど一か月のあいだ、補修を請け負った道路を引き継いだ時と同じ状態に維持すべく、お日さまが出てから沈むまでひたすら仕事をするばかりだった。そして、この道の保守の作業をするたびに、自分の人生の補修と重ね合わせて考えるようになった。いま振り返ってみると、これまでのわたしの人生というのは誰か別人の人生であるかのように思え、まるでわたしの生涯すべてが、誰か別人によって書かれた本のように思えた。けれども、この人生の本を開く鍵を持っているのはわたしただ一人で、わたしの人生を証言するのは唯一わたし自身であった。わたしの道の始まりと終わりにはあいかわらず雑草が生えていたが……けれども、まるでつるはしかシャベルを使っているかのように、追憶することによって、過去へとつながる自分の人生を補修し、考えることによって、思い出したいところへふたたび戻れるようになったのだった。道路での作業を終えると、大鎌の刃をとんとんと叩いてから、脇にある草を刈り、干し草それから二番生えを乾かし、いい天気の時には昼下がりに干し草をまとめ、冬にそなえた。ここの冬は六か月も続くと聞いていたからだ……。週に一度、ポニーに荷馬車をつけ、買い物に出かけた。帰り道には補修した通りから誰も通っていない車道に出てゆっくりと走った。振り返ると、馬車の車輪の跡と雨上がりのあとの馬の蹄鉄（ていてつ）の跡を見ることができた。ひとけのない村を二つ越えると、ようやくきちんとした国道に出た。その通りの顔には貨物車両が残した皺を見ることができ、路肩の埃には自転車やバイクの痕跡を、そしてここを通って仕事に出かけたり、見張りについていたりしていた森林管理の労働者たちや軍人たちの交通手段の痕跡を見ることができた。お店で缶詰、サラミ、パンの大きな塊を買い終えると、わたしは居酒屋に立ち寄った。すると店の主人や住民が近くに座り、「この山やら、人里離れた場所が気に入っているのかい」とたずねてきた。「わくわくしますね」とわたしは言って、これまで誰も人生で目にしていない、けれどもここで実際にあったことを話しはじめた。わたしはただ車で通りかかっただけか、二日か三日滞在するだけのつもりで来たかのように話をした。ハイキングをしたり、自然に胸をときめかせている都会の人間であるかのように。田舎に来るとかならず、森がどんなにきれいか、霧に包まれた山の頂きがいかに美しいか、あまりにもここが美しいのでずっと滞在したくなるといったロマンティックなナンセンスなことを次々と話す、都会の人間のように話をした……。その居酒屋では、脈絡もなくいろいろなことを話し続けた。とはいっても美しさにはもう一つの側面がありましてね、パンの塊のように美しい自然は、人間がいかに不快なものや捨てられたものを愛することができるかということと関係しているんですよ。雨が降り、すぐに日が沈み、暖炉の脇に座ってもう夜の十時だと思っても本当は六時半だったりする。こういった時間、日々、週を刻んでいく風景を愛することができるかどうかということとね。それから、自分自身への問いかけをはじめるんですよ。ポニー、犬、猫、ヤギからも声をかけられるのですが、一番楽なのは自分自身と話すことですね。初めは声を出さずに話し、映画が上映されていくように、追憶を通して過去のイメージを映し出す。そのあとようやく自分自身に声をかけ、助言をあたえ、質問し、自問し、尋問し、自分の一番謎の部分をみずから知ろうと努め、検察官のように追及し、そのあと弁護を行ない、それから行きつ戻りつしながら自分自身と言葉を交わしていくことで人生の意味にたどりつくんですよ。それはすでにあるものや、とうの昔に終わってしまったことについてではなく、わたしが遭遇した、これから遭遇しなければならない道の先にある、これから先のことなのです。孤独から逃れたいという欲求、自問するのにそれだけの力と決意が求められる本質的な問いかけから逃れたいという欲求から、人間を守ってくれる平静にいたる考えにたどりつけるだけの時間がはたしてまだあるでしょうか、とね……。

そして、毎週土曜の夜遅くまで居酒屋に座っている道路工夫のわたしは、そこに座れば座るほど、自分を人々に曝け出し、居酒屋の前に立っているポニーやわたしの新しい故郷での輝かしい孤独のことを考えるようになり、わたしが知りたかったこと、見たかったことがここの人たちの前では光を失うのを目の当たりにした。というのも、わたしがかつて楽しんでいたように、誰もがただ楽しい時を過ごそうとしているだけで、誰もが一度はかならず自問しなければならないものを先送りにしているだけだったのだ。幸運をもちあわせていれば、死の前に自問する時間があるだろうが……。わたしはこの居酒屋で事あるごとにあることを悟った。人生の本質とは、死が訪れた時にどう振る舞うかという死への問いかけそのものだということを。死、いやこの自問こそが、無限と永遠という視点のもとで繰り広げられる対話にほかならないのだ。死にどう対処するかということが、美しさをめぐる考えの出発点となる。なぜなら、自分が目指した道――これは往々にして予期せぬうちに終わってしまうが――、その道の無意味さを味わい、失敗の経験を重ねることで、人間は苦々しさ、つまり美しさに満たされることになると。こういった具合だったので、わたしはこの居酒屋でいいもの笑いの種になった。わたしは誰彼かまわずお客に「あなたはどこに埋葬されたいですか」とたずねたからだ。皆、初めは驚いていたが、そのあと涙を流すほど笑い転げ、逆に、「じゃあ、あんたはどこに埋葬されたいんだい」と質問を投げかけてきた。「もちろん幸運に恵まれて、死後すぐに発見された場合の話だがな」と。「あんたよりも前にいた道路工夫が死んでいるのが見つかったのは春になってからのことでな、全身をトガリネズミ、ハツカネズミ、キツネに食べられていて、埋葬できたのは骨の塊だけだったんだよ。アスパラの束やスープ用の牛の骨のようなわずかなものさ」わたしは自分の墓のことを喜んで説明してあげた。「もしここで死んで、噛まれずに残った骨が一部しか、頭蓋骨の一部しかなくても、あの小さい丘の上にある墓地に埋葬してほしいと思っています。分水嶺（ぶんすいれい）の真上にわたしの棺を置き、時間が経って棺が崩れ落ちたあと、分解されたわたしの残余物が雨で流れ出し、世界の二つの方向に流れていくようにしてほしいんです。その水とともにわたしの身体の一部が一方ではチェコの小川に流れていき、もう一方では国境の有刺鉄線を越えてドナウに続く小川に流れついていてほしいんですよ。つまり死んだ後も世界市民であり続けたいんです。一方がヴルタヴァ川そしてラベ川を経由して北海にたどりつき、他方ではドナウ経由で黒海へ流れていく。その二つの海から大西洋へと注いでいく……」居酒屋の常連客たちは静まりかえり、わたしのほうをただ眺めるばかりだった。こうなるとわたしはいつものように立ち上がるしかなかった。村中の人々がたずねたがっていた質問を受けることになるからだ。わたしがここを訪れるたびに、いつも最後にたずねられるのだが、わたしはつねに同じように答えるのだった。じゃあ、プラハで死んだらどうするんだい？　ブルノだったら？　ペルフジモフだったら？　死んだ後に狼たちに喰われてしまったら、と。フランス文学の教授がかつて教えてくれたように、わたしはどういう風になるかすべてを正確に答えるのだった。「人間というのは精神面においても肉体面においても、破壊されることはなく、ただ変貌し、変容するだけなんです。ある時、サンドバーグという詩人の詩をマルツェラと教授が解釈してくれたことがあります。それは、人間は何からできているかという詩で、身体の中にはマッチ十個分ほどのリンがあり、そればかりか首を吊るのに使う釘を作れるほどの鉄もあり、さらには十リットルものモツのスープをつくることのできる水分もあるのだと書いてありました……」と。

わたしが村人たちにこう告げると、村人たちはその考えを、そしてわたしのことを怖がり、何が自分たちを待ち受けているかありとあらゆることに思いをめぐらし、顔をしかめるばかりだった……。ここで死んだらどうなるかを語らせていたほうがまだよかったのだ。ある晩、わたしは村人たちと一緒に丘の上の墓地へと向かい、村人たちが埋葬されることになる空き地を指差した。「ここから半分は北海へ、残りの半分は黒海へと流れていくんですよ。何よりも大事なのが、屋根の棟のように、墓穴で棺を斜めに立てかけることなんです……」わたしは買い物を手にして帰宅する時、道すがら思いにふけり、帰り道のあいだずっと、その日一日口にしたこと、行なったことを思い出し、わたしが言ったこと、したことは正しかったかどうか反芻し、自分が楽しめたことだけを正しいものと判断した。もちろんこれは子どもや酔っ払いが言う意味での楽しみではなく、フランス文学の教授が教えてくれたように、形而上学的な楽しみのことで、人間が何かを楽しむというのはそれを理解することにほかならなかったからだ。「この馬鹿者、人類の悪しき、愚かな、罪深い子孫たちよ」と教授はよく罵倒したが、彼はこうやって自分の望んだ場所にわたしたちを導こうとしていたのだ。わたしたちにとっての楽しみとは詩であり、美しさであり、美しい出来事であった。美しさは超越性、つまり無限と永遠を目指し、そこに到達しようとするのだ。

わたしの住居にある舞踏場兼酒場にいると、もはやこれ以上孤独に耐えられなくなり、誰かに一緒にいてほしいという思いが募り、冬になる前に大きな古い鏡をいくつか村で購入した。そのうちの何枚かはただで譲り受けたもので、譲ってくれた人たちは、すぐにでも処分がしたかったんだと言っていた。なぜならその鏡を覗くと、ドイツ人が出てくるからだそうだ。わたしは鏡を毛布や新聞でくるんで家に持ち帰ることにし、一日かけて壁に掛け釘を打ち、そこに鏡を取り付け、壁一面に鏡を吊るした……。それからというもの、わたしは一人ではなくなった。家に帰ると自分が迎えてくれ、鏡の中で自分に向かってお辞儀をし、こんばんはと挨拶をしてくれるのを心待ちにした。就寝するまでのあいだ、わたしは一人ではなく、わたしたち二人になり、同じ動作をしているものの、より広がりを持った現実の中で自問することができた……。外に出かける時、鏡の中にいる男、わたしの分身は背を向け、それぞれ別の方向を向いた。もっとも部屋から出ようとするのはわたしだけなのだが……。どうしてこういう光景になるかと頭をひねったがどうしても結論に達することができなかった。わたしが立ち去る時、どうして自分を見ることができないのか、頭を動かしてようやく見えるのが、自分の背ではなく顔なのはなぜなのか、と。理解するにはもう一枚の鏡が必要だった。そうしてわたしは、目にすることはできないが実際に存在するものを触覚で体験するようになった。そう、信じられないことが現実となったのだ。土曜の買い物から帰ってくると、わたしはいつも丘にある墓地の下で給料を手にしながら立ち止まり、小川のほうへおりていった。そこには斜面から、泉からの一筋の水が小さな小川のようにちょろちょろと流れていた。この一帯では、岩から水がたえず滲み出ていて、わたしは事あるごとにこの水で身体と顔を洗った。水は冷たく澄んでいて、墓地からこの小川まで、葬られた人々の液体がたえず流れていく様子を目の当たりにした。大地は死者を分解して釘をつくり、その釘を用いて、わたしはいつか首を吊るかもしれない。体液はこの美しい大地により蒸留され、濾過され、わたしが顔を洗うのに使う澄んだ水になる。何年もの時間が経過して、誰かがどこかでわたしが変容したもので顔を洗い、わたしの身体のリンからできたマッチを点けるかもしれないのだ……。わたしはためらうことなく、墓地の下の泉から流れ出る水を飲み、そしてワイン通のようにこの水を味わうのだった。ドクトール・バートシュトゥーベやベルンカステラー・リースリンク（ともにモーゼルの高級ワイン）を知り抜いた人たちが、葡萄園の近くを通過していく数百の列車の匂いや、おやつや昼食をあたためるために毎日葡萄園の人たちが熾す火の匂いを識別できるように（というのも、リースリンクを一口呑み込むだけでその煙を区別できるのだ）、わたしもまただいぶ前に墓場に葬られた死者たちを味わっていた。死者たちを味わったのは鏡を譲り受けたのと同じ理由からだ。鏡には、数年前にこの地を去ったドイツ人が鏡を覗き込んだ時の面影が残っていた。ドイツ人たちの匂いは鏡の中に残っていて、その鏡をわたしは毎日長いあいだ覗きこみ、その中をわたしは散策する。死者の水の中にいるかのように散策し、かろうじて見えるかどうかの肖像たちと触れ合うのだった。けれども、信じられないことが現実となるのを見てきた人間として、わたしもまた、ダーンドルを着た少女たちの肖像画や背景に映っている家具に、ドイツ人家族の幽霊に、足をとられ、よろめくこともあった……。この鏡をわたしにくれたのは村人たちだったので、お礼に墓地で何が待ち受けているか鏡の中を覗かせてあげたりした。村人たちは万霊節の直前にわたしの猟犬を撃ってしまった。わたしはこの猟犬にあることを教え込んでいて――いや、むしろ犬が勝手に覚えたのだが――ある時、買い物袋をくわえてきて、一緒に買い物に行きたいと意思表示をした。村までの道のりを犬が自分だけで行けるのを知っていたので、試しに必要な物を紙に書きつけて袋に入れると、犬は走っていった。二時間後、犬がもどってきて、買い物の品が入った袋を目の前に置くのだった。それからというもの、わたしはポニーと一緒に出かける代わりに、ほとんど一日おきに袋と一緒に猟犬を送り出し、買い物を頼むようになった……。村人たちはわたしのことをずっと待っていたのだが、代わりに買い物の品を犬が運んでいるのを見て、ある時、わたしの犬を撃ってしまったのだ。わたしが居酒屋に足を運ぶようにと……。わたしは泣き崩れ、一週間のあいだ猟犬のことを嘆いて涙を流した。けれどもわたしはポニーに装具をのせた。もう初雪が降っていた。わたしは給料をもらいに、それから冬に備えて買い溜めをするために出かけることにした。わたしは村人たちがしたすべてのことを許した。というのも、わたしに会いたくてしたことだからだ。もうからかう相手がなくなり、もしふざけるとしてもまったく別の高尚なふざけになり、わたしのいない居酒屋が耐えられなくなり、待ち望むものがなくなってしまっていたのだ。かれら自身がよく言っていたように、わたしの死を待ち望んでいないこともたしかだった。週に一度はかれらのところを訪れてほしかったのだ。というのも、教会は遠くにあり、そのうえわたしは神父よりも話が上手だったからだ……。猟犬はどうにかわたしのところまでたどりついた。撃たれたのは肺だった。買い物袋を鼻にかけたまま歩いてきた。わたしは犬を撫で、さらに感謝とご褒美のしるしとして角砂糖を一個あげた。けれども犬は角砂糖を食べることはなく、わたしの膝に頭を寄せ、それからゆっくりと時間をかけて亡くなった。わたしの後ろにはポニーが寄ってきて、犬の匂いを嗅ぎ、ヤギも、そして犬といつも一緒に寝ていた猫もやってきた。けれども、その猫はわたしが撫でることを嫌い、遠くにいるのが一番落ち着くようだった。わたしは猫に話しかけ、猫は横になって身をよじり、爪を見せながらも、実際に喉の下や毛をかいてやっている時のような表情を見せるのだった。けれどもわたしが手を伸ばそうとしようものなら、警戒心の強い野生の力が働いてわたしの指の届く範囲から遠ざかるのだった……。その猫がわたしに近づいてきて、慣れているかのように、猟犬の身体に身を寄せてきた。わたしは掌を見せたが、猫は猟犬の今にも消えいりそうな瞳をのぞきこんだままだったので、思い切って猫を撫でてみた。すると、猫はわたしをぎろっと見た。それほど、撫でられることは猫にとっては耐えがたいことだったのかもしれないが、自分の友の死に際して猫はそれを克服し、むしろ瞳を閉じて、頭を犬の毛に置き、これまで恐怖を感じていたもの、けれどもずっと憧れてきたものを見ないようにつとめたのだった。

わたしは、ある午後の遅い時間に思いにふけりながら、水を汲むために泉まで歩いていた。上に登っていく途中で、名高い元給仕長、ホテル・チホタのわたしの同僚であったズデニェクが森のはずれで木に寄りかかりながらわたしのことをじっと見ているのをまず感じ取り、それから実際に彼を目にした……。エチオピア皇帝に給仕したこのわたしは、ズデニェクがわたしのところに様子を見に来ただけであること、わたしとは話したがらないばかりか、話す必要もないと思っていることを知っていた。このひとけのない場所での生活にわたしがいかにとけこんでいるかを見たかっただけなのだ。なぜなら、ズデニェクは今や政界で重要な人物になっていて、大勢の人に囲まれていたのだが、おそらくわたしと同じように孤独であるのがわたしにはわかっていたからだ……。わたしが水をポンプで汲んでいるあいだ、動物たちはその様子を眺めていた。わたしの一挙手一投足をズデニェクが観察しているのを感じ取り、わたしは誰にも見られていないかのようにポンプで水を汲む素振りを見せたが、同時にズデニェクも、わたしが彼の存在に気づいているのをわかっていた。わたしはゆっくりと動くことにし、木桶の取っ手を握り、ズデニェクがすこし動けるだけの時間をあたえた。というのも、数百メートル先にいる彼の動きを、彼の立てる音をすべて耳にしていたからだ。ズデニェクに、何か言いたいことはあるかい、とたずねた。けれども彼は何も言う必要はなく、わたしもその必要性を感じていなかった。二人がまだこの世に生きているのを確認しただけで十分だった。わたしがしばしば彼のことを思い出したように、ズデニェクもわたしのことが懐かしくなったのだ。わたしは木桶を二つ持ちあげ、建物のほうに下っていった。わたしの後をポニーが、ポニーの後をヤギと猫が続き、わたしは用心しながら歩みを進めたが、木桶の水はわたしのゴムの長靴に飛び散ってしまった。戸口の敷居に木桶を置いて振り返った時には、ズデニェクはもうそこにいないのがわたしにはわかっていた。ズデニェクは満足して、森のはずれに待ちかまえている政府専用車に乗り、孤独のなかにわたしが逃げていることよりもはるかに難しい、自分の仕事に戻ったのだ。わたしはフランス文学の教授がマルツェラに語った言葉を思い出した。本当の、世故に長けた人間というのは、匿名のなかに紛れ込み、偽りの自分から解放されることができる人間のことなのだ、と。わたしが木桶を置いて振り返ると、ズデニェクは森から姿を消していた。こうするしかなかったのだとわたしもうなずいてみせた。わたしたちはそれぞれ別の場所にいるけれども、唯一こういった方法で言葉を交わし、沈黙を通して心の中にあること、自分たちの世界観はどういうものであるか、議論を戦わせたのだった。

その日、雪が、郵便切手のように大きな雪片が静かに降りはじめ、夕暮れには雪嵐となった。澄み切った冷たい泉の水は、地下室にある石を切ってつくられた飼い葉桶にたえず流れ込んでいた。馬小屋は廊下に面した台所の隣にあり、廏肥(きゅうひ)を村人たちの助言に従って馬小屋に置いたままにしていたので暖かく、セントラル・ヒーティングのように台所を暖めていた。降り続く雪を、わたしは三日にわたって眺めていた。雪は、小さい蝶やカゲロウ、あるいは空から落ちてくる花のように、サラサラと音を立てていた。わたしの道路は雪で徐々に埋まっていき、三日目になると完全に周囲と一体になって、道路がどこに走っているか誰もわからないほどになった。雪が降りはじめて三日目にわたしは古い橇を取り出し、それからベルを見つけ、そのベルを一時間ごとに鳴らして、笑みを浮かべた。このベルのチリンチリンという音は想像力を刺激したからだ。ポニーに橇を取り付けて、道路を進んでいくと、身体がふわっと浮かび上がる。すると、この一帯を覆い尽くしている雪の枕、羽毛のベッド、ふかふかとした白い絨毯、こんもりとした白いシーツから、わたしたちが遠ざかっていくのだ……。だが橇を修理しているあいだに、雪が窓枠の下の部分の高さまで達し、その後、窓の半分の高さまで達しているのに気がつかずにいた。雪が驚くほどの高さに降り積もっているのを目にして、わたしは愕然とした。動物たちと一緒にわが家屋が、天から鎖で吊るされているのを目にしたからだ。わたしの家屋は世界から孤立し、けれども縁まで雪でいっぱいになっていた。まるで鏡がこの地で埋められた人と忘れられた人たちであふれているかのように。この鏡は繊細な膜で覆われていて、数々のイメージが貼り付けられていた。そのイメージは、わたしがこの鏡を包み込んだイメージの分だけ、鏡から呼び起こすことができる。よく言うのであれば、それらとともに、わたしの道路は過去の時間という雪で覆われており、熟練の手が皮膚の下の血管を探り当てるように、生命がかつてどこに流れていて、いまどこを流れ、そして近い将来にどこを流れるか知ることができるのは、唯一想い出だけなのだ……。その瞬間、もし自分がいなくなったら、現実となったありとあらゆる信じられないことがすべてなくなってしまうのではないか、あの美学とフランス文学の教授が言っていたように、より優れた人間とはうまく表現ができる人のことなのではないかと不安をおぼえた……。そしてこれまであったことをすべてありのままに書き記したいという欲求を感じるようになった。ほかの人たちに読んでもらって、わたしがひとりごちてきたことを通して、これらすべてのイメージをそれぞれ描いてもらうことができるように。そのイメージは、ビーズのネックレスやロザリオのように、わたしの人生の長い糸を通してできたものだった。家屋の外側を腰の高さまで埋め、今なお降り続いている雪を驚嘆しながら眺めていたこのわたしに、信じられないことだが、一連のイメージが降りそそいできたのだ……。それから毎晩、わたしは鏡の前に腰掛けるようになった。背後のカウンターには猫が座っていたが、わたしがそこにいるかのように鏡に映ったわたしの姿に頭を寄せていた。わたしは自分の手を眺めた。外では洪水のように雪嵐がヒューヒューと音をたてているなか、ますます自分の手を眺めてみた。そのうえ、まるで自分に降伏するかのように両手を上げた。鏡に映っている手と動いている指を見ていると、わたしを待ち受ける冬が、雪が見えてきた。そして雪を掻き、道を探している自分の姿が見えた。村に通じる道を毎日探している自分の姿だった。もしかしたら、村人たちもわたしのところに通じる道を探しているのかもしれない、と……。そしてわたしは自分に言った。日中は村に通じる道を雪を掻いて探し、夜は書くことにしよう。後戻りする道を探し、その道に沿って来た道を戻り、わたしの過去を覆い尽くした雪を掻くことにしよう。そして、文字と文章で自分自身に問いかけてみよう、と。

クリスマスイヴにまた雪が降った。約一か月のあいだ毎日懸命に場所を探し、復旧に努めてきた道路はふたたび雪に覆われてしまった。雪の壁ができ、胸の高さもある堀ができ、わたしが万霊節を最後に訪れていない居酒屋や商店までの道のりの半分までしかたどりつけなかった。夜には雪の層が、壁掛けカレンダーの飾りのように光り輝き、わたしはクリスマスツリーに飾りをつけ、クッキーを焼いた。そしてクリスマスツリーに明かりを灯して、馬小屋からポニーとヤギを連れてきた。猫は暖炉の脇のブリキのカウンターの上に座っていた。わたしは燕尾服を取り出し着てみようとしたが、なかなかうまくいかなかった。わたしの固くなった指ではボタンをうまくはめるのも大変で、手は力仕事でよく曲がらなくなっていて、白い蝶ネクタイもきちんと結ぶことができないほどだった。スーツケースからわたしがホテル・チホタの給仕人だった頃に買ったエナメルの靴を取り出して磨いてみた。青い懸章をのばして襟に星をつけると、星はクリスマスツリーよりも輝きを放ち、ポニーとヤギはわたしのほうをじっと見ているうちに興奮してしまい、気を静めさせなければならなかった。それからわたしはジャガイモの入ったグラーシュの缶詰で夕食を用意した。ヤギにはプレゼントとしてリンゴを小さく切ってあげた。毎週日曜日、わたしと一緒に昼食をとる時と同じように、ポニーも長い樫のテーブルの脇に立ち、お皿からリンゴを選って、ムシャムシャ食べた。このポニーは自分が置いてきぼりにされ、わたしがどこかに行ってしまうのではないかという強迫観念をたえずいだいていて、いつもわたしのあとをついてきた。ポニーに馴れているヤギはポニーのあとを追い、そしてヤギの乳を頼りにしていた猫はヤギの乳房が動くところに行くのだった。わたしたちは仕事に出かける時も、仕事から戻ってくる時もこういった具合で歩いていた。秋に立ち枯れ草を刈りに出かけようとすると、皆でわたしのあとをついていきて、わたしがトイレに行く時ですら動物たちはわたしのあとをついてきて、わたしが逃げないように見張っているのだった……。オリオンカ・チョコレート工場のあの娘が夢に現れたのはここに来て一週目のことだった。夢のおかげで彼女のことが恋しくなり、彼女があいかわらず脇の下に本を抱えてチョコレート工場に出かけているか、一目見たいと思い、必要なものだけをまとめて、夜明け前に村に向かったことがあった。待っていたバスが村に到着し、一段目のステップに足を乗せた瞬間、わたしの来た道をポニーが駆けてくるのが目に入った。そのあとを犬が、そしてそのあとをヤギがよろめきながら……まっすぐわたしのほうにやってきて、わたしのことをじっと眺めて、言葉を発することなく、ここに置いていかないで、と懇願するのだった。わたしを取り囲むと、さらにあの野良の雌猫が姿を現し、牛乳の入った缶がいつも置かれるベンチに飛び乗るのだった。わたしはバスを見送ることにし、動物たちと一緒に帰路についた。それからというもの、動物たちはわたしから目を離そうとしないばかりか、わたしを陽気にさせようといろいろとたくらみ、猫は子猫のように飛び跳ねたり、ヤギはわたしの気を惹こうとして、ふざけてわたしと一緒に飛び跳ねたり、頭をぶつけたりした。ポニーだけが何もできず、だが事あるごとにわたしの手を繊細な唇で包み、わたしをじっと見るのだが、その日は怯えているようだった……。夕食を済ませると、いつもと同じようにポニーは暖炉のそばで体を丸め心地よく息を吐きだし、ヤギはポニーの隣に横になり、わたしは自分のイメージを執筆し続け、考えに耽った。このイメージは初めのうちははっきりとしておらず、何か余計なイメージを書いてしまうこともあったが、突然、筆が進みはじめ、一ページ一ページと書き進める。だがイメージは、わたしが書きとめる前にさっと消えてしまうこともあった。イメージの移り変わりが激しいためにわたしは眠ることができず、外は嵐が吹き荒れているのか、月が皓々と輝き、寒さで窓ガラスがパキッと音を立てているのかどうかすらわからなかった。わたしはただ毎日道路を清掃し、雪を片づけながら、夜に自分がたどる道のことを考えた。何を書くかはすでに日中のうちに考え抜いていて、夜にはペン先をペンに装着して、仕事をしながら道路で考えたことを書き写せばいいだけだった。そして動物たちも夜を待ち望んでいた。というのも、動物は静けさが好きだったからだ。動物は心地よく息をしていたので、わたしも同じように息をついて書き続けた。暖炉に切株の一部を入れると、炎がぱちぱちと静かに音を立てた。煙突でつむじ風が起こり、扉の下まで風が通り抜けていった……。

クリスマスイヴの真夜中頃、窓の外で光が動いているのが見えた。ペンを置くと、信じられないことが現実となっていた。建物の外に出てみると、雪掻きを手にして橇に乗った村人たちが向こう側からやってきたのだった。居酒屋にいた、あの救いようのない、人生に難破した者たちが。猟犬を撃ったかれらが、今やわたしのことが恋しくなって、雪掻きを手にして、橇に乗ってわたしのところまでやってきたのだ……。わたしは住まいである宿屋に招き入れた……。かれらがわたしのほうをじっと見ているので、何に驚いているのかがわかった。「これはどこで手に入れたんだい？」「誰からもらったの？」「どうしてこんな恰好をしているんだ？」わたしはこう言った。「まあお座りください、皆さんはわたしの客人ですから。わたしは昔、給仕人だったんですよ」かれらはわたしに恐れをいだき、まるでここに来たことを後悔しているかのようだった。「その懸章と勲章は？」わたしはこう答える。「これは何年も前にもらったものです。わたしはエチオピア皇帝に給仕したことがありましてね……」「で、今は誰に給仕しているんだい？」かれらはやきもきしていた。「ごらんの通り、わたしの客人にです」と言って、ポニーとヤギを指差した。けれども動物たちはすでに起き上がり、外に行こうとして頭をゴツンゴツンと扉にぶつけていたので、わたしが扉を開けると一目散に廊下を通ってそれぞれの小屋に向かっていった。けれども、この燕尾服、光り輝く勲章、そして青い懸章が村人たちから落ち着きを奪ってしまったのか、かれらはずっと立ったままでいた。それからようやく挨拶の言葉を交わし、祭日を祝い、聖ステパノの祝日（十二月二十六日）の昼食にわたしを招いてくれた。そして去っていった。わたしは鏡にかれらの後ろ姿が映っているのを眺め、窓ガラスから光とランプが遠ざかり、ベルの音が遠のき、雪掻きの音が遠くなっていくのを聞きながら、一人で鏡の前に立ち、自分をじっと眺めた。自分を見れば見るほど、自分が怖くなり、まるでわたしが別人と一緒に、狂ってしまった誰かと一緒にいるかのように思えてきた……。わたしは冷たい窓ガラスに口づけをするほど近づき、息を吹きかけ、それから肘をガラスにあて、燕尾服の肘の部分を使ってガラスの曇りをきれいにしてから、燃えさかるランプを乾杯をすすめるグラスのように手にして、ふたたび鏡の前に立った。背後でキーと静かに扉が開いたので、身体が一瞬こわばった……。入ってきたのはポニーで、その後ろにヤギが続き、猫は暖炉脇のブリキのカウンターに飛び乗った。わたしは、村人たちがわたしのために雪のなかを訪ねてくれ、わたしの様子を見て驚いたのがうれしかった。なぜなら、どこかたぐい稀なものを秘めているにちがいないこのわたしは、英国王に給仕したスクシヴァーネク給仕長の真の弟子であり、エチオピア皇帝に給仕するという栄誉に恵まれ、しかも勲章まで授かることができたのだから。この勲章が、読者のためにこの物語を書き終えるだけの力をわたしに与えてくれたのだ……。信じられないことが現実となった物語を。

満足してくれたかい？　これで本当におしまいだよ。

著者あとがき

この文章は、激しい夏の陽射しのもとで執筆された。その陽射しはあまりにも強く、タイプライターは一分間に幾度となく止まったり、動きが鈍くなったりした。眩いばかりの白い紙の四角形をじっくり見ることなどできなかったので、自分の書いた文章を確認すらできなかった。つまり、わたしは陽光に酔いしれながら、自動筆記の手法で書いたのだ。太陽の光はあまりにも眩しく、わたしの目に入ったのはきらきらと光るタイプライターの輪郭だけで、ブリキのカバーが数時間も日に当たっていたせいか、タイプされたページは熱でキャリッジに巻きついていた。昨年起こった出来事でてんてこ舞いだったため、自分の母親の死ですら記録に残すことができずにいた。だから、これらの出来事は、文章をファーストテイクのまま残すようわたしに求めるのだ。いつか時間と勇気を併せ持つことができたなら、何度も何度も文章を練り直し、ある種の古典になるまで手を加えることができるのではと、期待だけを抱かせるのだ――あるいは、イメージが第一に与える自然さを維持できるという前提のもと、ハサミを手にして、その瞬間に抱いた印象に応じて、時間が経ってもまだまだ新鮮だと思えるシーンだけを切り取っていく。もしわたしがこの世にいなくなったとしても、わたしの友人の誰かが同じことをやってくれればいい。わたしの文章から断片を切り抜き、ちょっとした短編や長い小説を作り上げてくれればいいのだ。同じ手順で！

付記

わたしがこの文章を書いていた夏のひと月のあいだ、わたしはサルバドール・ダリの「作られた記憶」とフロイトの「挟みつけられて動きがなくなっている情動を語りで流出させていく」精神で生を営んでいた。

解説

阿部賢一

プラハから列車に乗り、一時間ほど東に向かうとヌィンブルクという町に到着する。そこから数キロほど西に戻ると、鬱蒼とした森林のなかに別荘が姿を見せる。ケルスコと呼ばれるこの地域に、一軒の建物が今なお残っている。この建物の庭先に置かれた「ペルケオ」というメーカーのタイプライターの前に初老の男が座り、タイプを打ち始めたのは一九七一年の夏のことだった。普通であれば男のところにはひっきりなしに来客があるのだが、この時ばかりは幸いなことに訪問する者は一人としていなかった。男はそれまで堰き止められていたものをすべて吐き出すかのようにキーボードを叩き続け、十八日後に書き上げられたのが本書『わたしは英国王に給仕した』である……。

ボフミル・フラバルという作家には、あまりにも多くのエピソードがつきまとっている。この小説の執筆経緯もそうだが、鳩に餌をあげようとして転落死したといわれる彼の最期についてもいろいろな憶測がなされ、作品以上に、ボフミル・フラバルという人間に多くの視線が注がれ、語られてきた。彼が著した作品に触れずにはボフミル・フラバルという作家については知ることはできない。だがその一方で、その文章にはフラバル自身の体験がしばしば投影されていることも事実であろう。まずは、ボフミル・フラバルという人物の軌跡をたどってみることにしよう。

ボフミル・フラバルが生まれたのは、第一次世界大戦が勃発する数か月前の一九一四年三月二十八日。当時はまだチェコスロヴァキアという国家は存在せず、崩壊まで秒読みの段階に入っていたオーストリア＝ハンガリー二重帝国で生まれた最後の世代と言えるだろう。生を授かったのはチェコ語では「ブルノ」、ドイツ語では「ブリュン」とも呼ばれる町のジデニツェ（ドイツ語読みでは「ジデニッツ」）という場所だった。生まれたばかりのボフミルは、実は「フラバル」の姓を名乗っていなかった。生物学的な父である軍人のボフミル・ブレハと母マリエの関係は息子が誕生する前に破局を迎えていたため、母方の姓にもとづき、ボフミルは「キリアーン」の姓を名乗ることになる。誕生の数日後に行なわれた洗礼式で名付け親をつとめたのは、商人のフランチシェク・フラバルであった。ボフミルの「育ての父親」となる人物である。一九一六年二月、母マリエはフランチシェクと結婚し、同年末、息子ボフミルは晴れて「フラバル」の姓を名乗るようになる。父フランチシェクはポルナーのビール醸造所で経理を担当し、母マリエは夫の手伝いをしていたが、一九一八年十月にはチェコスロヴァキアの独立が宣言され、翌一九一九年夏、フラバル一家はプラハの東数十キロに位置するヌィンブルクに移り住むこととなる。フランチシェクはこの地のビール醸造所で職を得て、後にその醸造所の支配人となる。快活な母は夫の仕事を手伝いながら、アマチュア劇団に出演し、しばしばほかの町まで公演に出かけるほどだった。フラバル一家はビール醸造所の敷地内に居を構え、ボフミルは多感な少年時代を文字通りビールにまみれて過ごすこととなる。「わたしが育ったのはビール醸造所だった。このことはわたしに決定的な影響を与えた」とフラバル自身が後年述べているように、ヌィンブルクのビール醸造所を舞台にした小説『剃髪式』『時間の止まった小さな町』を執筆したほか、「ビアホール」という場はフラバルの文学で重要なトポスとなっている。

学校に通うようになったフラバルはけっして優秀な生徒ではなく、ギムナジウムでは「チェコ語」で落第したことすらあった。その後、ラテン語の課外授業を一年間懸命に受講し、一九三五年、プラハのカレル大学法学部に入学をはたす。法学部の授業のほかにも、チェコ文学、美術史、哲学の授業にも足繁く通っていたという。だが卒業を目前に控えた一九三九年、チェコがナチス・ドイツの保護領となり、チェコ系の大学がすべて閉鎖されたため、フラバルはヌィンブルクに戻ることとなる。知り合いの公証人事務所で一時期働いた後、フラバルが選んだ職は鉄道員だった。一九四二年にはヌィンブルク近郊にあるコストムラティ駅で駅員助手となり、その後、より専門的な知識を得るためにフラデッツ・クラーロヴェーの鉄道学校に通い、一九四四年末にはふたたびコストムラティ駅に配属される（保護領下での鉄道員としての体験は、映画化もされた『厳重に監視された列車』に見ることができる)。

戦争が終わり、大学が再開されると、フラバルはプラハに戻って学業に復帰する。一九四六年には法学博士の学位を取得するが、法律の道に進むことはなく、兵役を終えた後、保険外交員、訪問販売員と様々な職を遍歴することになる。一九四八年二月、「二月事件」が起こり、共産党が実質的な独裁体制を取った結果、企業はすべて国有化されてしまう。ちょうどその頃、セールスマンをしていたフラバルは在庫を売り払うことで、勤めていた会社の清算を手助けしたと言われる。

フラバルが本格的に執筆活動を始めるのも、またちょうどこの前後の時期である。一九四七年には詩集『失われた小道』の自費出版の準備を進めていたものの、「二月事件」の体制転換により、印刷所が国有化された結果、同書は日の目を見ることなく処分されてしまう。『厳重に監視された列車』の雛形(ひながた)とも言える「カイン」や「年老いたウェルテルの悩み」といった散文を執筆したのもほぼ同時期である。一九四九年にはクラドノの製鉄所での勤労奉仕を自分から志願し、同所で勤務しながら、執筆をする二重生活が始まるようになる。とりわけ製鉄所での労働は強烈な体験をフラバルに刻み、「美しいポルディ」などの初期の傑作を生み出している。

一九五〇年にはプラハのリベンに移り住み、プラハでの生活が本格的に始まることとなる。クラドノの製鉄所までバスで通勤していたフラバルは車内で知り合ったヴラジミール・ボウドニークと意気投合し、ボウドニークはフラバルのリベンの家に住み始め、さらにエゴン・ボンディという人物が二人のもとを訪れるようになり、芸術に興味を抱く三人の「野蛮人」の共同生活が始まる。ボウドニークは後にアンフォルメルを代表する画家となり、ボンディは作家、思想家として名を轟かすこととなる人物である。三人がリベンのフラバルの住居で日々議論を交わしていた様子は、『繊細な野蛮人』からうかがい知ることができる。一九五二年、製鉄所で頭に負傷をしたフラバルは長期にわたる入院生活を余儀なくされ、転職せざるをえなくなる。治療を終えたフラバルは、一九五四年から肉体的な負担がそれほど重くない古紙回収所で働き始める。そこで主人公ハニチャのモデルとなるインジフ・ペウケルトと出会い、その時の体験は代表作『あまりにも騒がしい孤独』の執筆に活かされることになる。

プラハでの生活を軌道に乗せたフラバルは、徐々にプラハの作家たちと知り合う。なかでも、同い年の詩人イジー・コラーシュと詩人ヨゼフ・ヒルシャルとの出会いは運命的なもので、一九五六年には、フラバルの短編がコラーシュとヒルシャルが編纂した地下出版のアンソロジー『生はいたる所に』に収録されて、発表される（なお、フラバルの解説文を執筆したのは、若きヴァーツラフ・ハヴェルだった）。そしてまたコラーシュの仲介により、同年、フラバルによる二編の短編を収録した『人々の話』がチェコ愛書家協会の刊行物の付録として刊行され、二百部と部数は限られたものの、フラバルの名が知れ渡る契機となる。同年にはエリシュカ・プレヴォヴァーと結婚し、フラバルは私生活の面でも転機を迎えることとなった。

その後、リベンの劇場での裏方の仕事を経て、一九六二年には文筆業に専念するようになり、一九六三年、短編集『水底の小さな真珠』でデビューを飾る。フラバルは当時四十九歳。けっして早いとはいえないデビューだったが、ただちにフラバルは時代の寵児となり、チェコスロヴァキア作家社の出版社賞を受賞したばかりか、同書を原作にしたオムニバス映画の撮影が決まる。さらには、短編集『パービテルな人びと』（一九六四）、中編小説『老人と上級者のためのダンス・レッスン』（一九六四）、中編小説『厳重に監視された列車』（一九六五）といった作品が堰を切ったように次々と刊行される。もちろん、このような刊行ラッシュにいたった背景には、文化開放政策が徐々に進められ、出版などの文化活動が様々な形で支援されていた状況があった。一九六八年には、イジー・メンツェル（チェコ語の読みは「メンツル」）監督の映画『厳重に監視された列車』がアカデミー賞最優秀外国語映画賞を受賞し、当時の大統領から国家勲章を授けられるなど、フラバルの名は世界的にも知れ渡ることとなる。だが同年八月、ソ連軍を中心としたワルシャワ条約機構軍がプラハに侵攻したことで、フラバルの作品の刊行にも影響が及び、翌年に出版予定だった『宿題』『つぼみ』が処分され、チェコ文学を代表する作家が一転して、当局のブラックリストに載る作家となってしまう。

一九六九年以降、作品を公刊する可能性が閉ざされることとなったのだが、皮肉なことに一九七〇年代はフラバルの創作活動のなかでもっとも豊かな時代となっている。それまでマスコミにひっぱりだこになっていた状況が落ち着き、執筆に専念できる環境ができたことも一つの要因だろう。『剃髪式』『わたしは英国王に給仕した』『時間の止まった小さな町』『繊細な野蛮人』『あまりにも騒がしい孤独』といった代表作をフラバルは次々と執筆している。しかしこの時代の文学については「引き出しのための文学」としばしば揶揄されていたように、刊行は地下出版か、亡命出版に限定され、フラバルの文章を読める者はわずかな友人に限られていた。国家勲章まで受章した作家にとって、自分の作品が日の目を見ないというのは耐えられない屈辱だったのだろう。一九七五年一月、当局が大幅に手を加えたフラバルのインタビューが雑誌『トヴォルバ』に掲載される。その結果、フラバルの作品がふたたび刊行されるようになる。ただし、刊行が認められたのは当局が許可したものに限られ、当局にとって不都合なテクストは出版が認められず、場合によっては、編集者がテクストに手を入れてから出版されることもあった（たとえば、『あまりにも騒がしい孤独』は大幅に抜粋された形で『繊細な野蛮人』の断片とともに『詩のクラブ』（一九八一）として刊行されている）。『あまりにも騒がしい孤独』『わたしは英国王に給仕した』などの代表作は公刊されることなく、棘を抜いたような作品だけが出版されることとなった。一九八〇年代には、妻エリシュカを語り手にした三部作『家での結婚式』を執筆するが、それ以外には目立った作品を残さず、一九八七年に長年病気と闘っていた最愛の妻エリシュカを失い、ショックをうけたフラバルは一時期執筆活動から完全に遠ざかってしまう。

だが祖国の政治転換の鼓動を感じ取ったのか、一九八九年一月、「魔法のフルート」

という短編を執筆したのを皮切りに、九〇年代前半には時事的な話題をベースにしたエッセイを次々と手がけるようになる。アメリカの研究者エイプリールに宛てた書簡形式を取りながら、エッセイ集などを次々と発表していく。さらに一九八九年十一月に体制が変わってからというもの、それまでの間隙（かんげき）を埋めるかのように、フラバルの作品は国内で次々に発表され、多くの読者を獲得することとなる。しかし一九九七年二月三日、入院中の病院で鳩に餌をあげようとして、五階から転落してしまい、命を落とす。十九冊からなる全集の最終巻の刊行まであとわずかに迫った時期の出来事だった。

『わたしは英国王に給仕した』をめぐって

一九七一年に執筆された『わたしは英国王に給仕した』は、『あまりにも騒がしい孤独』と並び、フラバルの代表作としてしばしば位置づけられている。「テニスを三セット、フルにプレーしたのは『孤独』だったが、五セット丸々プレーしたような印象を抱いたのが『英国王』だった」とフラバル自身述べているように、それほどまでに精力を傾けて心血を注ぎ執筆した作品である。

『英国王』がフラバルの作品のなかで特別な位置を占めている理由としては、他の作品とは異なり、いわゆる古典的な小説の形態をとっていることが挙げられる。批評家ヴァーツラフ・チェルヌィーが指摘しているように、古典的な小説を形成するうえで不可欠な「プロット」「人物の性格描写」「歴史的状況」という三点は、この作品の基本的な柱となっている。[1] フラバルの作品は、初期の詩作品を除くと、短編あるいは中編小説が大半を占めており、それらの作品で題材とされたのはいずれもある人生の断片に限られていた。それに対して、『英国王』では、チェコ語で「子ども」を意味するジーチェという地方出身の若者の生涯の大半が物語の骨格となっている。百万長者になることを生涯の目標に掲げ、給仕見習いに始まり、富豪たちが集う高級ホテルそしてプラハの一流ホテル、はてにはナチスの施設の給仕をつとめていく。戦後にはホテルを所有し、百万長者になったと思いきや、政治体制が変わり、すべての財産が没収され、国境近くの山村で道路補修の仕事に就き、自身の人生を総括すべくこの物語を執筆するまでの人生の大半を描いている。ある種の「教養小説」とも言える形で、一人の人物を中心に置き、物語を展開していく作品はほかにはない。

　そしてまた古典的、いや原初的な「物語」の構造をなしている特徴の一つが、文字通り「語られる」物語であることだ。実は、本書には副題としてPovídkyという表現が用いられている。これは通常「短編小説」を意味する表現だが、多くの論者が指摘するように、フラバルはこの表現を「語り」「おしゃべり」povídáníの意で用いている。五章からなる小説は、「これからする話を聞いてほしいんだ」――「満足してくれたかい？今日はこのあたりでおしまいだよ」という文章が章の前後に置かれていることからわかるように、五回にわたって語られる、五つの連なった物語としても読める。

　このような「語り」としての物語をあらためて認識するのが、十八日間で一気呵成(いっきかせい)に書き上げたという逸話だろう。一九八九年、アメリカのスタンフォード大学で行なわれた学生との交流の場で、フラバルは執筆の経緯についてさらに詳しく述べている。

わたしの長年の友人にバニシュタ氏という人がいます。彼はビアホールを経営していますが、修業を積んだのはホテル・パリでした。わたしは若い時分からヌィンブルクのビアホールに通い、リベンのビアホールに通うようになったかと思うと、妻が働いていたレストランに行くようになり、そしてプラハのビアホール——つまり「虎」「猫」「ピンカス」といった店ですが——に通うようになりました。ですから、この鎖のようなつながりのあいだに、わたしはありとあらゆるストーリー、出来事、ディテールを自分のものにしたのです。ある時、サッカー〔ケルスコ近くの町〕にビールを飲みに行ったことがあります。ここは小さな町で、「青い星」という小さな宿がありました。この「青い星」で給仕長をしていた人と懇意になり、まあいいから一緒に座って、話をしようじゃないかということになり、その人は話を始めたのです。チャースラフの駅でソーセージを売る見習いの話から始まり、わたしは一旦夜に家に帰るのですが、また翌日、彼のもとで詳しい話を聞くことになる。それはもう、中国の花瓶をちょっと叩くようなもので、亀裂が走ったかと思うと、花瓶は粉々になって、中身がこぼれ出してくる。そう、ちょっと叩くだけで、「青い星」で一叩きするだけのことだったのです。翌日、わたしは机に座り、タイプライターを目の前に置き、書き始めました。初めに十ページほど書くと、次から次へと連想が思い浮かんできたのです。こういう時にはある種のずうずうしさが必要で、それ以上に韜晦を好んでいることが大切です。わたしはながいこと書き続け、誰も訪ねてくる者はいなかったので、十八日間書き続け、十八日目にでき上がったのです。あとはハサミを手にして、カットしたり、つなぎ合わせたりするだけでした。脚本を簡単にそして手早く執筆する手順を習ったことがあったので、『英国王』はこのように完成したのです。手順は非常に簡単なものです。まずちょっとしたストーリーを十二分に蓄えて、あとはどうにかそれをまとめ、フィクションであることをうまく使って共通した一人の人物の話に仕立て上げるのです。やりすぎだと仰るかもしれませんが、過度であることに意味があり、そのおかげで文学と呼ばれるものを作り出すことができるのです。[2]

爆発するまでにエピソードを溜めに溜め、そして一気にそのエピソードの束を吐き出す、それがフラバルの手法である。十八日間で一気に書き上げたという逸話を聞いてすぐに思い浮かぶのが、ジャック・ケルアックが三週間で執筆したとされる『オン・ザ・ロード』だろう。実際、フラバルはこの書物を愛読しており、インタビューなどで幾度となく同書に言及している。フラバルが刺激を受けたのは、三週間で書き上げたというエピソードだけではなく、緻密な構成を考え抜いて、作品を執筆するのではなく、わずかな時間のあいだに一気に「意識の流れ」に従って放出するというその精神性だろう。

意識下にあるものを流れるままに表出させていくこの手法は、まさに「意識の流れ」と呼ばれるにふさわしいものであるが、フラバルは自分の書き方を、アメリカの表現主義画家ジャクソン・ポロックになぞらえて「アクション・ペインティング」だと評している。

「意識の流れ」と評される作品の多くに、知的で、晦渋な特徴が見受けられるのに対し、フラバルの『英国王』はそれらの作品とは対極に位置している。というのも、ここで繰り広げられる「語り」が飲み屋で滔々とくだをまくといった庶民的な「語り」だからだ。知識人が繰り広げる衒学的な言葉の戯れとは無縁であり、ここで用いられる言葉は晦渋とは対極の平易でそして生々しい口語の躍動感あふれる言葉である。

なかでも、フラバルが紡ぐ言葉は、「ビアホールの詩学」とでもいうべき世界を構築している。これは本書のみならず、フラバルの多くの作品に通底しているものだろう。

……この作品〔『わたしは英国王に給仕した』〕には、わたしがたえず愛してきた、そして今なお愛してやまない人々の会話が溜まりに溜まって蓄積されているのです。ですから、わたしの会話そしてわたしの文章の淀みない流れはビアホールやレストランと密接な関係にあって、とりわけビアホールとつねに結びついています。わたしの友人たちは給仕人たちばかりで、今日なおそうです。わたしが知り合った妻も——皆に「ピプスィ」と呼ばれていましたが——彼女と知り合ったのも、彼女がホテル・パリの会計係として働いていた時のことでした。わたしは彼女のもとに通い詰め、彼女は調理場に座っていましたが、調理場から流れるものはすべて会計係の彼女を通って、つまり彼女の手を通りすぎていったのです。彼女はわたしの部屋に来るようになり、わたしたちは結婚し、もう二十五年一緒に暮らしています。彼女はまずホテル・パリにいて、その後インジシュスカー通りとパンスカー通りの角で鶏肉を売っていました。つまり、ホテル・パレスのグリルに勤めていたのです。ですから、普通のビアホールとレストランに張り詰めている意識がわたしの中にあって、自分から望もうとしなくても、そこで話されたことが身体に染みついていたのです。[3]

『英国王』に限らず、数多くの短編でビアホールが重要なトポスになっているばかりか、自身の両親を題材にした『剃髪式』『時間の止まった小さな町』ではビール醸造所が主たる舞台となっている。「ビアホールの詩学」といっても、フラバルは自分が語り手となるばかりではない。フラバルは自分のことを「作家」(spisovatel)ではなく、「記録者」(zapisovatel)だと事あるごとに述べている。それは、ビアホールをはじめ、様々な場で人々が話すのを記録する役回りを演じたことの証でもある。

しかしながら、様々な場所で見聞きした話を闇雲に羅列しているわけではない。ありえそうにないエピソードの数々を次々と連鎖させ、物語の円環を螺旋状につくりあげていくのだが、その軸となるのは、すべてを目にしていなければならない「給仕」という眼差しである。常連客の振る舞いすべてだけではなく、出会う人すべて、はてには自分の息子まで給仕の冷静な眼差しを通して眺めることとなる。この眼差しは写実的であるのだが、あまりにも写実的であるがゆえに、そこで映し出されるものは時として「グロテスク」な様相を帯びる。たとえば、抵抗運動家たちが処刑されたという記事が目に入りながら、検査のために自慰をしたり、あるいは、ユダヤ人から略奪した切手を売り払って、念願のホテルを購入したり、修道院に戦後収容された百万長者たちのほうが面会に訪れる親族よりも顔色が良かったりと、一転して悲劇が喜劇になり、喜劇が悲劇になる。このように両極端なものを組み合わせていくアプローチは、フラバルの詩学の根幹を成しているといえるだろう。性愛的な描写が他者の死と連なる、つまりエロスがタナトスと表裏一体を成し、様々な要素を同じレベルで展開していくフラバルの手法は「コラージュ」そのものと言えるだろう。シュルレアリスムに、さらには芸術家集団グループ四二の中心人物イジー・コラーシュにも影響を受けたフラバルは、渾然としている生の様相をそのままに表出し、テクストが断片の複合体であることを十二分に意識しながら、エピソードを連鎖させていく。

破天荒に思われるエピソードの多くが、単に奇を衒ったものではなく、実話を基にしているのもフラバルの世界の特徴だろう。たとえば、ホテル・チホタでフランス人女性と一夜を過ごす大統領はチェコスロヴァキア初代大統領トマーシュ＝ガリッグ・マサリクであり、同じくホテル・チホタで放蕩する将軍はルドルフ・メデクを彷彿させ、またホテル・パリのオーナーであるブランデイス氏は実名で登場している。だが、本書で描かれている大統領の像というものは、フランス人女性に対して慇懃に振る舞う姿であったり（なお、マサリクがフランス人女性と愛人関係にあったことは、公然の秘密であったとされる）、愛人と駆けずり回って無邪気に遊ぶ様子だったり、それはどこか親しみのもてる、自分たちと同じように恋をし、遊びにふける大統領である。これは「建国の父」とも称される、ある意味で不可侵である存在の神話の解体をも意味する。「大統領は〔……〕わたしやズデニェクとも一緒だった」と述べるフラバルの眼差しの射程は、単なる普遍主義的なものにとどまるものではないだろう。

このように、実在の人物の現実のエピソードを時折挿入させながら、想像力豊かな夢想を展開させているのがもう一つの特徴であるが、エピソードとの関連で指摘するならば、本書のタイトルにもなっている「わたしは英国王に給仕した」というスクシヴァーネク給仕長の言葉もまた、単なるでまかせではないかもしれない。ホテル関係者は、「英国王に給仕した」というスクシヴァーネク給仕長の経歴は、単なる演出ではないかもしれないと指摘している。というのも、エドワード七世（在位は一九〇一〜一九一〇年）は、チェコの温泉町マリアンスケー・ラーズニェ（ドイツ語では「マリーエンバート」）にしばしば滞在しており、時代の設定から考えても、スクシヴァーネク給仕長が二十世紀初頭にマリアンスケー・ラーズニェの高級ホテルで働いていた可能性もなくはない。また原題では「英国王」は anglický král と男性形が用いられており、給仕したのは「女王」、つまりヴィクトリア女王という選択肢はない。いずれにせよ、これは推測の域を出ないものだが、フラバルの世界で繰り広げられる「信じられない」エピソードの背後には、実は現実世界に限りなく近いものがあるという一つの事例だろう。

パービテル＝フラバル

ありえそうにない小話や信じられないエピソードを連結して滔々と語っていくヤン・ジーチェの姿は、「パービテル」と重なってくる。「パービテル」とは、フラバルを理解するうえでは欠かせないキーワードの一つで、フラバルは一九六四年に発表した短編集には『パービテルな人びと』というタイトルを用いたほか、ことあるごとにこの言葉に触れている。「パービテル」とは、フラバルの造語で、もともとは十九世紀の詩人ヤロスラフ・ヴルフリツキーが「煙草を吸う」という意の pálit という単語をもじって pábit と使い始めたもので、その後、一九五〇年代にイジー・コラーシュがこの表現を使っているのを耳にしたフラバルが「いろいろな話を吐き出す」という意味で用いるようになり、しまいには、「滔々と話をする人」の意味で「パービテル」pábitel という言葉まで作っている。「パービテル」とは、想像力豊かな語り手であり、人生の酸いも甘いも嚙み分けた人たちのことである。一見すると常軌を逸しているのではないかと思うのだが、半年の時間を置いてみると、その人の言ったことが的を射ているように思えるような人のことである。だが、その語りは知的なものではない。フラバルによれば、「パービテルは大抵ほとんど何も読んだことがないが、その代わりによく見て、よく聞いている。目にし、耳にしたものを忘れることはほとんどない。自分の内的な独白に自分自身が魅了されていて、孔雀が美しい羽をつねに伴っているように、その独白とともに世界を股にかけるのだ」[4]。

このような語りをフラバルが学んだのは、セルバンテス、フランソワ・ラブレー、ルイ＝フェルディナン・セリーヌ、ジャック・ケルアック、ヤロスラフ・ハシェクといった作家たちからだった。とりわけ、「白痴」と診断されながらも、オーストリア兵として各地に赴き、語り続けるハシェクの『兵士シュヴェイクの冒険』は、フラバルにとって「パービテル」の最良の事例であったにちがいない。フラバルが恵まれていたのは、紙面上の「パービテル」でなく、生きた「パービテル」が身近にいたということだろう。叔父のヨゼフ、通称ペピンおじさんである。父フランチシェクの弟であるペピンおじさんは、二週間の滞在のつもりが、十数年にわたってビール醸造所に住みつき、作家ボフミルに多大な影響を与える。「〔ペピンおじさんは〕ナンバーワンのパービテル、わたしの詩神（ミューズ）であり、語り手としてはわたしに勝るばかりか、これまでわたしが耳にしてきたすべての人に勝る語り手だった」[5]とフラバル自身が述べているように、四六時中大きな声でがなり、喋り、語っていたというペピンおじさんは、フラバルの詩神そのものであった。句点がない、一つのセンテンスからなる実験的な中編小説『老人と上級者のためのダンス・レッスン』は、ペピンおじさんの語りを文章化したものでもある。

だがフラバルはただ経験則に沿って作品を執筆したわけではない。『あまりにも騒がしい孤独』にも描かれているように、古紙となって処分される書籍など、ありとあらゆる書物を読み耽った産物でもある。だが教養に随伴する知性を前面に出さないこと——。これが作家のモットーとなっている。フラバルは次のように述べている。「わたしが物を書く時に心がけているのは、知識人が表に出てこないように押さえつけること。下にいる人のほうが、逆に社会の梯子のなかで一番下にいる人こそが、わたしにとっての頂点だ」[6]。この一節を読むと、本書の主人公として、小さな村の出身で、教養もない、けれども上昇意識だけは強いヤン・ジーチェという存在がどうして選び出されたかが見えてくるだろう。ナチス・ドイツによる保護領化、共産党のクーデタ、社会主義体制への移行といったいわゆる「大きな物語」をすべて背景に押しやり、ジーチェという一人の人間が目にして、耳にした記憶の数々をいっきに放出することで、「生とは何か」、そして「死とは何か」というテーマをめぐる思索が展開される。これはフラバルの小説世界で繰り返し展開される重要な主題である。

また主人公ジーチェが最終的にたどりついた職業が「道路工夫」であることには様々な意味合いが込められているように思われる。道の姿を自身の人生に擬(なぞら)え、「道路の保守」と「人生の補修」を重ね合わせて考えるジーチェが、「百万長者になりたい」という即物的な願いを捨て、新たな次元に到達していることを表している。そればかりか、幾度となく「道」という表現を使いながら、「人生」について思索するその姿勢は、老子に見られる「道」の考えと呼応している。そしてまたジーチェの最後の日々は、ケルアックの『ザ・ダルマ・バムズ』の後半で主人公レイがカリフォルニア奥地の山の森林監視員となって一人で一夏を過ごす姿と重なる。フラバルは幾度となく同書の森林監視員の箇所を「この世で最も美しい小説だ」と述べていることからも、ケルアックの『ザ・ダルマ・バムズ』に触発された可能性は十分にある。しかしケルアックの作品が哲学的な思惟を深めていくのに対し、『英国王』ではさらに別の次元の問題が関連することとなる。ジーチェが向かうのはズデーテンの山奥だったということ、つまり、かつてドイツ系住民が居住していたものの、戦後「強制移住」が行なわれたために、かつての住民はいなくなり、ただその痕跡が建物あるいは鏡などに残されていた場所であったということである。突如として住民がいなくなった地域にはその空隙を埋めるため、様々な人々が送り込まれる。それは、ジーチェのような「前科者」であり、あるいはスロヴァキアからの「ジプシー」たちといった人々だった。それゆえ、ジーチェの前任者として「ジプシー」の家族が登場するのはけっして偶然ではなく、当時の社会的状況を如実に反映した箇所でもある。ズデーテン地方の「森」がジーチェの終着点として選ばれたのは、幾層もの背景が織り込まれた場所だったためであろう。

だがそのような歴史的・社会的背景に関する知識がなければ、フラバルの小説を満喫できないという訳ではないだろう。むしろ、フラバルのテクストの魅力は別の場所にある。フラバルの文章を特徴づけるものは何か、一言で言い表すとするならば、「韜晦」

の精神と言えるだろう。ありとあらゆるエピソードを上から、下から眺め、そればかりか出来事の意味をずらしにずらし、ひいては「わたしはエチオピア皇帝に給仕した」という決まり文句ですら、最終的には自己韜晦のためのフレーズになってしまう。「現実」と「虚構」という小説にまつわる二項対立を煙に巻き、パロディにしてしまう。ビアホールの客が何気なく話す「小話」を集めては「物語」をつくり、はてには現実と虚構の境界線を不可視化する。それはあたかも、「パービテル」がだらだらと話す、意味のない馬鹿げたことが、時間が経ってみると、ダイヤの煌めきを放つのと同じことなのかもしれない。

*

本書の訳出にあたっては、『ボフミル・フラバル全集』第七巻（Bohumil Hrabal: *Obsluhoval jsem anglického krále. Sebrané spisy Bohumila Hrabala. sv. 7.* Praha: Pražská imaginace, 1996.）を底本として用いた。先にすこし触れたが、フラバルは作品の大半を「一塗りで（alla prima）」とでもいうべき勢いで執筆し、その後、テクストの推敲そして校正をほとんど行なうことはなかった。地下出版や亡命出版などを除き、公刊の機会が限定されていたため、校正の機会があまり設けられなかったこともあるが、それ以上に本書の「著者あとがき」でも述べているように、「ファーストテイク」を重要視する作家だったからである。テクストを著した、正確にはタイプを打ったその瞬間の「意識」に対し、事後に介入を避けたいという作家の意図があったからである。だがその一方で、タイプミスと思われるような箇所が見受けられたりすることも事実である。特に、一気呵成に執筆された本書には、他の作品に比べて改行が少なく、場合によっては十数ページにわたって一段落となっている箇所もある。そこで編集者と相談のうえ、本書では改行を適宜行なったことをお断りしておく。

周知の通り、本作品はイジー・メンツル監督によって映画化され、二〇〇八年には『英国王給仕人に乾杯!』のタイトルで日本でも公開された。同監督が来日した折には通訳を担当したのだが、別れ際にメンツル監督は私にこう尋ねるのだった。「『英国王』をかならず日本語に訳すと約束してくれるかい?」と。当時はまだ出版のあてもなく、私はうなずくので精一杯だったが、それから短期間のあいだに本書が刊行されることとなり、「信じられないことが現実となった」というのが訳者として偽りのない心境である。フラバルの代表的な作品を手がけることができたのも、メンツル監督との約束が後押しをしてくれたからだろう。この場を借りて、メンツル監督に謝意を示したい。またフラバル独自の表現について助言を与えてくれたイジー・ホモラーチ氏にもあわせて感謝したい。

(1) Václav Černý, Za hádankami Bohumila Hrabala, pokus interpretační, in: *Eseje o české a slovenské próze*, Praha: Torst, 1994.

(2) Bohumil Hrabal: Z besedy na stanfordské univerzitě, in: *Sebrané spisy Bohumila Hrabala* (*SsBH*), *sv. 17*, Praha: Pražská imaginace, 1996, s. 318.
(3) Ibid, s. 317.
(4) Bohumil Hrabal: Proč píšu, in: *SsBH, sv. 12*, Praha: Pražská imaginace, 1995, s. 293.
(5) Bohumil Hrabal: O utrpení starého Werthera, in: *SsBH, sv.* 2, Praha: Pražská imaginace, 1991, s. 241.
(6) Bohumil Hrabal: Kličky na kapesníku, in: *SsBH, sv. 17*, Praha: Pražská imaginace, 1996, s. 44.

文庫版訳者あとがき

ボフミル・フラバルという作家について、私が初めて人前で話したのは、パリに留学していた二〇〇一年のこと。当時、私はプラハのカレル大学からパリ第四大学に所属を移し、パリ在住のチェコ芸術家について研究を進めていた。とはいっても、フランス語に苦労する日々で、どちらかと言うとパリ在住のチェコ人とつるんでいることが多かった。ちょうどその頃、フラバルのシンポジウムが同大学で開催されることになり、指導教授の誘いに乗り、私も登壇することになったのだ。今考えてみると、留学してまだ一年ほどで学術的な話法もままならないというのに、フランス語にも訳されていないフラバルの初期の詩について話すという無謀きわまりない試みだった。予想通り、出来は芳しいものではなく、気落ちして残りの時間をいたずらに過ごすことになった。翌日、サン＝ジェルマン通りにあるチェコセンターに場所を移して、二日目のセッションが始まった。けれども時間の経過とともに、他の報告者の話もあまり耳に入らなくなってきたので会場をぶらぶらしていると、地下から賑やかな声が聞こえてきた。声のする方に向かってみると、フラバル全集の編者として知られるヴァーツラフ・カドレッツ氏、フラバル評伝の著者トマーシュ・マザル氏、それに文化史家ヨゼフ・クロウトヴォル氏がテーブルを囲み、ビールのジョッキを傾けていた（通常、学術的な催しには休憩時にコーヒーなどが供されるが、この日ばかりは関係者が気を利かしてビールを用意していた）。三人は私のことに気づくや一緒に座るよう手招きをした。私が腰掛けると、グラスを傾けながら誰かがこう言った。

「本当のシンポジウム（饗宴）は、上じゃなくて、ここでやってるんだ」。

ビールなしでフラバルを語るのは野暮だと言わんばかりに、かれらはフラバルのことをおもいおもいに語ってくれた。サッカー選手のような体格をしていたこと、散々飲み明かしたというのに、前日に渡した原稿に細かい指示を与えるほど記憶力が優れていたことなど。今思えば、録音でもしておけばよかったなと思うほど、いくつもの貴重な話を語ってくれた。『わたしは英国王に給仕した』でも、ビアホールやレストランの光景がたびたび登場するが、まさにそういう雰囲気のなか、フラバルのエピソードが次々と披露されたのだ。話の細部はさすがに忘れてしまったが、今でもはっきりと思い出すのは、皆、フラバルを話すときの目がきらきらと輝いていたこと。すぐれた作家としてはもちろんだが、その場にいた誰もがひとりの人間としてフラバルを愛しているのがひしひしと伝わってきた。そういう場にいると、発表がうまくできなかったことなど些細なことに思え、それよりもこういう生々しい言葉の方がフラバルを語るには適しているんじゃないかと思ったほどだった。

今振り返ってみると、この苦々しくも、忘れられない「シンポジウム」を境にして、フラバルという作家がより身近に感じられるようになったと思う。同時にその頃ほとんど邦訳が存在しなかったフラバルという作家をすこしでも多くの人に知ってもらいたいという気持ちが強く芽生えたのだった。

「信じられないことが現実となった」。これは、本書で度々出てくる言葉だが、《池澤夏樹＝個人編集　世界文学全集》に収録されたことに続き、この作品が文庫化されることになり、今一度、そのような感じを抱いている。単行本刊行は好意的に受け止められ、主要紙で複数の書評が出たほか、様々なブログなどでも取り上げてもらった。何よりも嬉しかったのは、給仕という設定のせいか、ホテルやレストラン勤めの人たちが何人も本作に目を通してくれたこと。ビールを飲みながら、本書のページをめくってくれる人がいたら、訳者としてこの上ない喜びだ。

フラバルの作品に関しては、その後、松籟社から《フラバル・コレクション》が始まったほか、フラバル原作の映画も続々とＤＶＤ化されている（『英国王給仕人に乾杯！』『厳重に監視された列車』『つながれたヒバリ』）。本書を読んで、フラバルの世界に関心を持たれた方は、ぜひほかの作品にも手を伸ばして欲しい。

そして、《池澤夏樹＝個人編集　世界文学全集》に本作品を入れる決断をされた池澤夏樹さん、単行本刊行時の編集を担当された木村由美子さん、また文庫化にあたって尽力された島田和俊さん、町田真穂さんには、心より感謝の気持ちを述べたい。

そして本書を手に取ってくれた皆さんにも、「乾杯（Na zdraví）」。

二〇一九年一月

阿部賢一

本書は、二〇一〇年十月、小社より刊行された『わたしは英国王に給仕した』（池澤夏樹＝個人編集 世界文学全集Ⅲ－01）を文庫化したものです。

わたしは英国王に給仕した

二〇一九年 三 月一〇日 初版印刷
二〇一九年 三 月二〇日 初版発行

著 者 B・フラバル
訳 者 阿部賢一
発行者 小野寺優
発行所 株式会社河出書房新社
〒一五一‐〇〇五一
東京都渋谷区千駄ヶ谷二‐三二‐二
電話〇三‐三四〇四‐八六一一（編集）
〇三‐三四〇四‐一二〇一（営業）
http://www.kawade.co.jp/

ロゴ・表紙デザイン 粟津潔
本文フォーマット 佐々木暁
本文組版 株式会社創都
印刷・製本 凸版印刷株式会社

Printed in Japan ISBN978-4-309-46490-9

オン・ザ・ロード

ジャック・ケルアック　青山南〔訳〕　46334-6

安住に否を突きつけ、自由を夢見て、終わらない旅に向かう若者たち。ビート・ジェネレーションの誕生を告げ、その後のあらゆる文化に決定的な影響を与えつづけた不滅の青春の書が半世紀ぶりの新訳で甦る。

青い脂

ウラジーミル・ソローキン　望月哲男／松下隆志〔訳〕　46424-4

七体の文学クローンが生みだす謎の物質「青脂」。母なる大地と交合するカルト教団が一九五四年のモスクワにこれを送りこみ、スターリン、ヒトラー、フルシチョフらの大争奪戦が始まる。

服従

ミシェル・ウエルベック　大塚桃〔訳〕　46440-4

二〇二二年フランス大統領選で同時多発テロ発生。極右国民戦線のマリーヌ・ルペンと、穏健イスラーム政党党首が決選投票に挑む。世界の激動を予言したベストセラー。

パタゴニア

ブルース・チャトウィン　芹沢真理子〔訳〕　46451-0

黄金の都市、マゼランが見た巨人、アメリカ人の強盗団、世界各地からの移住者たち……。幼い頃に魅せられた一片の毛皮の記憶をもとに綴られる見果てぬ夢の物語。紀行文学の新たな古典。

ナボコフの文学講義　上

ウラジーミル・ナボコフ　野島秀勝〔訳〕　46381-0

小説の周辺ではなく、そのものについて語ろう。世界文学を代表する作家で、小説読みの達人による講義録。フロベール『ボヴァリー夫人』ほか、オースティン、ディケンズ作品の講義を収録。解説：池澤夏樹

ナボコフの文学講義　下

ウラジーミル・ナボコフ　野島秀勝〔訳〕　46382-7

世界文学を代表する作家にして、小説読みの達人によるスリリングな文学講義録。下巻には、ジョイス『ユリシーズ』カフカ『変身』ほか、スティーヴンソン、プルースト作品の講義を収録。解説：沼野充義

著訳者名の後の数字はISBNコードです。頭に「978-4-309」を付け、お近くの書店にてご注文下さい。